DU CÔTÉ DE BOMBAY

DU MÊME AUTEUR

Crystal Palace (J.-C. Lattès), roman, 1985
Les Orages désirés (O. Orban), roman, 1988
Les Fous de Lumière (Stock), roman, 1991
Les Désirs et les Jours (J.-C. Lattès), roman, 1993
Les Courtisanes, en collaboration avec Sylvie Dervin (J.-C. Lattès), nouvelles, 1994
Les Belles de Cocteau (J.-C. Lattès), document, 1995
Darjeeling (J.-C. Lattès), roman, 1995
A l'ombre des amandiers (Presses de la Cité), roman, 1997
Du côté de Pondichéry (Presses de la Cité), roman, 1999
Un siècle de femmes, en collaboration avec Véronique Lesueur (Le Pré aux Clercs), album, 1999
La Rose des Vents (Presses de la Cité), roman, 2000
Une histoire de l'amour, en collaboration avec Véronique Lesueur (Le Pré aux Clercs), album, 2001
Les Nuits du Caire (Presses de la Cité), roman, 2001
Le Regard du sphinx (Presses de la Renaissance), roman, 2002
Ne disons pas au jour les secrets de la nuit, en collaboration avec Jean-Paul Gourévitch (Presses de la Renaissance), roman, 2003
Le Roman de Jeanne (Le Pré aux Clercs), roman, 2003
Cap Malabata (Presses de la Cité), roman, 2003
Et tout me parle de vous (Presses de la Cité), roman, 2004
Mes nuits ne sont pas les vôtres (Presses de la Cité), roman, 2005
La Belle et la Bête, les coulisses du tournage (Le Pré aux Clercs), album, 2005
Plaisirs d'amour, en collaboration avec Jean-Paul Gourévitch (Le Pré aux Clercs), album, 2006
Jouez cœur et gagnez (Presses de la Cité), roman, 2006

Dominique Marny

DU CÔTÉ DE BOMBAY

Roman

Production Jeannine Balland
Collection Sud Lointain

PRESSES DE LA CITÉ

ISBN 978-2-258-06744-8

Pour Laure, Roch et le petit Mathis,
en souvenir de leur « chorégraphie
indienne » un certain 25 mai 2007

« On met en place et on agrafe un à un les bijoux :
elle resplendit comme une nuit constellée d'étoiles,
comme un large fleuve piqué d'oiseaux blancs,
un grand jasmin éclaboussé de fleurs.
On la revêt de soie blanche,
on lui met dans la main un miroir,
rond et argenté comme la lune d'automne.
Et voici qu'elle fait penser au rivage de l'aube des temps... »

KALIDASA

1

Au moment d'embarquer, Valentine Courlande apprit qu'elle bénéficierait d'un siège en classe affaires. Le magazine qui l'employait faisant régulièrement voyager ses reporters sur Air France, la compagnie surclassait ceux-ci dès qu'une opportunité se présentait.

Valentine rangea son sac et son ordinateur dans le compartiment bagages. Une passagère attendait qu'elle s'écartât pour y glisser une mallette de toilette. La femme se débarrassa d'un manteau qu'elle plia avec soin puis s'installa près du hublot. Laissant un siège vacant entre elles deux, Valentine demeura au bord du couloir.

Une hôtesse leur offrit une serviette chaude pour se nettoyer les mains. Des verres de jus d'orange ou de champagne circulèrent sur un plateau. Valentine choisit de s'alcooliser. Après les annonces d'usage, l'avion quitta le tarmac pour gagner la piste d'envol. Dans quelques minutes, l'aéroport de Roissy disparaîtrait sous une épaisse couche de nuages. Depuis la naissance d'Octave, Valentine n'aimait pas les départs ! Ce matin, elle avait accompagné son enfant jusqu'à la maternelle avec un serrement de cœur. Trois semaines sans le voir ! C'était la première fois qu'elle s'absenterait aussi longtemps.

Alors que le Boeing décollait, elle tenta de chasser sa tristesse. Ses parents s'occuperaient avec tendresse de leur petit-fils. Lorsque l'appareil atteignit sa vitesse de croisière, elle se sentit mieux. L'azur avait remplacé la grisaille de décembre. Des écouteurs et des journaux furent distribués. N'ayant pas eu le temps de lire les quotidiens, elle sélectionna ses préférés. En revanche, sa voisine choisit de sommeiller. D'un regard biaisé, Valentine remarqua les traits trop lisses et figés. Un lifting, sans doute ! Une zone de turbulences les obligea bientôt à redresser leur dossier.

— J'appréhende, avoua la passagère à Valentine.

L'appareil tanguant de plus en plus fort, celle-ci la rassura.

— C'est impressionnant, mais pas dangereux.

— Je ne prends jamais l'avion sans arrière-pensée.

— Vous voyagez fréquemment ?

— Un peu trop. Mais je ne connais pas l'Inde. Et vous ?

— J'y suis allée à plusieurs reprises. Cette fois-ci, c'est pour travailler. Je suis journaliste et je participe à l'élaboration d'un numéro spécial pour le prochain déplacement du président Chirac. Il sortira en kiosque début février.

— Vous partez seule ?

— Un confrère se trouve déjà à New Delhi.

Plusieurs discussions animées avaient été nécessaires pour décider qui ferait quoi. Valentine s'étant battue pour obtenir le secteur social, médical, culturel, Olivier couvrait la politique, l'économie et la haute technologie.

Arrivé en début de semaine, il enchaînait les interviews. Dans son dernier mail, il s'était plaint d'avancer à la vitesse de l'escargot.

« Leur notion du temps n'est pas la nôtre. Ce que j'ai l'habitude de faire en vingt minutes prend une matinée. Je te rejoindrai à Bombay avec deux ou trois jours de retard. »

Les turbulences terminées, un steward tendit aux passagers les menus. En attendant le repas, Valentine reprit du champagne. Autant profiter de cette récréation qui lui était offerte avant de débarquer à Bombay ! Elle ne parvenait pas à dire Mumbai, le nom que portait la mégapole depuis 1996. Afin de mettre toutes les chances de son côté, elle avait minutieusement préparé son séjour. Grâce à de nombreux contacts, elle avait obtenu de rencontrer des gens qui, dans leur domaine, occupaient des postes stratégiques. Valentine ne voulait pas donner une vision exotique et romanesque d'un pays en pleine mutation, mais témoigner de ce changement. Les Indiens avaient longtemps souffert des images de misère, de paradis artificiels et de massacres que les Occidentaux s'ingéniaient à colporter ! Sans fermer les yeux sur les injustices qui subsistaient, les réformes qui tardaient, la corruption qui sévissait, elle tenterait de coller à la réalité.

Avant que les plateaux n'arrivent, sa voisine sortit de son sac une boîte de comprimés qu'elle déposa sur sa tablette.

— La climatisation me donne la migraine, dit-elle en resserrant un châle de cachemire autour de ses épaules.

Elle avait ôté ses lunettes noires et Valentine perçut du désarroi dans son regard. Comprenant qu'elle avait besoin de parler, elle lui demanda si elle partait en vacances.

— On m'a conseillé une cure ayurvédique au Kerala. J'ai réservé pour deux semaines.

Au cours du repas, Valentine apprit que son interlocutrice s'appelait Anne Lise et habitait Neuilly. Son époux consacrait la majeure partie de son temps à ses affaires. Leur fils venait de se marier et résidait au Canada.

— Depuis qu'il a choisi de vivre à Montréal, je me sens perdue.

Anne Lise n'osa pas ajouter qu'elle errait dans trois cents mètres carrés sans savoir à quoi s'occuper. Les instituts de beauté, le coiffeur, quelques cours de yoga, des voyages culturels avec les Amis du musée Guimet, des soirées à l'Opéra ou au théâtre, les dîners mondains où elle devait accompagner son mari... Ses journées s'écoulaient, vides de sens ! Elle s'était pourtant donné du mal pour atteindre un statut social que beaucoup lui enviaient. Si elle avait pu recommencer sa vie, elle aurait souhaité ressembler à cette jeune journaliste. A cinquante-trois ans, les dés étaient, hélas, jetés. Sans formation, sans expérience, elle ne pouvait aspirer à aucun métier.

— Vous avez une correspondance à Bombay ? s'enquit Valentine.

— Pas avant deux jours. Je tiens à visiter la ville. L'agence m'a promis un guide compétent.

— Vous descendez à quel hôtel ?

— Au Taj.

— Moi aussi.

Le magazine avait conclu un accord avec la direction du palace. En échange de tarifs intéressants, l'établissement bénéficierait d'un article. Lorsqu'elle avait appris qu'elle y séjournerait, Valentine s'était méfiée des souvenirs qui ne demandaient qu'à resurgir. Sans la présence d'Arnaud, aurait-elle réussi sa première approche de l'Inde ? Familier de Varkala, il l'y avait emmenée peu de temps après leur rencontre. Dix jours de farniente sur une plage de sable fin ! Pour rentrer en France, ils étaient passés par Bombay. Incapables d'en supporter le bruit et les encombrements, ils s'étaient réfugiés dans l'un des bars du Taj Mahal.

— Un chauffeur vient me chercher. Si vous voulez, je vous emmène, proposa Anne Lise.

— J'avais prévu de prendre un taxi... Mais j'accepte avec plaisir.

Ce fut bientôt l'heure du film. Les lumières s'éteignirent. Anne Lise abaissa le dossier de son siège.

— Je vais essayer de dormir.

Valentine aurait souhaité l'imiter. Néanmoins, trop de pensées se bousculaient dans son esprit. En lui confiant ce reportage, son rédacteur en chef venait d'élever la barre. Thibault l'avait engagée six ans auparavant au service « art de vivre ». Elle était montée en grade jusqu'à mener d'importantes interviews. On avait remarqué la pertinence de ses questions, ainsi que son esprit de synthèse. Sa percée au sein du magazine aurait pu s'avérer plus rapide si elle avait accepté plus de déplacements à l'étranger. Mais son mariage et la naissance d'Octave la maintenaient à Paris. Ce choix n'avait pourtant pas suffi à préserver son couple et la cellule familiale. Aujourd'hui, Arnaud vivait avec une autre. Il voyait leur fils un week-end sur deux. Dans l'intérêt de l'enfant, tous les deux tentaient de ne pas s'écharper. Ce qui n'était pas simple. D'autant qu'Arnaud commençait à lui reprocher de s'absenter trop fréquemment. Sans chercher à se raconter des histoires et à se donner de l'importance, Valentine le soupçonnait d'envier son existence. Après avoir bourlingué, son ex-mari s'encroûtait dans sa profession de dentiste.

« Je ne pars pas pour m'amuser, s'était-elle défendue. Et je n'ai pas l'intention d'être licenciée en refusant des propositions intéressantes. Tu devrais plutôt te féliciter de ne pas avoir à m'entretenir ! »

Chassant les pensées négatives, Valentine se concentra sur la journée à venir. Elle ferait d'abord la connaissance de Deepak Chadha, le photographe engagé par Thibault.

Ensuite, elle rencontrerait le directeur d'un laboratoire pharmaceutique.

Le film terminé, elle finit par sommeiller jusqu'à ce que les lumières se rallument dans l'habitacle. Autour d'elle, les passagers commencèrent à s'ébrouer. Certains partirent avec une trousse vers les toilettes. D'autres replièrent leurs couvertures ou tournèrent les aiguilles de leur montre. Anne Lise sortit un miroir de son sac. Après s'être regardée, elle remit ses lunettes noires. Il y eut des senteurs d'eau de Cologne et d'omelette. Le petit déjeuner arriva. Dans la rangée latérale, un homme s'agita. Sûrement un fumeur qui souffrait du manque. Pour se changer les idées, il absorba quantité de bonbons. A l'extérieur, le ciel commençait à s'éclaircir. Valentine, qui avait enlevé ses bottines, appréhendait le moment où elle devrait se rechausser.

Une heure plus tard, l'avion entama sa descente. Penchée vers le hublot, Anne Lise vit des champs. Puis ils survolèrent un océan de cahutes et de tôle ondulée. Les fameux bidonvilles dont on lui avait parlé. Des milliers de gens s'y entassaient et la plupart n'avaient pour s'abriter qu'un tissu tendu entre quatre pieux. Elle frissonna en imaginant les images insoutenables qui l'attendaient. Dans son monde privilégié, la pauvreté demeurait abstraite. S'il lui arrivait de participer à des soirées de charité ou d'envoyer un chèque lors d'une catastrophe naturelle, elle s'était toujours arrangée pour ne pas être en prise directe avec l'insoutenable.

Lorsqu'elles pénétrèrent dans l'aéroport de Sahar, Anne Lise ne quitta pas Valentine. Bureau de l'immigration, récupération des bagages, douanes. Ces démarches prirent du temps. En poussant leurs chariots, elles accédèrent au hall climatisé. Leurs panneaux à bout de bras, les représentants d'agences tentaient de se faire repérer par les voyageurs. La plupart criaient des noms. Anne Lise repéra son guide. Il s'avança pour se présenter puis appela des porteurs. Gagner la sortie ne fut pas facile, tant la foule se révélait compacte.

Une voiture les attendait sur l'aire du parking. Le chauffeur ouvrit la portière. Anne Lise s'installa sur la banquette arrière. Valentine l'y rejoignit. Au bout de quelques kilomètres, le trafic devint plus dense. Dans un concert de klaxons, des mobylettes, des motos se faufilaient entre les camions, les automobiles, les taxis jaunes et noirs, les piétons. Le long de la route, des chiens faméliques erraient à la recherche de détritus. Une journée commençait à Bombay et la population se trouvait sur le pied de guerre. Employés de bureau, vendeurs, fonctionnaires, lycéens, écoliers... Tous ceux qui avaient la chance d'étudier ou de travailler se rendaient vers un lieu précis. Mais les autres n'étaient pas en reste. A mesure qu'ils progressaient vers la cité, Valentine renouait avec l'Inde. Des odeurs de feu, de fumée et de poussière parvenaient à ses narines. Attentive aux mouvements, aux couleurs et aux sons, elle retrouvait l'incroyable énergie d'une population qui avait toujours relevé les défis.

Le chauffeur les déposa bientôt devant l'entrée du Taj. Dans le hall de l'hôtel, Anne Lise demanda au guide le programme de la journée. En dépit de l'aisance qu'elle essayait d'afficher, Valentine la sentit perdue. Sans doute n'avait-elle pas l'habitude de voyager seule. Spontanément, elle lui communiqua le numéro de sa chambre.

— Si vous n'êtes pas fatiguée, appelez-moi en fin de journée. Nous pourrions prendre un verre.

2

La direction du Taj avait attribué à Valentine une chambre dans l'aile ancienne avec vue sur la mer d'Oman. Dès que le bagagiste eut quitté la pièce, elle ouvrit la fenêtre. En dépit de la pollution, du manque de sommeil et des courbatures occasionnées par le voyage, un bien-être s'insinuait. Quelques instants plus tard, elle sortit son ordinateur de sa sacoche puis commanda un lassi à la rose. Le temps de prendre une douche, la boisson arriva. Vêtue d'un peignoir de bain, Valentine s'allongea sur le lit pour boire le mélange de yoghourt et d'eau. Lorsqu'elle eut terminé, elle s'étira et observa avec davantage d'attention le décor qui l'entourait. Meubles en acajou, fauteuils recouverts de couleurs raffinées, coussins confortables, lampes aux abat-jour de soie, rien ne manquait pour agrémenter son séjour. Dans une coupelle en cristal, des fleurs de frangipanier embaumaient. Pour éviter de s'endormir, elle ouvrit sa valise. Lors de ses déplacements, elle privilégiait les jeans, les tee-shirts, les matières facilement lavables et infroissables. Elle rangeait ses chaussures quand son portable sonna.

— Salut...

Olivier s'assurait qu'elle était bien arrivée. A son tour, elle s'inquiéta du bon déroulement de sa mission à New Delhi.

— Un secrétaire d'Etat m'a fait faux bond hier après-midi. Du temps gâché !

Lors de leurs précédents reportages, Valentine avait pesté contre l'impatience et la vitesse d'exécution de son confrère. Durant des années, Olivier avait parcouru la planète. Dès qu'une guerre éclatait, sa rédaction l'envoyait sur les lieux d'affrontement. Le Golfe, les Balkans, l'Afghanistan, l'Irak... S'il n'avait pas rencontré Estelle, il arpenterait encore des terres brûlées à la recherche du danger qui stimulait son adrénaline. Leur mariage et la naissance d'une petite fille l'avaient assagi. Sans renoncer aux périples lointains, il était devenu le témoin des mutations économiques et sociales. Valentine appréciait sa rigueur et son intuition. Olivier flairait les sujets avant les autres, débusquait les entourloupes, les coups foireux, les secrets mal gardés. Il savait faire parler les plus retors.

— J'ai réservé un billet d'avion pour après-demain.

Valentine raccrocha puis finit de s'installer. Pour accomplir du bon travail, elle avait besoin d'ordre. Sa connexion avec Internet vérifiée, elle ouvrit les dossiers concernant les deux prochains jours, en parcourut le contenu. Avant de refermer les applications, elle cliqua sur le fichier Octave. Des clichés de son fils apparurent. A sa naissance, à six mois, dans sa poussette, soufflant sa première bougie, devant le bassin du Luxembourg. Les gens avaient-ils raison d'affirmer que l'enfant lui ressemblait ? S'ils possédaient les mêmes yeux gris-bleu, la même bouche bien ourlée, Octave avait hérité des cheveux blonds et bouclés d'Arnaud, de ses traits réguliers et d'un sourire ravageur. En dépit de leurs dissensions, Valentine ne pouvait nier la séduction de son ex-mari.

Elle achevait de s'habiller quand le photographe la fit appeler de la réception.

— Dites-lui que je descends tout de suite.

Il l'attendait dans le hall.

— Allons à la cafétéria, lui proposa-t-elle.

Assis devant une tasse de thé, ils firent connaissance. Deepak avait déjà travaillé pour Thibault lorsque le rédacteur faisait ses premières armes dans le journalisme.

— C'était à Londres, précisa-t-il. Depuis, il n'a pas perdu ma trace.

Ayant grandi dans une banlieue près de l'aéroport d'Heathrow, il parlait un anglais parfait.

— Mes parents venaient du Punjab. Ils se sont installés en Angleterre avant ma naissance.

Sa pratique des photographes permettait à Valentine de se faire rapidement une opinion. Avec celui-ci, elle n'aurait pas besoin d'expliquer plusieurs fois ce qu'elle souhaitait. Dans un carnet, il nota les rendez-vous à venir.

— J'ai tenté de regrouper le secteur santé, expliquait Valentine. Les laboratoires, les usines...

— Vous les avez prévenus de ma présence ?

— Je l'ai signifiée dans mes mails.

— Vous n'avez pas reçu de veto ?

— Pourquoi ?

— En général, ils préfèrent donner leurs propres clichés.

Ils partirent dans la voiture de Deepak. Le siège social du premier laboratoire se situait au nord de Marine Drive. Dans une rue adjacente, ils s'arrêtèrent devant une guérite où ils durent décliner leur identité et le motif de leur visite. Le vigile décrocha son téléphone. Par la fenêtre, ils le virent énoncer leurs noms. L'autorisation de se garer dans le parking souterrain leur fut accordée. Deepak sortit un sac en toile de son coffre.

— Inutile de les affoler avec du gros matériel !

Une hôtesse les attendait au rez-de-chaussée. Invités à présenter leurs papiers d'identité, ils se dirigèrent vers un comptoir de marbre blanc et attendirent un badge en échange.

— Monsieur Zafar va vous recevoir, leur confirma-t-elle.

Au sommet du bâtiment, une nouvelle hôtesse les invita à patienter dans un salon au décor épuré. Sur une table basse, des catalogues et des dossiers donnaient un aperçu des produits. SERLAS était connu pour la qualité de ses génériques. A cette activité s'ajoutait la recherche.

La porte s'ouvrit sur un homme d'une cinquantaine d'années. Succédant à son père, qui avait fondé SERLAS, Farid Zafar dirigeait la compagnie, qui comptait plus de trois cents personnes. Avec froideur et dans un anglais teinté d'un fort accent, il les invita à pénétrer dans son bureau. Avant de s'asseoir, Valentine lui tendit sa carte de visite.

— Je ne connaissais pas votre magazine avant que vous ne me le fassiez parvenir.

— Notre tirage est important.

— Je n'en doute pas.

En jouant avec un coupe-papier, Farid Zafar évaluait son interlocutrice.

— Vous êtes spécialisée dans le domaine de la santé ?

— Je ne suis spécialisée dans aucun domaine.

Face au silence de son interlocuteur, elle ajouta :

— Le numéro que nous préparons ne se limitera pas à la santé. Même si nous avons décidé de lui réserver une place importante.

— Si je comprends bien, vous allez interroger quelques-uns de nos concurrents.

— C'est une règle déontologique.

— Rassurez-vous. Ce n'était pas une critique.

Valentine percevait que Farid Zafar tentait de prendre l'ascendant, mais elle n'avait pas l'intention de se laisser manipuler.

— J'ai besoin d'entendre plusieurs avis pour me faire une opinion.

— Sera-t-elle objective... ?

— Si vous sous-entendez que je pourrais me montrer partiale...

— Je ne sous-entends rien... Que voulez-vous savoir ?

Valentine comprit qu'elle venait de gagner un point. Néanmoins, il ne fallait pas baisser sa garde. En homme habitué à commander et à être obéi, Farid Zafar aimait jouer au chat et à la souris. En particulier avec « une » journaliste. Dans son regard, elle lisait une curiosité teintée de condescendance. D'un geste mesuré, elle sortit un calepin de son sac.

— Acceptez-vous que je vous pose quelques questions ?

— Vous n'enregistrez pas ?

— Je préfère prendre des notes.

Assis dans le fauteuil voisin, Deepak n'avait plus prononcé un mot depuis qu'il s'était présenté à leur hôte, qui, délibérément, l'ignorait.

Passant avec rapidité sur l'historique de l'entreprise, qu'elle avait étudié à Paris, Valentine se concentra sur la fabrication des génériques.

— Nous avons la réputation de copier à la perfection les médicaments. De nombreux pays européens se fournissent chez nous. La France en fait partie, précisa Farid Zafar. Chaque semaine, des conteneurs remplis d'antibiotiques et d'analgésiques partent vers l'Occident.

— Et les autres continents ?

Farid Zafar marqua une pause avant de reprendre :

— Nous nous partageons les marchés asiatiques et africains avec la Thaïlande. Mais la concurrence devient de plus en plus dure. C'est la raison pour laquelle nous avons décidé de privilégier la recherche. Lorsque tout le monde saura faire des génériques, il faudra nous distinguer par des découvertes.

— De quel genre ?

— La lutte contre le sida demeure une priorité. Nous travaillons aussi sur le SRAS. Et sur des vaccins. Contre la malaria, en particulier.

— Les trithérapies ? Les envoyez-vous en Afrique ?

— Vous voulez dire à des tarifs abordables ?

Valentine hocha la tête.

— Depuis des années, nous nous efforçons d'aider des orphelinats et des hôpitaux qui n'ont pas les moyens financiers de soigner leurs patients et pour lesquels le gouvernement ne lève pas le petit doigt. En général, nous intervenons par le biais des ONG.

Durant une heure, ils continuèrent à discuter. A travers la baie vitrée, Valentine voyait le trafic des voitures. Le monde extérieur continuait de vivre, même si aucun son ne pénétrait dans la pièce.

— Accepteriez-vous d'être photographié ? s'enquit Valentine.

— Ce n'est pas ce que je préfère.

— Nos lecteurs seront contents de découvrir votre visage.

— Ils ne connaissent même pas mon existence !

Deepak sortit son appareil du sac et demanda à Farid Zafar de se tenir debout derrière la table. En suivant la scène, Valentine essayait de se faire une opinion. Cet homme dirigeait-il sans état d'âme la firme reçue en héritage ? Ne pensait-il qu'au profit ? Privilégiait-il ses ambitions personnelles ? Sous les éclairs du flash, il conserva la même impassibilité.

— En ce qui concerne notre visite à l'usine…

Sans la laisser terminer sa phrase, Farid Zafar déclara :

— Vous organiserez votre déplacement avec mon assistant.

Il activa une sonnette. Un homme d'une cinquantaine d'années apparut dans la minute.

— Nasir… Madame Courlande voudrait…

De retour au parking, Valentine mesura combien ce rendez-vous l'avait épuisée. Sans prononcer un mot, elle s'installa dans la voiture. Deepak se glissa derrière le volant, tourna la clé de contact et n'obtint qu'un hoquet.

— Oh non ! se lamenta-t-il. Elle sort de révision.

Il eut beau recommencer, le moteur refusa de se mettre en marche. Sans cacher son exaspération, Deepak sortit pour soulever le capot.

— Je crains que ce ne soit sérieux, dit-il en revenant vers Valentine. Il vaudrait mieux que vous preniez un taxi.

— Et vous ?

— Je vais appeler le garage.

Alors qu'elle s'apprêtait à suivre son conseil, la porte de l'ascenseur s'ouvrit. Un homme en sortit. Il se dirigeait vers une Hyundai beige.

— Un problème ? lança-t-il en anglais.

L'inconnu était un Occidental d'une quarantaine d'années, à la silhouette sportive, au visage énergique. Il vint dans leur direction, se pencha au-dessus du moteur, en vérifia quelques éléments.

— Ce doit être le carburateur…

Deepak lui tendit un chiffon afin d'essuyer le cambouis qui maculait ses doigts.

— Si vous allez vers le centre-ville, je peux vous déposer.

— Je vais à Colaba, indiqua Valentine.

Après avoir pris congé de Deepak, elle suivit son nouveau chauffeur.

— C'est de l'autre côté, signala-t-il alors qu'elle s'arrêtait devant la portière droite de la Hyundai.

— Il me faudra plusieurs jours pour oublier mes habitudes, répliqua-t-elle en contournant le véhicule.

Tandis qu'il s'installait derrière le volant, elle lui demanda sa nationalité.

— Français, répliqua-t-il dans leur langue natale. Comme vous...

— Mon accent m'a trahie, s'amusa-t-elle.

Avant de démarrer, il se présenta :

— Guillaume Balestran.

— Valentine Courlande.

Dehors, la nuit commençait à tomber. Ils rejoignirent un flot de voitures qui avançaient à la vitesse de l'escargot.

— C'est l'heure fatidique des encombrements, commenta Guillaume.

Il était rare qu'un Occidental se risquât à conduire lui-même. Elle lui en fit la réflexion.

— Une question d'habitude.

— Vous habitez Bombay ?

— J'habite Paris. Mais je suis plus souvent à l'étranger que chez moi.

Au fil de la conversation, elle apprit qu'il travaillait pour une ONG.

— Urgence Santé. Vous connaissez ?

— J'en ai entendu parler... Au moment du tsunami, se souvint-elle.

— Exact ! Nous avions concentré nos actions au Sri Lanka. Mais nous ne sommes pas des spécialistes de l'Asie. La majorité de nos interventions se déroulent en Afrique.

Après avoir annoncé qu'elle était journaliste, Valentine lui demanda s'il accepterait de répondre à ses questions.

— A condition que vous traitiez les problèmes en profondeur...

Piquée au vif, elle répliqua avec sécheresse :

— Survoler n'est pas mon genre.

— Pardonnez ma méfiance. Mais vos confrères ou consœurs ne tiennent pas toujours leurs promesses.

— J'apprécie peu les amalgames.

— Demain, à 17 heures, l'interrompit Guillaume Balestran en lui tendant la carte de visite qu'il venait de sortir d'une poche de sa chemise. Si vous changez d'avis ou si vous avez un empêchement, appelez-moi sur mon portable.

— Je ne changerai pas d'avis.

Au moment de franchir un feu rouge, Guillaume s'inquiéta :

— Vous ne m'avez pas indiqué où vous allez.

— Au Taj.

— Pour ne pas m'engouffrer dans un sens interdit, je vous abandonnerai au second carrefour. Vous n'aurez plus que deux cents mètres à parcourir.

Dans sa chambre, Valentine se laissa tomber sur le lit préparé pour la nuit. Ses paupières pesaient des tonnes. Elle regarda sa montre. 19 h 20. Avec le décalage, il lui faudrait encore patienter avant d'entendre la voix de son fils au téléphone. Pour reprendre des forces, elle commanda un thé. Puis elle se releva et écarta les rideaux. Les lumières des bateaux scintillaient dans l'obscurité. Devant la porte des Indes, la foule grouillait. Vendeurs ambulants, faux guides, touristes, mendiants... Un peu plus loin, des cars ralentissaient afin que les passagers aient un aperçu de cette ville où l'activité ne s'arrêtait jamais. Valentine acceptait mal cette façon de voyager qu'adoptaient nombre de touristes. Le temps d'engranger les photos que l'on montrerait au retour et que l'on prendrait soin de légender... Le temps d'acheter des babioles dans des magasins spécialisés... Et l'on se tournait vers autre chose.

En dépit de sa lassitude, Valentine ouvrit son ordinateur. Elle n'attendait jamais le lendemain pour retranscrire une interview. A mesure qu'elle mettait de l'ordre dans ses notes, certains détails de son entretien avec Farid Zafar lui revenaient en mémoire. Elle revoyait ses gestes étudiés, sa voix qui savait ménager les effets. Cet homme aurait été un excellent gourou tant sa technique de communication semblait au point.

La sonnerie du téléphone intérieur la fit sursauter.

— Je viens juste de rentrer, lui annonça Anne Lise. Et je ne tiens plus debout. Vous ne m'en voulez pas si je vous fais faux bond.

— Je ne suis pas en meilleur état que vous !

— Nous pourrions déjeuner demain… A moins que vous ne soyez déjà occupée…

— Si vous acceptez de m'attendre jusqu'à 14 heures, ce sera avec plaisir.

3

Pendant quelques minutes, Valentine se sentit perdue. Une conversation dans une langue inconnue résonnait dans la pièce. Lorsqu'elle eut récupéré ses esprits, elle comprit que cet échange animé provenait de la télévision devant laquelle elle s'était endormie. Après un coup d'œil à sa montre, elle se leva pour éteindre le poste, s'empara de son mobile et composa le numéro de ses parents.

— Je pensais t'appeler, lui répondit sa mère. Mais je craignais de te déranger pendant un rendez-vous. Tout va bien ?

— Plutôt. Et vous... ?

— J'ai accompagné Octave à son cours de judo. Et nous sommes allés voir ta sœur. Ils ont fait un gâteau qu'il a rapporté à la maison. Mais il va te raconter...

La voix joyeuse d'un petit garçon succéda à celle de Juliette Courlande.

— Un gâteau au chocolat, précisa-t-il. On t'en garde, si tu veux...

— Excellente idée ! Demande à Mamie d'en mettre une part au congélateur.

— Oui. Et, tu sais, j'ai invité Manuel pour dimanche. Mamie est d'accord.

Valentine raccrocha. Comment aurait-elle vécu son divorce sans le soutien de sa famille ? Jacques et Juliette

Courlande venaient tous les deux de prendre leur retraite, ce qui leur laissait du temps pour s'occuper de leurs trois petits-enfants. Christelle, leur fille aînée, leur confiait Manon et Hugo. Valentine, la cadette : Octave. Echelonnés entre dix et cinq ans, les jeunes cousins aimaient à se retrouver dans l'appartement de la rue Claude-Bernard. Eveillés à la lecture, aux jeux de société, ils apprenaient à devenir curieux des êtres et des choses. Sous la houlette de leur grand-mère, ils montaient parfois des saynètes avec leurs amis et les jouaient le week-end devant un auditoire acquis. Une bouffée de nostalgie envahit Valentine en se remémorant sa propre adolescence. A l'époque, sa mère était styliste pour les moins de six ans. Avant de donner ses dessins à ses employeurs, elle lui demandait son avis. Valentine étudiait les couleurs, réclamait le changement d'infimes détails. Il arrivait à Juliette de l'écouter…

Dans l'incapacité de se rendormir, Valentine zappa d'une chaîne à l'autre. En anglais, en hindi, dans divers langages, les programmes défilèrent. Variétés, films de gangsters, jeux où l'on gagnait de l'argent, un voyage, une automobile, feuilletons insipides, la planète proposait via le satellite un grand lavage de cerveau. Agacée, elle préféra ouvrir un roman policier. Au bout de deux pages, elle repoussa le volume. Les émotions accumulées depuis vingt-quatre heures l'empêchaient de se concentrer.

Deepak arriva à l'heure prévue. Dans une nouvelle voiture ! Celle que sa femme avait accepté de lui prêter.

— La réparation sera longue ? lui demanda Valentine.

— Une journée… Mais je me méfie de leurs promesses !

Ils prirent la direction du nord-ouest. Dans un enchevêtrement de véhicules, de bus à impériale, chacun tentait de se frayer un passage. Assourdie par le bruit des klaxons, les invectives des chauffeurs, les pétarades des engins à deux roues, Valentine tentait de s'acclimater. Aux édifices qui rappelaient la domination anglaise se mêlaient des buildings à l'architecture audacieuse. Entre ces constructions disparates, toutes sortes d'échoppes se disputaient les trottoirs. Au fur et à mesure qu'ils s'enfoncèrent dans des quartiers moins favorisés, les rues devinrent des lieux de vie. Des hommes se lavaient dans le caniveau, des familles bivouaquaient sur les trottoirs. Générations confondues, ils habitaient là, sous des toits de chiffon ou sous les bennes de camions abandonnés. L'envers du décor ! Le cancer d'une population que les diktats des religions et de la société maintenaient dans la misère !

Amita les reçut dans une pièce où des jeunes gens empilaient des tracts avant de les ficeler dans du papier journal.

— Passons à côté. Nous serons plus tranquilles pour bavarder.

Tous les trois se trouvèrent dans un réduit sans fenêtre où tournait un ventilateur à bout de souffle.

Alors que ses visiteurs s'asseyaient sur des nattes élimées, Amita avoua :

— Je suis contente que nous nous rencontrions.

Valentine avait découvert l'existence de son interlocutrice grâce à Internet. Sur plusieurs sites, des gens parlaient de son engagement et de son travail. Depuis cinq ans, Amita luttait avec peu de moyens contre la propagation du sida. En premier lieu, elle cherchait à expliquer aux populations comment se prémunir contre la maladie.

— Ce ne sont pas les maris qui en parlent à leurs épouses. Encore moins lorsqu'ils fréquentent des personnes à risques !

— Beaucoup sont contaminés ?

— Comment ne deviendraient-ils pas séropositifs alors que la majeure partie des prostituées le sont ?

En leur servant un verre de chai[1], Amita poursuivit :

— Régulièrement, je me rends dans les rues chaudes. La moitié des filles viennent du Népal. Certaines ont cru qu'elles trouveraient à Bombay un travail honnête. D'autres ont été vendues par leurs familles contre de l'argent ou des postes de télé. Elles arrivent très jeunes, tombent sous la coupe de proxénètes. Certaines se retrouvent enceintes et mènent leur grossesse à terme. Après la naissance, on drogue les enfants pour qu'ils dorment pendant que leurs mères s'occupent des clients. Parmi ces petits, beaucoup se retrouvent un jour orphelins. Avec d'autres associations, j'essaie de les placer dans des centres où l'on tente de les soigner.

Tandis qu'elle parlait, Amita sortait des dossiers afin de les montrer à Valentine.

— Pour vous donner une idée…

Sur la couverture s'étalaient les portraits de garçonnets et de fillettes.

— Condamnés à plus ou moins longue échéance, dit-elle.

L'amertume et la révolte filtraient dans sa voix.

— Celui-ci a deux ans. Il est indemne. Mais quel sera son avenir ? Il y en a d'autres dans son cas… Et pas de solution. On essaie de leur apprendre à lire, à écrire ! De les protéger contre l'exploitation.

— Une loi interdit aux enfants de travailler, l'interrompit Valentine.

— Certes ! Mais il reste des zones floues. Les petits métiers, par exemple. Porteurs d'eau, vendeurs de thé…

1. Thé bouilli avec du lait et de la cardamome.

— Il existe des gangs organisés qui estropient des gamins avant de les obliger à mendier, renchérit Deepak en photographiant Amita.

A mesure qu'elle regardait les clichés, Valentine sentait sa gorge se serrer. Ne voulant pas flancher devant Amita, elle se concentra sur son interview.

— Quand avez-vous commencé à vous mobiliser ?

— Il y a huit ans, j'ai fait la connaissance d'une infirmière qui travaillait dans un hôpital de la ville. Elle m'a raconté ce qu'elle vivait au quotidien. Les malades en phase terminale, leur dénuement, leur solitude... J'ai pensé qu'il fallait remonter à la source. Informer. Avec un neveu, nous avons ouvert une petite antenne. Au début, on nous prenait pour des fous. Rien ne nous arrêtait. On allait voir les camionneurs, les chauffeurs de taxi pour leur expliquer les risques qu'ils couraient en ne prenant pas de précautions. Ces hommes déracinés, loin de leurs épouses restées dans les campagnes, fréquentent régulièrement Falkland Road. Peu à peu, des bénévoles nous ont rejoints. On a distribué des préservatifs, proposé des tests gratuits.

— Vous êtes mariée ?

— Depuis vingt ans. Mon mari est enseignant.

En rajustant le pan de son sari de coton qui avait glissé sur son épaule, Amita poursuivit :

— Quand je suis découragée, il me réconforte.

Un jeune homme poussa le rideau qui les séparait de la pièce voisine.

Après un échange en marathi, il secoua la tête de gauche à droite (ce qui signifiait oui) puis se retira. Amita consulta sa montre.

— Je dois vous quitter.

— Est-ce que l'on pourrait se revoir ? demanda Valentine.

— Combien de temps restez-vous à Bombay ?

— Trois semaines.

— Je pourrais vous emmener à une réunion. La prochaine a lieu jeudi. A Dharavi. Elle concernera la petite enfance.

En retrouvant Anne Lise pour le déjeuner, Valentine eut l'impression d'avoir rêvé sa matinée. L'atmosphère feutrée du restaurant et le service policé la faisaient presque douter de son entretien avec Amita. Face au visage souriant de son interlocutrice, elle tenta de masquer son trouble.

— Etes-vous satisfaite de votre guide ? lui demanda-t-elle.

— Oui et non. Il veut me faire découvrir le maximum de choses en un minimum de temps.

— Bombay est une ville complexe. Fascinante et repoussante.

— Fascinante... Je ne sais pas...

— Vous avez visité le centre ?

— Pour tout avouer, j'ai peu quitté la voiture. Nous sommes allés jusqu'à Malabar Hill, revenus par les tours du Silence. J'ignorais que les Parsis livraient leurs morts aux vautours.

Au fil de la conversation, Valentine comprit qu'Anne Lise savait peu de chose sur l'Inde. Des rudiments concernant la Partition, quelques noms de dieux et déesses, l'existence de Bollywood, l'engouement pour certains gourous...

— Qu'est-ce qui vous a donné envie de venir jusqu'ici ?

— L'espoir d'aller mieux ! On m'a dit grand bien du centre ayurvédique où je me rends demain. J'ai besoin de créer une distance avec mon entourage et...

Dans un chuchotement, elle ajouta :

— Mon mari.

N'ayant pas l'habitude de se livrer aux confidences, Anne Lise s'étonna d'évoquer devant une quasi-inconnue un début de dépression.

— J'ai cinquante-trois ans... Et je ne me suis pas préparée à ce que l'on me regarde moins...

— Vous êtes belle.

Anne Lise sourit.

— Je tente de tricher... Mais je ne suis pas dupe. Alors, je bouge ! Je prends des trains, des avions, des bateaux. Un pis-aller !

— Vous n'avez pas vu de thérapeute ?

— Non.

Le refus avait claqué. Catégorique !

— Je ne suis plus assez jeune pour remuer ce que j'ai enfoui.

Après un silence, Anne Lise se reprit :

— Nous n'avons pas décidé de déjeuner ensemble pour que je vous livre mes états d'âme. Racontez-moi plutôt ce que vous avez fait depuis que nous nous sommes quittées.

Tandis que Valentine évoquait son précédent rendez-vous, elle perçut une qualité d'attention chez Anne Lise qui la toucha. En dépit de sa fortune, de ses privilèges, de ses interrogations personnelles, celle-ci savait écouter. Même s'il ne s'agissait que d'un intérêt momentané, il semblait sincère.

— Vous devez me juger obscène, risqua-t-elle lorsque la journaliste se tut.

— Obscène ! Pourquoi ?

— De pleurnicher sur mon sort... alors que je ne manque de rien.

— Tout le monde a des sujets de plainte. Ils sont seulement différents. Il m'arrive à moi aussi de pester. Contre mon divorce, contre...

— Vous êtes divorcée ? s'étonna Anne Lise.

— Depuis un an, je vis seule avec mon fils.

— Il a quel âge ?

— Cinq ans.

Pas plus qu'Anne Lise, Valentine n'avait l'habitude de se confier. Dans le dessein de ne pas inquiéter ses parents, de ne pas fatiguer ses proches, elle s'imposait une inaltérable bonne humeur.

— Son père m'a quittée lorsqu'il a retrouvé une amie d'adolescence.

Arnaud avait connu une certaine Clémence en terminale. Le départ de la jeune fille en Californie, où s'installaient ses parents, avait interrompu leur idylle. L'espace de quelques mois, les deux amoureux échangèrent une volumineuse correspondance. Puis Clémence s'était amourachée d'un nouveau soupirant. Après une succession d'aventures faciles, Arnaud avait rencontré Valentine. Sans établir de comparaison avec son ancienne conquête, il s'était suffisamment attaché pour la demander en mariage. Après la naissance d'Octave, Valentine avait pensé que leur bonheur frisait l'insolence. Jusqu'au retour de Clémence...

— Je n'ai rien vu venir, avoua-t-elle à Anne Lise. Arnaud semblait content de retrouver une amie d'autrefois. J'aurais dû me montrer plus vigilante.

— On se dit toujours ce genre de chose quand il est trop tard.

En apportant les plats, le serveur créa une diversion. Valentine regarda autour d'elles. Aux clients étrangers se mêlaient de riches Indiens. Hommes d'affaires, femmes vêtues à l'occidentale et couvertes de bijoux... « A Bombay, on ne pense qu'à l'argent, lui avait répété son confrère Olivier. Lorsqu'on n'en a pas, on ne songe qu'à en trouver. Lorsqu'on en a trop, on ne cherche qu'à le faire fructifier. » Le commerce et les trafics occupaient la première place dans cette ville qui s'enorgueillissait de ses banques, même si celles-ci côtoyaient des décharges d'ordures. Son précédent voyage avait démontré à

Valentine qu'en Inde tout se juxtaposait : le sacré et la fange, le passé et le futur, le jour et la nuit, les valeurs familiales et la corruption. En face d'elle, Anne Lise faisait du tri dans un curry de légumes.

— C'est trop épicé ?

— Trop pour moi. Mais ce n'est pas grave.

Sans sourciller, elle termina un plat qu'elle aurait sans doute boudé ailleurs.

— Vous avez prévu quelque chose pour cet après-midi ? lui demanda Valentine.

— La visite du Prince of Wales. Une conférencière m'y attend. J'espère qu'elle ne se noiera pas dans les détails.

Valentine rit. Elle-même ne supportait pas que l'on coupât les cheveux en quatre. Lorsqu'elle rédigeait ses articles, elle tentait d'y faire couler la vie en bannissant ce qui n'était pas essentiel.

Avant de se quitter, elles s'engagèrent à se revoir quinze jours plus tard. Quand Anne Lise ferait une nouvelle escale à Bombay...

— Je suis intriguée par votre cure, lui dit Valentine. Vous me raconterez...

4

Un coup d'œil à sa montre indiqua à Valentine qu'elle devait sauter dans un taxi si elle voulait arriver à l'heure chez Guillaume Balestran. A presque 17 heures, le soleil commençait à décliner et la ville prenait des couleurs plus chaudes. Fatiguée par le décalage horaire, elle commençait à somnoler lorsque le véhicule s'arrêta devant un immeuble datant de l'ère victorienne.

Un vestibule ouvrait sur un escalier qui avait perdu son lustre d'antan. Valentine grimpa trois étages. Obéissant à l'écriteau punaisé sur le mur, elle frappa fort contre une porte en bois foncé. Guillaume ouvrit.

— Entrez, lui proposa-t-il en s'effaçant.

Alors qu'elle pénétrait dans un vestibule encombré de colis étiquetés, il précisa :

— Mon bureau se trouve à votre droite.

Semblable à la proue d'un navire, la pièce surplombait un carrefour grouillant de monde. Sur une longue table s'empilaient des affiches roulées, des lettres, des journaux...

Guillaume invita sa visiteuse à s'asseoir. Puis il mit son ordinateur en veille.

— Un Coca ? Du thé ?

— Du thé. S'il vous plaît.

Il brancha la bouilloire, sortit des sachets. Tandis qu'il s'affairait, Valentine l'observa. Des traits décidés, des yeux clairs, un nez aux larges narines, une bouche aux lèvres pleines lui donnaient une certaine séduction. Mais il était plus attirant que beau.

— La voiture est réparée ?

— Pas encore.

— Vous m'étonnez !

Il versa l'eau dans des mugs.

— Du sucre ?

— Non, merci.

Contrastant avec l'agitation extérieure, le lieu respirait le calme. Lorsqu'elle lui en fit la remarque, il éclata de rire.

— Si vous étiez venue ce matin, vous n'auriez pas été du même avis. C'était la pagaille. Aucun colis n'était terminé… Et le camion devait les acheminer en début d'après-midi. Remarquez, on a de l'entraînement ! Il faut avoir des nerfs en acier pour travailler dans ce pays où chaque question déclenche un « non ». Inverser la situation réclame une énergie considérable. Mais je ne vous apprends rien !

— Je n'ai pas votre habitude des Indiens.

— La première fois que j'ai débarqué à Bombay, je n'ai prêté attention qu'au dépaysement, qu'aux impressions…

— Cela remonte à longtemps ?

— J'avais vingt-deux ans. J'en ai trente-neuf ! Faites le compte. Avec deux copains, on avait trouvé le moyen d'arriver juste avant la mousson. A ce moment-là, on ne pouvait pas se payer des endroits climatisés. Alors, on se réfugiait dans les banques ou les halls des grands hôtels. Les journées se déroulaient dans une sorte d'hébétude. Je me souviens encore d'une soif que rien ne parvenait à satisfaire, du manque d'eau pour se laver, des nuits torrides où personne ne trouvait le sommeil. Un soir pourtant, le vent s'est levé au-dessus de la mer, le ciel a grondé avant de déverser des cataractes de pluie. Les enfants se sont tous jetés dans les rues.

Perdu dans ses souvenirs, Guillaume revoyait des images d'exubérance. A cette époque, il n'imaginait pas le tour que prendrait sa destinée. Il avait fallu différents voyages, des rencontres déterminantes, pour que l'évidence s'imposât : il ne resterait pas les bras croisés pendant que d'autres traversaient des guerres et des famines, succombaient à la maladie ou aux maltraitances, ne bénéficiaient d'aucune scolarisation. Face à son choix, ses proches s'étaient interrogés. Rien ne l'avait préparé à affronter l'inacceptable. Mais pouvait-on s'y préparer ? Après des années de terrain, son indignation et son dégoût demeuraient les mêmes.

— Vous avez une formation de médecin ? s'enquit Valentine.

— Au risque de vous décevoir, je ne suis pas un French doctor. Plus modestement, je m'occupe de logistique. Je viens régulièrement à Bombay pour commander des médicaments.

— D'où votre présence chez SERLAS.

— Nous ne nous fournissons pas que chez eux. Il y a aussi CIPLA. Et tous les laboratoires qui acceptent de diminuer leurs tarifs lorsqu'il s'agit d'une cause humanitaire. Je parle, bien entendu, des génériques.

— Il vous arrive de les obtenir gratuitement ?

— Très rarement.

Après un court silence, Guillaume ajouta :

— Dans quelque temps, il faudra se battre pour obtenir à bas prix ces précieux génériques. Plusieurs Etats nantis considèrent que ceux-ci mettent en péril leur industrie pharmaceutique et passent des pactes avec des gouvernants du tiers-monde pour que leurs pays ne les utilisent pas.

— Vous voulez dire qu'ils font du chantage ?

— Les médicaments constituent un enjeu crucial. Selon qu'on les distribue ou qu'on entrave leur circulation, on donne la vie ou la mort. Empêcher une population d'accéder aux soins est aussi criminel que de la bombarder.

Assise en face de Guillaume, sa visiteuse se tenait droite. Un tee-shirt bleu pâle aux manches courtes révélait de jolis bras et une peau à peine hâlée. Tout en mordillant le bout de son stylo, elle relisait ce qu'elle venait d'écrire. Echappée de sa pince, une mèche de cheveux bruns effleurait son épaule droite. Machinalement, elle la repoussa derrière l'oreille. De longs cils bordaient ses paupières. Il s'attarda sur son visage dénué de maquillage. Une impression de sérieux se dégageait de sa personne.

— Pourquoi avoir choisi de travailler pour l'humanitaire ?

Elle terminait sa phrase quand la sonnerie de son portable retentit.

— Excusez-moi... Ce doit être mon fils. Il s'inquiéterait si je ne lui répondais pas.

— Je vous en prie.

En une seconde, l'appareil fut extirpé du sac à dos.

— Octave ! J'étais certaine que c'était toi.

Par discrétion, Guillaume se leva et passa dans le bureau voisin. Gautama, son collaborateur, avait oublié d'éteindre la cafetière. Il le fit à sa place.

— Tu as bien travaillé ?... Super... Un spectacle ? Où ? Avec Papi et Mamie...

Guillaume remarqua combien le ton de Valentine était devenu joyeux et tendre. A plusieurs reprises, il l'entendit rire. Puis il y eut un bruit répété de baisers.

— Je suis désolée, s'excusa-t-elle en le voyant réapparaître.

— Il a quel âge ?

— Cinq ans.

— C'est l'aîné ?

— Je n'ai pas d'autre enfant.

La nuit était tombée et des enseignes multicolores clignotaient dans l'obscurité. En dépit des fenêtres fermées, le ronronnement des véhicules montait jusqu'à l'étage. Guillaume s'approcha de la croisée pour contempler la rue. Quartier par quartier, banlieue par banlieue, des millions de gens allaient retrouver les abris de fortune, les taudis, les chawls où dans une seule pièce s'entassaient les membres d'une même famille. La plupart parviendraient à voir la télévision. Leur drogue ! Celle qui permettait de tout oublier pendant quelques heures.

— Où en étions-nous ? récapitula Valentine en relisant ses notes. Ah oui... Je vous demandais pourquoi vous vous étiez tourné vers l'humanitaire.

— C'est venu peu à peu. Après mon bac, je me suis inscrit en sciences éco. Quand le service militaire s'est profilé, j'ai opté pour la coopération. Au Mali, j'ai ouvert les yeux. Pour m'engager, il me fallait une formation. On m'a recommandé une école de logistique. J'ai commencé à bosser dans une petite association au Sénégal. Une ONG plus importante m'a recruté. J'y travaille toujours...

— A vous entendre, tout paraît simple !

Guillaume se contenta de sourire. Si Valentine Courlande attendait des confidences, elle en serait pour ses frais. Derrière une neutralité affichée, il percevait un esprit rapide, acéré et prêt à profiter d'une faiblesse. Pour changer la donne, il lui demanda si elle était pressée.

— Non. Pourquoi ?

— Dans ce cas, je vous emmène chez Léopold. Ce sera plus amusant que de traîner dans ce bureau.

L'air était encore chaud lorsqu'ils s'engagèrent dans la rue. Depuis son arrivée à Bombay, Valentine ne s'était pas encore promenée à pied. Habitué des foules, Guillaume se faufilait entre les employés de bureau, les vendeurs de paan, les femmes allant s'approvisionner au marché. Au croisement d'une rue, un chariot surchargé de légumes et de fruits se renversa, répandant pastèques, mangues, bananes... Immédiatement, des enfants enfouirent les denrées dans les pans retournés de leurs chemises et s'enfuirent en courant.

— Ils vont les revendre un peu plus loin, commenta Guillaume.

Autour d'eux, les échoppes s'étaient allumées. On y trouvait des savons, des cartes postales aux couleurs criardes, des journaux, des bonbons, des boîtes d'allumettes, des paquets de lessive. Evitant de se laisser emporter par la cohue, Valentine ne quittait pas des yeux son guide.

Au Léopold Café, le bruit n'avait rien à envier au tintamarre extérieur. Le long d'un bar immense ou assis autour de guéridons, des Indiens et des étrangers oubliaient la touffeur de la journée en buvant un verre. Alors que Guillaume se dirigeait vers deux chaises libres, un couple d'Occidentaux le salua.

— Tu es arrivé depuis longtemps ? demanda l'homme.

— Quatre ou cinq jours.

— J'aimerais te parler de quelque chose. Tu es toujours au même hôtel ?

— On m'a prêté un appartement. A Bandra.

— Il y a plus désagréable !

— Appelle-moi demain. Au bureau. Tu as gardé le numéro ?

Tandis qu'elle passait devant eux, Valentine se sentit dévisagée des pieds à la tête.

— Ils travaillent pour une ONG suisse, l'informa Guillaume en s'asseyant.

Sans regarder la carte, il opta pour une bière.

— Il existe des boissons plus amusantes, l'encouragea-t-il. De la vodka avec de la liqueur de rose, du rhum avec…

— Vous voulez ma mort !

Après quelques hésitations, elle choisit un Mexican milk-shake.

— Pour quelqu'un qui redoute les bombes à retardement, vous prenez des risques !

En la voyant s'appuyer contre le dossier de son siège, il comprit qu'elle avait quitté sa carapace de journaliste. Ce choix le décontracta à son tour. Au serveur bougon qui enregistrait leur commande, il réclama des samosas et des beignets d'aubergines.

— Vous verrez, ils ne sont pas mauvais.

Guillaume se comportait comme un habitué. Pour la première fois, Valentine se posa des questions d'ordre personnel. Comment conciliait-il d'incessants voyages avec une vie privée ?

— Vous êtes nombreux à travailler pour Urgence Santé ?

— A Paris : trente-six salariés et quinze bénévoles.

— Et sur le terrain ?

— Cent quarante-six volontaires expatriés. Le personnel soignant plus les gens affiliés à l'organisation, à la communication et à la formation des employés locaux.

Guillaume évoqua la construction ou la réhabilitation de dispensaires en Somalie, au Darfour et à Madagascar. Les campagnes de vaccination, de rénutrition, les tentatives de protection contre les épidémies de choléra ou de méningite…

— Le paludisme reste le plus grand des fléaux. Il tue un enfant toutes les trente secondes. Et nous n'avons toujours pas de vaccin. On vous a parlé d'Oxana Loubchenka ?

— Non.

— Elle est biologiste chez SERLAS.

— Lorsqu'il m'a reçue, le directeur n'a pas cité son nom.

— On murmure qu'elle aurait quelques longueurs d'avance…

— En ce qui concerne ce fameux vaccin contre la malaria ?

Guillaume hocha la tête.

— Elle est russe ?

— Née à Saint-Pétersbourg quand la ville s'appelait Leningrad. Depuis plusieurs années, elle travaille pour les Indiens et vit à Bombay.

— Vous la connaissez ?

— Suffisamment pour lui demander de vous rencontrer…

L'alcool et les épices coloraient les pommettes de Valentine et faisaient briller ses yeux dont la couleur hésitait entre le bleu et le gris ardoise. Il remarqua une petite cicatrice à la commissure de ses lèvres. Une blessure ? En dépit de son attitude réservée, il songea qu'elle devait posséder un caractère complexe. Un mélange d'eau et de feu, d'idéalisme et d'impatience.

— Vous le feriez ?

— Si vous y tenez…

Pour conclure leur marché, il entrechoqua son verre contre le sien.

— Elle sera plutôt disponible pendant le week-end.

5

Valentine relisait ses notes quand Olivier l'avertit de son arrivée.

— Ils ne m'avaient pas donné de vue sur la mer, se plaignit-il. J'ai fait un tel souk qu'ils m'ont installé dans une minisuite. Tu viens me voir...

Quelques instants plus tard, elle frappait chez son confrère.

— Entre... Et ne regarde pas le désordre.

Il avait renversé le contenu de sa valise sur son lit.

— J'ai fait nettoyer mon linge avant de quitter Delhi. Tu peux vérifier... Tout est propre !

— Stop... Je ne suis ni ta femme ni un garde-chiourme !

— OK. Annonce-moi plutôt que tu as bien travaillé.

— Je suis sur des pistes !

— Seulement des pistes !

— Olivier... Nous n'utilisons pas les mêmes méthodes ! J'ai besoin de sentir les choses, de me laisser guider par les événements.

— N'oublie pas que nous rentrons le 23 décembre.

— Non seulement j'y pense, mais je compte les jours !

— Arrête de t'énerver !

— C'est toi qui me mets la pression.

— Excuse-moi. J'avais besoin de me défouler. Delhi m'a crevé.

Tout en extirpant des journaux, des carnets, des plans de sa sacoche, il lui raconta ses rendez-vous avec plusieurs ministres d'un pays qui comprenait deux chambres : celle des Etats et celle du Peuple. L'année précédente, le 10 mai 2004, le parti du Congrès et ses alliés de l'UAP avaient largement remporté les élections. Selon la tradition, le chef de file du parti majoritaire devenait Premier ministre. C'était le cas de Manmohan Singh. Lequel avait accompli une visite officielle en France, en septembre. Depuis, il y avait eu le triple attentat à New Delhi. Le samedi 29 octobre, dans l'après-midi, trois explosions dans trois quartiers différents avaient tué soixante et une personnes, fait deux cent dix blessés. L'Islamic Inquilab Mahaz, qui militait pour le désengagement des forces militaires indiennes au Cachemire, l'avait revendiqué.

— Ils sont sur les dents, disait Olivier en évoquant les fouilles incessantes.

Au fil des minutes, ses effets personnels s'étaient entassés un peu partout. Face à un tel chambardement, Valentine songea aux rangements méticuleux de son ex-mari. Avec Arnaud, rien ne traînait jamais. Souvent, elle l'avait raillé pour sa maniaquerie.

Le soir même, Deepak les emmena chez lui. Avec sa femme, ils habitaient près des Hanging Gardens dans un immeuble récent.

— C'est au quatrième, indiqua-t-il en désignant l'ascenseur.

Un serviteur au sourire éclatant leur ouvrit. Puis la maîtresse de maison vint à leur rencontre.

— Ma femme Mira, la présenta Deepak.

Vêtue à l'occidentale d'une chemise et d'un large pantalon en soie, Mira offrait un mélange de grâce et d'élégance. Ses longs cheveux flottaient sur ses épaules, de beaux pendentifs en argent ornaient ses oreilles.

— Asseyez-vous, leur proposa-t-elle lorsqu'ils pénétrèrent dans le salon où Valentine remarqua des objets en bois ouvragés.

Une baie ouvrait sur une terrasse. Fraîchement arrosées, les plantes et les fleurs exhalaient un parfum entêtant. Valentine s'approcha et découvrit un chat qui dormait.

— Les enfants l'ont recueilli quand il était tout petit, expliqua Deepak, qui l'avait suivie.

Un second serviteur apporta des boissons sur une table roulante. Installée dans le canapé, Mira proposa à son invitée de la rejoindre.

— Deepak m'a raconté la panne… Il était très contrarié.

— Aucun rendez-vous n'a été chamboulé. Nous venions de terminer la journée.

— Tout de même !

— Un compatriote m'a raccompagnée.

— Valentine trouve toujours des Robin des Bois sur sa route, ironisa Olivier, qui avait entendu leurs propos.

— Ne l'écoutez pas, se défendit celle-ci en riant.

— Tu ne m'avais pas dévoilé cet épisode, insista son confrère.

— Il n'y a rien à raconter.

Au fil de la soirée, l'atmosphère se décontracta. Mira et Deepak évoquèrent Londres, où ils s'étaient rencontrés. Elle étudiait dans une école de stylisme. Lui commençait à travailler pour une agence. Durant un certain temps, ils s'étaient vus en secret. Même si elle était née en Angleterre, Mira appartenait à une communauté qui ne plaisantait pas avec les traditions. Un jour, il lui faudrait épouser l'homme choisi par ses parents.

— Nous savions que nous allions déclencher une tempête, avoua-t-elle.

— L'influence britannique n'a pas encore transformé les mentalités ? s'étonna Olivier.

— Les Indiens vivent en vase clos. La majorité des mariages demeurent arrangés.

— Personne ne se rebelle ?

— Rarement.

— Alors... Comment avez-vous fait ?

— Que Deepak soit lui aussi punjabi a minimisé les problèmes. Nous avions les mêmes racines.

— Et du côté de votre mari ?

— Une jeune fille l'attendait à Chandigarh.

— Il la connaissait ?

— Non.

Aujourd'hui, Mira pouvait sourire en se remémorant les événements. Mais jusqu'au jour des présentations familiales, elle avait tremblé. Après une observation réciproque, les deux mères s'étaient appréciées. On put annoncer les fiançailles, préparer la noce, qui s'était déroulée sous les meilleurs auspices. Après la naissance de leur fille, le couple avait choisi de s'installer en Inde. Deepak était certain que les journalistes s'intéresseraient de plus en plus à son pays d'origine. S'il fournissait des photographies de qualité, le bouche-à-oreille entraînerait des commandes régulières. Pour Mira, le pari était plus risqué. Personne ne la connaissait en tant que styliste ! Décidée à lancer sa griffe, elle avait contracté un emprunt puis loué un étage dans un immeuble parsi de Cuffe Parade.

— J'ai débuté avec deux couturières et une brodeuse, raconta-t-elle à Valentine. On travaillait dans la ferveur !

Pour sa première collection, Mira avait privilégié les étoffes anciennes : soies ou brocarts. Afin de ne pas brusquer les mentalités, elle avait ajouté aux traditionnels salwar kameez[1] des détails occidentaux, festons,

1. Vêtement féminin composé d'un pantalon et d'une tunique. On y ajoute une longue écharpe.

boutons, dentelles. Le défilé s'était déroulé chez une tante qui possédait une maison à Malabar Hill.

— Les gens se battent pour aller chez elle ! Je ne pouvais rêver meilleur lancement.

Les pages du carnet de commandes s'étaient remplies avec une régularité de métronome. La saison suivante, Mira osa davantage en raccourcissant des jupes, en changeant la coupe des pantalons.

— Les femmes s'habillent peu à l'occidentale, remarqua Valentine.

— Quelques-unes à New Delhi ou à Bombay... Dans des endroits bien précis. Mais je serais malheureuse si les saris venaient à disparaître...

— Moi aussi ! s'exclama Valentine.

— Venez voir ma collection...

Elles entrèrent dans une pièce où flottait un parfum de santal. Saisie par le spectacle qu'elle découvrait, Valentine demeura sur le seuil. Des dizaines de saris s'échelonnaient, suspendus à des portants.

— Je les ai classés selon leur provenance.

Dans un kaléidoscope de couleurs vives, nuancées ou plus sourdes, l'Inde s'offrait dans sa diversité et sa créativité. Des cotonnades de l'Assam, du Bengale, du Kerala aux lourdes soieries du Maharashtra, chacune des étoffes méritait l'attention. En suivant son hôtesse, Valentine écoutait ses explications.

— Le sari existe depuis l'Antiquité. Comme aujourd'hui, il se composait d'une seule pièce que les femmes drapaient autour de la taille. Selon les croyances hindoues, tout tissu percé par une aiguille était considéré comme impur. Les vêtements cousus sont arrivés avec les invasions mogholes. Quant aux couleurs, elles ne relèvent pas du hasard ! Le vert était souvent porté par la communauté musulmane. Les castes privilégiées évitaient le bleu. Les ascètes se réservaient le jaune ou le safran. Quant à la parure de mariée, elle reste traditionnellement rouge. Les motifs ont aussi leur signification ! Regardez cet éléphant ! Il personnalise le pouvoir.

Mira décrocha un sari gris perle et le déploya.

— Il fait un mètre dix de large et cinq mètres cinquante de long. La large bordure qui décore l'une de ses extrémités se nomme pallaw. On la drape autour des épaules ou l'on s'en recouvre la tête.

Des rires joyeux l'interrompirent. Un petit garçon entra en trombe dans la pièce. Bousculant les tissus, il vint se blottir contre Mira.

— Tu dois saluer mon invitée, lui intima celle-ci en anglais.

— Comment t'appelles-tu ? demanda Valentine.

— Yash, répliqua l'enfant en se faufilant entre les étoffes.

— Il adore que je parte à sa recherche, s'amusa sa mère.

Refusant que Deepak les ramenât, Olivier et Valentine avaient commandé un taxi dont le capot disparaissait sous les guirlandes. Marine Drive épousait le rivage en formant un arc de cercle. L'éclairage des réverbères dessinait le fameux « collier de la reine ». A bord de voitures aux vitres ouvertes, des bandes de jeunes écoutaient de la musique syncopée. Le long des trottoirs, des promeneurs cherchaient la fraîcheur. Un peu plus loin, des enfants jouaient avec un vieux ballon. Certains n'étaient pas plus âgés que le petit Yash. Depuis son arrivée, Valentine se sentait désarçonnée devant tant de contrastes. Une opulence insolente côtoyait la plus grande pauvreté sans que personne s'en offusquât.

— Où se situe leur fameux progrès économique ? demanda-t-elle à Olivier.

— Dans des secteurs limités. Et peu de monde en profite.

6

Le lendemain matin, Olivier s'était évanoui dans la nature en coupant la messagerie de son portable. Lors de précédents reportages, Valentine s'était adaptée aux habitudes de son confrère. Une fois, à Saint-Pétersbourg, il avait disparu pendant trente-six heures. A son retour, il ne s'était pas expliqué et elle ne l'avait pas questionné. Elle-même lui prodiguait peu d'informations quant à ses projets.

Emmenée par Deepak, qui venait de récupérer sa voiture, elle se préparait mentalement à la réunion d'Amita, qui se déroulerait à Dharavi. Considéré comme le plus vaste slum d'Asie, ce bidonville longeait sur plus d'un kilomètre la rivière Mahim. Des familles s'y entassaient dans des cahutes insalubres. Face à la cherté des loyers, elles n'avaient pas d'autre solution que de vivre dans des conditions plus que précaires. Parmi les habitants, beaucoup travaillaient. Dans des fabriques alentour ou plus loin. Dès qu'ils amassaient un petit pécule, ils achetaient le téléviseur qui les reliait à un monde de nantis. Il était question que le gouvernement changeât la situation en relogeant les habitants dans des locaux salubres, en construisant des hôpitaux, des dispensaires, des écoles...

Deepak se gara à distance. Se frayant un chemin entre les immondices qui maculaient la chaussée défoncée, Valentine lui emboîta le pas en essayant de ne pas se faire remarquer. Peine perdue ! Sortant de partout, des gosses dépenaillés l'entourèrent. Les plus grands faisaient barrage aux plus petits qui tentaient de s'approcher. Deepak éleva la voix pour les faire déguerpir, mais certains, plus opiniâtres, les escortèrent jusqu'à l'entrée d'une ruelle où s'écoulait une eau noire qui dégageait une odeur pestilentielle. Sur sa droite, sur sa gauche, des cabanes se jouxtaient, s'imbriquaient. Pas un centimètre carré n'était oublié dans cet enchevêtrement de tôle, de bambous, de plastique et de torchis. Accroché à des fils, du linge séchait. A cette heure de la matinée, la plupart des hommes étaient partis chez leurs employeurs. Restaient les femmes qui vaquaient à leurs occupations domestiques. Assises devant les portes, des vieilles ressemblaient à des statues. N'attendant aucune bonne surprise d'une journée qui ressemblerait aux précédentes, elles occupaient le temps en ne faisant rien.

Avant de trouver Amita, le photographe demanda plusieurs fois le chemin. Plus Valentine s'enfonçait à travers les venelles, plus elle avait l'impression d'être déconnectée de la normalité. Des gens mangeaient là, dormaient là, dans une promiscuité qui annulait toute intimité. Mais cette notion entrait-elle dans un plan de survie ? Enfin, ils parvinrent devant un abri dont la façade disparaissait sous un panneau d'information. Après avoir frappé, ils poussèrent la porte entrebâillée.

— Bonjour, les salua Amita avec un grand sourire.

Assise à une table, elle écoutait une jeune femme enceinte qui s'essuyait les yeux du revers de la main.

— On peut attendre dehors, proposa Valentine.

— Non, non. Passez à côté. Je n'en ai pas pour longtemps.

Dans une pièce qui sentait le moisi, plusieurs personnes discutaient. Deepak et Valentine les saluèrent avec la sensation d'être dévisagés comme des extraterrestres. La discussion reprit, animée par une Indienne corpulente qui paraissait avoir l'ascendant sur les autres. Certaines tenaient des nourrissons dans leurs bras. A tour de rôle, elles posaient des questions.

— On les conseille sur les premiers soins à donner aux bébés en cas de maladie, expliqua Deepak, qui suivait leurs propos.

En venant les chercher, Amita confirma que son association apprenait aux mères à éviter des situations qui pourraient tourner au drame.

— Elles ne savent pas comment se comporter face à des vomissements ou à des diarrhées aiguës. On leur explique combien l'hydratation est importante. Seulement, trouver de l'eau « propre » n'est pas simple ! On a ouvert des dispensaires, mais ils ne suffisent pas à la demande. Quant aux hôpitaux de la ville, ils sont saturés. Nous faisons ce que nous pouvons avec nos pauvres moyens. La prévention, la distribution de médicaments lorsque nous en avons. Un médecin que nous connaissons vient bénévolement une ou deux fois par semaine...

La réunion terminée, plusieurs personnes s'approchèrent d'Amita. En la regardant répondre avec calme et patience, Valentine mesura son dévouement. Lorsqu'elle lui en fit la remarque, celle-ci répliqua :

— J'essaie de leur cacher mon désarroi.

Après avoir rangé des papiers dans un casier accroché au mur, elle leur proposa de la suivre dans sa tournée.

— Nous ne dérangerons pas ? s'inquiéta Valentine, qui ne voulait pas se transformer en voyeuse.

Sans répondre à la question, Amita tendit à Deepak des besaces en toile.

— Je veux bien que vous me les portiez.

La tournée commença par une visite chez une femme qui ne pouvait quitter son grabat. Le visage contusionné, un œil au beurre noir, la lèvre fendue, elle résumait la misère du monde. Vêtue d'un sari poussiéreux, les cheveux ternes, elle avait du mal à parler. En retrait, Valentine constata que Deepak semblait gêné par les propos qu'il entendait. D'ailleurs, il ne tarda pas à ressortir. Dehors, elle lui demanda de quoi il s'agissait.

— Son mari l'a frappée. Pendant plusieurs jours, elle n'a pas pu bouger. Deux côtes cassées. Amita lui a répété qu'elle ne devait pas accepter cette situation. Mais elle a peur qu'il ne la jette dehors. D'après ce que j'ai compris, c'est un ivrogne et un truand.

Amita confirma ses dires :

— Elles sont nombreuses à préférer les mauvais traitements à la séparation. Pour deux raisons : le manque d'argent et la honte de briser la cellule familiale.

— Il y a des enfants ?

— Deux garçons. Pas meilleurs que le père !

Au détour d'une allée, un groupe de jeunes patientaient devant un portail en fer.

— Ils attendent le cours d'informatique, expliqua l'Indienne. Se servir d'un ordinateur les aidera à trouver du travail. Plusieurs centres, comme celui-ci, ont ouvert dans le quartier.

— C'est payant ?

Amita bougea la tête de droite à gauche avant d'ajouter :

— Mais c'est beaucoup moins cher qu'en centre-ville.

Ils poursuivirent leur route. Omniprésents, des gamins avaient fait de ce bas-fond leur royaume. Certains étaient nus et couverts de crasse.

— Ils ont une famille ? s'inquiéta Valentine.

— Pas toujours.

Amita s'arrêta devant un abri. Des tissus usés jusqu'à la corde en délimitaient l'espace. A l'intérieur, trois femmes et deux adolescentes préparaient des chapati[1]. Quand les maris et les fils rentraient, le nombre devait doubler. Comment dormaient-ils dans un si petit espace ? Pendant qu'elle les présentait, Amita libéra Deepak d'un sac pour en déposer le contenu à côté du réchaud à gaz. Il y avait des boîtes de lait, des couches, du sérum physiologique et des bouteilles contenant des sirops pharmaceutiques. Un vagissement surprit Valentine. Derrière elle, dans un coin du réduit, un bébé bougeait. Elle s'approcha. L'enfant transpirait. Il avait un teint pâle, de grands yeux d'encre, les poings crispés.

— C'est Anil. Il vient d'avoir un an.

— Il est malade ?

— Gravement malade, répliqua Amita en se penchant pour prendre le poupon dans ses bras.

Dès qu'elle lui parla, il esquissa un sourire qui dévoila deux dents. Avec un linge propre attrapé parmi les provisions, elle sécha la sueur. Puis elle s'adressa à la mère, qui s'était avancée. La malheureuse ne semblait pas en meilleur état que son fils. A plusieurs reprises, elle toussa. Valentine aurait aimé lui parler, mais la langue les séparait.

— Est-ce que je peux le porter ? demanda-t-elle en désignant Anil.

Léger comme une plume, celui-ci posa son regard sur l'inconnue qui le berçait en lui fredonnant une chanson. Intrigué, il continua de la fixer avec sérieux.

— Vous voulez une photo ? demanda Deepak.

— Non, non, se défendit-elle.

En lui répondant, Valentine se rendit compte que depuis leur arrivée à Dharavi, il n'avait pris aucun cliché. Qu'aurait-il montré que les gens ne connaissaient déjà ? Des lieux comme celui-ci, il y en avait à travers tous les continents ! Pour se donner bonne conscience et augmenter l'audience, les médias multipliaient les images de

1. Galette faisant office de pain.

désespoir et de pauvreté. En dépit des exhortations de sa rédaction, elle était parvenue à ne pas « déraper ». Face à quelques cas, il lui était arrivé d'hésiter. La frontière entre le témoignage et le racolage n'était pas toujours nette ! Mais aujourd'hui la question ne se posait pas.

— Il est temps d'y aller, décréta Amita.

En déposant Anil sur sa paillasse, Valentine sut qu'elle reviendrait.

— Vous m'avez dit qu'il était gravement malade ? Qu'est-ce qu'il a ? demanda-t-elle dès qu'ils eurent quitté les lieux.

— Une insuffisance mitrale rhumatismale. C'est souvent dû à une angine mal soignée.

— Qui a établi le diagnostic ?

— Le dispensaire où nous avons obtenu une consultation. Puis l'hôpital. Il faudrait l'opérer à cœur ouvert. A moins d'un miracle, nous n'y parviendrons pas.

— Vous êtes sûre ?

— Des cas comme le sien ou aussi graves, il y en a des milliers. Pourquoi bénéficierait-il d'un passe-droit. Quant à l'argent, où le trouver ?

Amita s'interrompit avant de reprendre :

— J'en ai connu, des enfants qu'on aurait pu sauver... Ils sont morts et je ne les ai jamais oubliés. Tant qu'Anil survit, je lui apporte ce que j'arrive à récolter.

— Justement ! J'aimerais vous aider.

— Les dons financiers vont à l'association et sont répartis équitablement entre les différentes missions. En revanche, rien ne vous empêche de lui acheter des produits d'hygiène ou pharmaceutiques.

— Vous revenez fréquemment ?

— Deux fois par semaine.

De retour à l'hôtel, Valentine eut de la difficulté à retranscrire sa journée. Par où commencer ? Des images se juxtaposaient dans sa mémoire, accompagnées d'un malaise grandissant. Elle en avait pourtant affronté, des reportages difficiles ! Les orphelinats de Roumanie continuaient de la hanter. Alors qu'elle se préparait à appeler Olivier, dont le pragmatisme la remettrait d'aplomb, son téléphone sonna. C'était un numéro orange.

— Tu tombes bien ! Je déprimais...

— Valentine... s'étonna une voix moins familière.

— Oui.

— C'est Guillaume.

— Oh pardon !

— Je vous ai arrangé un rendez-vous avec Oxana Loubchenka. Samedi.

— A quelle heure ?

— Vers 16 heures. Elle habite Chowpatty. En sortant du bureau, je passerai vous prendre.

7

Le vendredi soir, Olivier voulut aller au cinéma. Ils se rendirent à Churchgate, dans une salle qui avait connu ses heures de gloire durant les années 1930. Depuis, le bâtiment s'était transformé pour accueillir d'autres commerces. L'affiche proposait un film « hindi » dont les journaux disaient grand bien. Devant les portes, la foule se pressait. En produisant plusieurs centaines de films par an, Bollywood offrait le rêve et l'évasion. Que ce soit en ville ou à la campagne, les hommes, les femmes, les adolescents se ruaient pour découvrir les dernières aventures de leurs acteurs fétiches. Elevés au rang d'idoles, ceux-ci faisaient partie de leur existence. Qu'il s'agisse d'Amitabh Bachchan ou de Shah Rukh Kahn, de Kajol ou d'Aischwarya Rai, tous incarnaient la réussite et la richesse.

En cette fin de semaine, les guichets étaient pris d'assaut. Olivier joua des coudes pour obtenir leurs tickets. Ils trouvèrent à s'asseoir au balcon. Dans une indescriptible cacophonie, les spectateurs s'installèrent où ils le pouvaient. Lorsque la lumière s'éteignit, le bruit ne s'atténua pas. Dans la tradition des films hindis, celui-ci proposerait de la romance et des amours contrariées. Au moins six chansons, accompagnées de danses endiablées, s'insèreraient entre les scènes.

Alors que le générique défilait sur l'écran, des applaudissements éclatèrent. D'un coin à l'autre, on s'interpellait.

— Tu crois qu'ils vont continuer pendant la projection ? s'étonna Olivier.

— Il y a de fortes chances.

La première apparition de Shah Rukh Kahn entraîna des hurlements. Jeune premier incontesté et incontestable, il déclenchait les fantasmes. Les filles auraient voulu l'avoir comme fiancé. Les mères comme gendre. Quant aux garçons, ils rêvaient de l'imiter dans les scènes musclées. Les répliques donnaient lieu à des commentaires. On s'esclaffait, on encourageait les héros. Il arrivait même qu'on les apostrophât comme s'ils étaient réels. Dès la première chanson, le public entonna les paroles. Valentine savait que les stations de radio et les chaînes de télévision diffusaient la bande son avant la sortie d'un film pour insuffler l'envie d'y assister. Jusqu'à la pause, l'atmosphère gagna en ferveur. Pendant les scènes d'amour, certains vantèrent les attributs de la comédienne. On ne devait pas s'embrasser sur un écran. En revanche, les enlacements ne manquaient pas de sensualité.

— C'est une expérience, reconnut Olivier pendant l'entracte.

Valentine, qui avait visionné à Paris plusieurs films du même genre, ne cacha pas son enthousiasme. Même kitsch, les décors et les costumes étaient somptueux. Et il était difficile de ne pas se laisser emporter par l'histoire ! D'autant que les réalisateurs osaient aborder depuis quelque temps les problèmes de société. Face aux mariages arrangés, on défendait le coup de foudre.

Pendant la seconde partie, elle entendit ses voisines renifler. Tout empêchait les amoureux de se rejoindre. A côté de Valentine, Olivier ricanait.

— Ils n'ont pas fait dans la dentelle !

Apaisant les tensions, un happy end entraîna des cris de joie. A la sortie, Valentine remarqua le parking occupé par des centaines de deux-roues. Les mobylettes se mirent bientôt à pétarader, des femmes se hissèrent en amazone à l'arrière de motos ou de scooters... Il fallut peu de temps à leurs conducteurs pour quitter les lieux.

— Je vais t'appeler un taxi, proposa Olivier à Valentine.

— Tu ne rentres pas ?

— Les plaisirs illicites m'appellent. Les bars, les tripots...

Le lendemain matin, Valentine profita d'un moment de liberté pour faire du shopping. Abandonnant les arcades commerciales de son hôtel, elle alla à Chor Bazaar : un marché d'antiquaires et de brocanteurs. Dans un lacis de ruelles couvertes, on y trouvait des meubles victoriens, des lustres, de la verrerie, des services à thé ébréchés ou dépareillés. Sous le soleil, des lambeaux de vie s'étalaient. A quelle memsahib avaient appartenu ces assiettes de fine porcelaine ? Une nouvelle fois, elle fut la proie des mendiants. Comme une volée de moineaux, des enfants l'entourèrent et la harcelèrent jusqu'à ce qu'elle se fâchât. Les plus opiniâtres insistèrent, ce qui augmenta sa colère. Comprenant enfin qu'ils n'obtiendraient rien, les gamins se rabattirent sur d'autres étrangers. Au gré de sa promenade, Valentine tomba sur d'anciennes fioles de parfum. Toutes vides. Pensant à sa mère qui en faisait collection, elle s'arrêta. Le marchand reposa son journal. Elle déboucha un flacon. Une odeur de jasmin monta à ses narines. Valentine songea à la jeune Anglaise qui avait dû en parfumer son mouchoir. Pour donner le change, elle se tourna vers d'autres spécimens. Puis elle revint vers son « coup de cœur ». La discussion commença. Après de longues palabres, elle annonça un dernier chiffre et l'objet fut empaqueté dans du papier journal puis fourré dans un sac en plastique.

Il y avait longtemps qu'elle n'avait pas flâné. A Paris, c'était la course ! Dès qu'elle quittait le bureau, elle se hâtait pour rejoindre Octave. Les jours fastes, elle lui faisait la surprise de l'attendre à la sortie de l'école. Les jours moins heureux, elle le récupérait chez ses grands-parents, où il avait déjà pris son bain et dîné. Ils rentraient ensemble rue Censier. Entre les câlins, la lecture des livres illustrés, il lui racontait la classe, les copains, les dernières aventures des chevaliers dont il collectionnait les figurines ou sa récréation chez sa tante Christelle. La sœur aînée de Valentine avait ouvert un cours de cuisine qui ne désemplissait pas. Des gens profitaient de leur pause déjeuner pour se transformer en marmitons. Autour d'une longue table, ils se familiarisaient avec des recettes, épluchaient des légumes, faisaient mariner des viandes, hachaient du gibier, cassaient des œufs, élaboraient des sauces, cisaillaient des herbes. L'après-midi du mercredi était consacré aux enfants. En leur apprenant à cuisiner, Christelle leur révélait les qualités des produits qu'ils utilisaient pour leurs plats ou leurs pâtisseries. Stimulés par la matière, les senteurs, les couleurs, les petits n'étaient pas avares de questions. Les « pourquoi » et les « comment » fusaient pendant qu'ils beurraient les moules, aplatissaient les pâtes avec le rouleau en bois, tamisaient la farine. Ces images d'abondance, de nourriture et de plaisir surgissaient alors que Valentine se trouvait confrontée à la pauvreté et à la malnutrition. Celles-ci représentaient-elles un antidote à son désarroi ? En revenant sur ses pas, elle s'arrêta dans une pharmacie et acheta des produits pour Anil, qu'elle rangea dans son sac à dos.

Dans la voiture de Guillaume, elle reconnut une cantate de Bach.

— La musique m'aide à affronter les encombrements, expliqua-t-il.

— Il vous arrive de vous énerver ?

— J'ai fait des progrès.

— Vous pourriez, peut-être, me donner des conseils.

— Avec votre métier, ce serait du temps perdu.

— C'est vrai, admit-elle.

L'urgence ! Combien de galops, de nuits d'insomnie n'avait-elle pas connus pour rendre des articles ! La plupart de ses confrères aimaient ces courses contre la montre. Pas elle !

— Vous partez souvent pour de longs reportages ? lui demanda Guillaume.

— Trois ou quatre fois par an.

— Votre fils n'en souffre pas trop ?

— La veille de mes départs, il n'est pas facile. Mais les choses se tassent dès que j'ai franchi la porte...

— Quand ma mère nous quittait pour quelques jours, j'étais fier de me trouver en tête à tête avec mon père.

Valentine hésita à lui révéler son divorce. Depuis qu'elle vivait seule, elle préférait se réfugier derrière un statut de femme mariée. C'était le seul moyen d'avoir la paix et d'être respectée. En Inde, particulièrement...

— Vous habitiez Paris ? enchaîna-t-elle.

— Je suis un provincial. Ma famille est bourguignonne.

— Du côté paternel ou maternel ?

— Des deux côtés.

Chez les Balestran, on était notaire depuis plusieurs générations. L'étude se situait à Semur-en-Auxois. Guillaume avait grandi au cœur de la cité médiévale, dans un bel hôtel particulier du XVIIIe. Pour ses études secondaires, ses parents l'avaient inscrit dans un pensionnat de Dijon. Lui, qui rêvait de liberté et de grands espaces, attendait avec impatience les vacances scolaires. Agriculteurs, ses grands-parents maternels possédaient une ferme fortifiée non loin de Vézelay. En compagnie de ses cousins et cousines, il y avait découvert les randonnées à vélo à travers une nature préservée, la pêche, les grands auteurs de la littérature française et la musique anglo-saxonne.

— L'étriqué ne me convenait pas, reconnut-il en ralentissant devant des immeubles qui dataient des années 1930. Maintenant, il va falloir se garer…

Face à leur hôtesse, Valentine cacha son étonnement. Oxana Loubchenka ne correspondait pas à ce qu'elle avait imaginé. Grande, élancée, la Russe possédait un charisme et des yeux bleu glacier qui l'auraient rendue intimidante si elle ne les avait accueillis avec autant de spontanéité.

— Vous arrivez pour le coucher du soleil ! On va s'installer sur le balcon.

Une table et des chaises les attendaient sous un store de toile.

— Asseyez-vous et profitez de la lumière.

Des cerfs-volants se détachaient sur le ciel qui commençait à s'obscurcir. Guidés par leurs propriétaires, ils décrivaient de grands cercles, zigzaguaient, remontaient en flèche au-dessus de la plage où de nombreux Bombayites profitaient du week-end. La mer étant trop polluée pour que l'on s'y baignât, les promeneurs longeaient le rivage ou s'asseyaient sur le sable. Alignées en une file ininterrompue, des gargotes proposaient des beignets ou des glaces à ceux qui pouvaient se les offrir.

— En cette période, nous n'avons pas de procession. Mais il arrive que les Indiens escortent le dieu Ganesh jusqu'à l'eau, déclara Oxana dans un anglais policé. Ils laissent dériver la statue. Ainsi que leurs petites lampes à huile.

Guillaume ôta ses lunettes de soleil. Où qu'il se trouvât dans le monde, il appréciait les spectacles que lui offrait la nature. Ce soir, la lumière déclinait avec rapidité. De bleu, le ciel vira vers un rose qui devint de plus en plus franc. En piaillant, une bande d'oiseaux voletait d'arbre en arbre. Dans sa chaise longue, Valentine ne disait mot. A une époque où les gens se gargarisaient de paroles insipides, il appréciait ceux qui pouvaient se taire sans en éprouver de gêne. En apportant elle-même des bouteilles de bière, Oxana brisa le silence.

— Je ne supporte pas la présence des serviteurs quand je suis à la maison.

En Inde, toute personne qui occupait un certain rang avait plusieurs employés. Cuisinier, intendant, balayeuse, blanchisseuse : chacun et chacune accomplissaient une tâche précise qui ne se déléguait pas. Si l'on n'y mettait pas bon ordre, leur va-et-vient empêchait toute tranquillité.

— A l'hôtel, j'accroche en permanence « Do not disturb » à ma porte, renchérit Valentine. Sinon, ils frapperaient toutes les cinq minutes. Pour changer les serviettes de toilette, compter les bouteilles du minibar, apporter des fleurs et des corbeilles de fruits, ouvrir ou fermer les rideaux !

— Ecoutez-moi ces femmes trop gâtées ! ironisa Guillaume.

— Tu as raison, s'excusa Oxana. Mais...

— Arrête de culpabiliser ! Si tu crois que je ne protège pas ma tranquillité !

A ses débuts dans l'humanitaire, Guillaume s'était montré trop conciliant. De jour comme de nuit, il avait tenté de satisfaire les demandes les plus compliquées. Lorsqu'il s'était rendu compte que l'on abusait de sa disponibilité, il avait édicté ses règles. Sauf en cas de crises graves et d'urgences réelles, il refusait d'être corvéable à merci. Depuis cette décision, son existence était redevenue normale. Il pouvait passer des soirées comme celle-ci. S'abandonner à l'humeur du moment. Ne pas consulter sa montre !

A l'horizon, le soleil terminait sa courbe. Lorsqu'il disparaîtrait, Guillaume guetterait le fameux rayon vert. Existait-il ?

— Je l'ai vu, répondit Oxana à sa question.

— Tu avais tous tes esprits ?

— Sous-entendrais-tu que j'avais bu trop de vodka ?

En les écoutant plaisanter, Valentine mesura leur complicité. Se connaissaient-ils depuis longtemps ? Elle eut bientôt la réponse. Ils s'étaient rencontrés dans l'avion. Entre Francfort et Bombay. Des sièges voisins leur avaient permis de converser. Guillaume connaissait le laboratoire SERLAS où travaillait Oxana, mais il n'avait pas encore pris contact avec ses dirigeants. Grâce à la Russe, il avait bénéficié de tarifs avantageux sur des génériques et des antirétroviraux.

— Vous travaillez pour eux depuis longtemps ? demanda Valentine.

— Presque huit ans.

— Pourtant, vous n'êtes pas indienne.

— J'avais accompli plusieurs stages chez SERLAS avant qu'ils ne m'engagent. L'Inde et la Russie avaient coutume d'échanger leurs chercheurs pour de courtes périodes.

Née à Leningrad en 1984, Oxana n'avait connu que le communisme durant sa jeunesse. Avec ses parents, son frère et une autre famille, elle avait grandi dans un appartement communautaire. Privée des plus élémentaires libertés, elle avait répondu à ce que l'on attendait d'elle. Ainsi, son rêve de devenir danseuse s'était-il évanoui lorsqu'on lui avait affirmé qu'elle ne correspondait pas aux critères d'une ballerine. Trop grande ! Trop charpentée ! Fonctionnaire des Postes, son père rêvait qu'elle devînt médecin. Pour le satisfaire, elle s'était dirigée vers des études scientifiques où l'on remarqua sa rapidité de compréhension et sa concentration. L'un de ses professeurs l'ayant poussée vers la biologie médicale, elle s'était spécialisée dans la parasitologie tropicale. Une façon d'exorciser la Neva et les canaux gelés par des hivers qui n'en finissaient pas. Alors que la chute du mur ébranlait l'URSS, elle avait rencontré Dimitri. Comme elle, ce jeune homme studieux passait son temps entre le microscope, les livres et les espérances. Le 25 décembre 1994, l'URSS s'effondrait. Abasourdis par la nouvelle, ils mirent un certain temps à comprendre que l'avenir leur appartenait. Après leur mariage, ils emménagèrent dans un modeste deux-pièces dont les fenêtres ouvraient sur une cour insalubre où humains et animaux venaient se soulager. Conjuguant sentiments amoureux et travail, ils partagèrent deux belles années. Dans les séminaires à l'étranger, on remarqua leurs compétences. L'un et l'autre furent engagés, ensemble ou séparément, dans des laboratoires asiatiques. Au cours d'un déplacement, Oxana fut rappelée en catastrophe à Saint-Pétersbourg. Sur une route verglacée, la voiture de Dimitri venait d'être percutée par un camion. Son mari était mort sur le coup. Une longue dérive commença pour la jeune femme, accompagnée d'une question persistante. Avait-elle envie de poursuivre la recherche ? La proposition de s'installer à Bombay, où elle ne buterait pas contre des souvenirs, l'aida à se reprendre.

— Guillaume m'a parlé du vaccin contre la malaria, se risqua Valentine.

— Plusieurs fois, nous avons cru faire des avancées intéressantes. Mais les résultats n'ont pas été confirmés. Nous sommes nombreux à chercher… Malheureusement, nous restons loin du but. Certains pensent qu'il faudra encore dix ans…

— Pourquoi est-ce si compliqué ?

— Quatre espèces de parasites sont responsables du paludisme. Deux d'entre eux, le Plasmodium falciparum et le Plasmodium vivax, sont les plus dangereux. Transmis par le moustique anophèle, ils développent une résistance renouvelée aux médicaments. C'est une des raisons pour lesquelles nous nous obsédons sur ce vaccin. Seulement... le parasite passe par plusieurs stades avec des phases d'intense multiplication asexuée chez l'homme et une phase de reproduction sexuée suivie de multiplication chez l'insecte. Chaque stade se termine par la libération d'un parasite d'une forme différente... Donc porteur d'antigènes différents et induisant des réponses immunitaires différentes.

Oxana s'interrompit avant d'admettre :

— Ce doit être du charabia pour vous... Mais je pourrai vous donner un fascicule...

— Je veux bien.

— Vous avez tout de même compris pourquoi le vaccin nous échappait.

— Aucun progrès ne vous a donné de l'espoir ces derniers temps ?

— Aucun... En attendant, nous essayons de mettre au point des traitements faciles à prendre et peu coûteux pour se prémunir contre la maladie. Il faudrait des médicaments qui ne demandent qu'une seule prise par mois et soient supportés par de très jeunes enfants. Ce serait intéressant que vous veniez au labo...

— Monsieur Zafar m'a autorisée à visiter la fabrique de génériques la semaine prochaine. Il ne m'a pas proposé davantage.

— Tout le monde craint l'espionnage !

— Pas vous ?

— Je ne montre que ce que je veux...

Etait-ce un avertissement ? Si tel était le cas, Valentine ne comprenait pas pourquoi la Russe avait accepté de la recevoir. A moins que ce ne fût pour l'utiliser et lui faire rédiger ce qui l'arrangeait. En retrait, Guillaume semblait ailleurs. Avait-il suivi leur discussion ?

— Tu as besoin d'une distraction, constata Oxana. Allons faire un tour sur la plage !

8

A travers les haut-parleurs, diverses musiques les accompagnèrent dans leur promenade. Autour d'eux, une foule affluait dans les deux sens. Entourées de leurs enfants, des femmes bavardaient par petits groupes. C'était l'heure des rencontres et des discussions. Eclairées par des guirlandes de lampions, les gargotes fournissaient leurs rations de jus de fruits et de coca masala.

— Je mangerais bien un vada pav, avoua Oxana.

— Moi aussi, renchérit Guillaume.

Valentine les suivit vers une échoppe où officiaient le cuisinier et son aide. Le premier plongeait une louche dans les aliments. Le second encaissait les roupies et servait les clients.

— Il n'y a ni viande ni poisson. Que des légumes, expliqua Guillaume à Valentine.

— C'est bon ?

— Délicieux. A condition d'aimer les épices.

Pendant qu'il attendait son tour pour passer leurs commandes, Valentine regarda des petits se promener à dos d'âne. Sur un fil tendu entre deux poteaux, un équilibriste tentait des figures compliquées. Un peu plus loin, des garçons jouaient au volley.

— Tenez, dit Guillaume en lui tendant le petit pain.

Au moment où Oxana mordait dans le sien, son téléphone sonna. En s'excusant, elle décrocha.

— C'est toi ! s'étonna-t-elle en anglais avant de s'éloigner.

La conversation fut brève. Le temps pour Valentine d'avoir la bouche en feu...

— Une caserne de pompiers ne suffirait pas, se plaignit-elle.

— Laissez si vous n'aimez pas, conseilla Guillaume.

— Il faut seulement que je m'habitue.

Un groupe se formait autour d'un homme qui ouvrait une boîte dont il sortit un serpent. Il prit sa flûte et le reptile commença à se dresser puis à onduler, mais des joueurs de tablas couvrirent sa musique. Sans se démonter, le charmeur reprit ses affaires et chercha un endroit moins bruyant. En existait-il ? Alors qu'elle le suivait du regard, Oxana les rejoignit.

— Je vais devoir vous quitter, s'excusa-t-elle.

A l'adresse de Valentine, elle ajouta :

— Un imprévu ! Je suis désolée.

Après avoir promis d'organiser une nouvelle rencontre, elle fit demi-tour.

— Ne vous sentez pas obligé de me tenir compagnie, déclara Valentine à Guillaume.

— Je pourrais vous renvoyer la pareille.

— En ce qui me concerne, tout va bien.

Installées sur le sable, des familles dégustaient les fameux kulfi : des glaces préparées avec du lait, de la cardamome, des amandes et des pistaches. Relevant le bas de leurs saris colorés, des Indiennes déambulaient au bord de l'eau. Les cheveux attachés en une longue tresse qui balayait leurs reins, le tilak au milieu du front, de multiples bracelets autour des poignets, elles s'amusaient entre elles. En dehors des couples mariés, il était rare que les deux sexes se mélangent. Chez les adolescents, on faisait bande à part... A mesure qu'avançait la soirée, la foule devenait plus dense. Dans des odeurs de sucre, de guimauve, les Bombayites faisaient la fête. Une fillette proposa à Valentine un collier de jasmin. Guillaume insista pour le lui offrir.

— Attention aux effets aphrodisiaques, la prévint-il en souriant.

— Imaginez que je saute sur un sâdhu[1] !

Sans écouter sa réponse, elle s'avança vers un vieillard assis en tailleur. Devant lui, deux femmes le regardaient se concentrer sur une feuille de papier.

— Un astrologue, indiqua Guillaume en la rejoignant.

— S'il parlait anglais... J'aimerais entendre quelques prédictions.

— On va lui demander...

— Attendez...

— Vous ne voulez plus...

Sous le regard de Guillaume, elle se sentait prise au piège : partagée entre l'envie de savoir et l'appréhension...

— Si... Si...

L'astrologue n'ayant que quelques rudiments d'anglais, l'une de ses précédentes clientes proposa de jouer les traductrices.

— Votre date de naissance ? demanda-t-elle.

— 18 décembre 1972.

— Vous êtes gouvernée par Dhanu, déclara-t-elle de son propre chef.

Après avoir dévisagé Valentine, l'oracle se perdit dans des calculs, traça des traits... Puis il commença à s'exprimer en marathi. Après l'évocation d'une vie antérieure à laquelle Valentine prêta peu d'attention, il entra dans le vif du sujet.

— Vous avez traversé une période d'illusions. Votre entourage ne correspondait pas à ce que vous imaginiez. En parcourant le monde, vous pensez trouver des réponses...

1. Sage errant.

Comme si vous deviez vous éloigner pour voir clair. Parce que vous avez été trahie, vous êtes devenue méfiante. Il faut accepter ce que l'existence peut vous offrir…

A la fin de la consultation, Valentine eut un soupir de soulagement. Rien d'épouvantable ne lui avait été asséné.

— Il doit servir le même discours à tout le monde, lança-t-elle à Guillaume.

— Je ne le crois pas.

— Vous devriez essayer…

— Je préfère les points d'interrogation.

Guillaume disait la vérité. Depuis un certain temps, il ne faisait pas de projets personnels. Comme un bouchon sur la mer, il flottait au gré des vagues. Ce qu'il découvrait au cours de ses déplacements et de ses interventions le poussait à ne pas s'attarder sur ses états d'âme. Lorsqu'il s'était décidé à œuvrer pour le tiers-monde, il n'avait pas imaginé l'ampleur des horreurs qu'il lui faudrait affronter. Génocides, famines, épidémies, guerres, travail forcé des enfants, prostitution, argent sale, fonds détournés… L'abjection n'ayant pas de limites, il n'en finissait pas de constater sa propre impuissance. Devait-il pour autant baisser les bras ? En essayant de ne pas se laisser manipuler ou politiser, il continuait de se battre contre les moulins à vent. Lorsqu'il obtenait des résultats, il était heureux comme un gamin. L'ouverture d'une école au sud de Madagascar était un sujet de fierté. Destiné aux enfants qui travaillaient au ramassage du sel, l'établissement les sortirait de l'ignorance et leur permettrait de s'engager dans une scolarité. Plusieurs professeurs y enseignaient la lecture, l'écriture, le calcul. Une cantine fournissait un repas quotidien aux élèves. Quant aux parents, ils n'étaient pas oubliés. Des ateliers d'alphabétisation et d'information leur permettaient de s'adapter aux progrès de leur progéniture. Pour que cette structure existât, il avait fallu regrouper les énergies de Français et de Malgaches. Guillaume avait établi les structures de base et fourni du matériel. Dans deux semaines, il y retournerait afin d'ouvrir un dispensaire.

— Les points d'interrogation, répéta Valentine. Vous n'avez pas besoin de certitudes ?

— Je m'en méfie. Elles débouchent trop souvent sur des déceptions.

Après un court silence, il précisa :

— Je préfère vivre à cent pour cent l'instant présent. Regardez ces couleurs ! Ces lumières ! Ecoutez le ressac !

Valentine hocha la tête. Elle-même avait l'impression que des années-lumière la séparaient de ses habituelles préoccupations. Contingences et horaires s'étaient envolés. Une sensation de liberté l'envahissait.

— Qu'est-ce que c'est là-bas ? Ce bateau illuminé ?

— Le Suzy Wong. Un bar à la mode. Allons-y !

A bord, le contraste était saisissant. Nacelle au milieu des eaux, l'embarcation accueillait une clientèle fortunée et cosmopolite. Dans une cacophonie, des barmen préparaient des cocktails aux noms savants, des serveuses aux silhouettes de lianes circulaient de table en table avec leurs plateaux surchargés de verres et de bouteilles. Sur le pont supérieur, on pouvait s'installer sur des coussins et admirer la ville. Valentine en revenait quand elle aperçut Olivier. Assis à côté d'une jolie blonde, il fumait une cigarette en rythmant de son pied la musique. Face à lui, des Indiens accompagnés d'Occidentales riaient bruyamment.

— Valentine, s'exclama-t-il en la voyant passer son chemin. Qu'est-ce que tu fais là ?

— La même chose que toi ! Je me distrais.

— Viens... Que je te présente à mes amis.

— Je ne suis pas seule, répliqua-t-elle.

— Et alors... Plus on est de fous, plus on rit.

Olivier jeta un regard vers Guillaume. Le fameux Robin des bois ? Valentine fit signe à celui-ci de la rejoindre.

— Je suis le confrère de Valentine, annonça Olivier.

Les deux hommes se serrèrent la main. D'un large geste, le journaliste engloba son entourage.

— Comme moi ! Des passionnés de cricket...

Valentine les salua d'un signe de tête.

— Alors, tu fréquentes les lieux branchés, s'étonna Olivier.

— Pour mieux te surveiller... mon enfant !

Pendant que Guillaume se dirigeait vers le bar pour commander des boissons, le reporter ajouta :

— Pas mal... ton chevalier servant !

— Au risque de te décevoir, ce n'est pas ce que tu pourrais imaginer.

— Je n'imagine rien. Je constate...

— Jure-moi que tu ne feras pas de sous-entendus devant lui.

En posant les yeux sur la blonde qui se lovait contre Olivier, elle ajouta :

— Sinon...

En dépit de son mariage, son confrère multipliait les incartades. C'était l'un des principaux sujets de plaisanterie pendant les conférences de rédaction. Olivier et ses conquêtes ! Comment s'arrangeait-il pour que sa femme n'eût pas de soupçons ?

— Il suffit de ne rien laisser traîner, conseillait-il à qui voulait l'entendre. Et de ne jamais donner ses coordonnées privées.

Malgré ses précautions, il avait deux ou trois fois frôlé la catastrophe ! Valentine ne comprenait pas son succès. Selon les critères physiques en vigueur, Olivier n'était pas une « bombe ». Mais il savait faire croire à ses proies successives qu'elles étaient uniques. Peu d'entre elles résistaient à ses beaux discours. Encore moins lorsqu'il y ajoutait ses aventures et mésaventures de grand reporter.

— Ne te fatigue pas à me menacer, répliqua-t-il en riant. Je sais que tu ne me dénonceras jamais.

Il avait raison : Valentine n'était pas du genre à jouer les délatrices ! Les potins sur les uns et les autres l'intéressaient peu.

— Assieds-toi, lui proposa-t-il.

— Je préfère retourner à l'extérieur.

Elle avait envie de poursuivre son tête-à-tête avec Guillaume. Pas pour les raisons que venait de soulever Olivier, mais parce qu'elle se sentait sereine et légère avec lui. Par discrétion, il l'attendait devant le bar.

— Retrouvons nos coussins... s'ils sont encore libres ! lui proposa-t-elle.

Bien qu'il ne fût pas un adepte des lieux « tendance », Guillaume appréciait celui-ci. Sa situation sur l'eau le rendait original. Le programme musical lui convenait. Et il se trouvait en agréable compagnie. Valentine savait écouter, approfondir les sujets qu'elle ne maîtrisait pas, admettre ses lacunes. Derrière son professionnalisme, il percevait une fragilité qui la rendait attachante.

— Tu n'auras pas froid ? s'inquiéta-t-il.

Spontanément, il l'avait tutoyée.

— J'ai un châle.

Elle l'avait acheté l'avant-veille. Un cachemire léger, une teinte qui hésitait entre le vert et le brun. Elle le sortit de son sac et le drapa autour de ses épaules. Puis elle goûta au gin-fizz que lui avait rapporté Guillaume. Se reverraient-ils ailleurs ? En général, elle perdait le contact des gens lorsqu'elle rentrait de ses voyages.

— Tu reviens souvent en France ? lui demanda-t-elle.

— Chaque mois. Ou presque.

— A Paris ?

— J'y habite depuis la fin de mes études.

— Dans quel quartier ?

— Alésia. Rue Daguerre.

— Ce n'est pas loin de chez moi.

Lorsque Guillaume apprit que Valentine vivait rue Censier, des souvenirs affluèrent à sa mémoire. Il se revit au Jardin des Plantes lorsqu'il y attendait Aurélie. Des images de cerisiers en fleur – les premiers à annoncer le printemps –, l'odeur des pelouses fraîchement arrosées, l'ombre des deux grandes serres où des jardiniers expérimentés veillaient sur des plantes exotiques... A cette époque, le parc revêtait des allures de paradis terrestre. Seulement, au bout d'un temps toujours trop court, Aurélie devait retrouver mari et enfants en bas âge. Repoussant la nostalgie, Guillaume s'accrocha au présent. Son séjour à Bombay se déroulait dans de bonnes conditions. Chez SERLAS, il avait obtenu des génériques à des prix « cassés ». Il lui restait à négocier avec deux autres laboratoires des antibiotiques à large spectre et des antirétroviraux. Avec CIPLA, les discussions étaient en bonne voie. Avec DAVANTHARI, il lui faudrait jouer serré... Mais ce centre de recherche venait de mettre sur le marché un nouveau traitement contre la tuberculose ! Obtenir leurs remèdes à un faible coût risquait d'être difficile. Guillaume s'était fixé la fin de l'année pour mener à bien ses négociations et envoyer la marchandise en Afrique. Au courant de cette décision, Oxana l'avait mis en garde. Chez DAVANTHARI, on ne pensait qu'au profit !

— Est-ce que tu as projeté d'aller chez DAVANTHARI ? demanda-t-il à Valentine.

— J'ai essayé d'entrer en contact avec eux. D'abord, ils m'ont snobée ! Aucune réponse à mes mails ! Dès mon arrivée au Taj, je les ai relancés. Aux dernières nouvelles, on devrait me rappeler pour me fixer un rendez-vous. Mais je n'y crois guère.

Alors qu'elle terminait sa phrase, Olivier fit irruption.

— Je ne sais pas comment me décoller de cette fille... Elle a trop bu et...

— La blonde ?

— C'est une sangsue. J'aimerais bien me tirer avec vous. En catimini...

Agacée par la présence de son confrère, Valentine tentait de ne pas le montrer. Egocentrique et bavard, Olivier n'était supportable qu'à petites doses. Même s'il tenait bien l'alcool, il était passablement éméché.

— Ils m'ont payé verre sur verre, admit-il.

— Ils ? Tu ne m'as toujours pas expliqué comment tu les as connus.

— Pendant un match de cricket. Tu ne m'as pas écouté !

— Qu'est-ce qu'ils font ?

— Ils exportent des textiles. Ce sont des Marwaris. Hyper-friqués.

Valentine avait déjà entendu parler de ces habitants du Shekhawati. Réputés pour leurs qualités de commerçants, ils vivaient comme des princes.

— Et les filles ?

— Des Suédoises... Ne me demande pas où ils les ont dégotées !

Dès qu'ils atteignirent le rivage, Olivier se préoccupa d'appeler un taxi.

— Pas la peine de téléphoner. Vous en trouverez sur l'avenue, lui conseilla Guillaume.

— Et vous ? Vous êtes en voiture ?

Il est en voiture, répondit Valentine. Mais il va dans la direction opposée. A Bandra.

— Bandra, répéta le reporter. On m'a raconté que c'était un endroit génial. Je n'ai pas encore eu le temps d'y faire un tour.

— J'y serai demain toute la journée, annonça Guillaume. Si le cœur vous en dit… L'invitation est valable pour toi aussi, ajouta-t-il pour Valentine. Il est fort probable qu'Oxana passe…

— Oxana ? répéta Olivier sans comprendre. C'est…

— Je t'expliquerai, le coupa Valentine.

9

La maison de couture de Mira Chadha se situait à Cuffe Parade. Des commandes obligeant la styliste à travailler en ce dimanche matin, elle avait proposé à Valentine de visiter ses locaux.

Dans le salon de réception, les sofas étaient recouverts de lourdes soieries et les vitrines débordaient d'accessoires. Sacs du soir, colifichets faits de rubans et de perles en verre coloré, manchettes, éventails... On pénétrait dans la caverne d'Ali Baba.

— Ce sont mes premières créations, expliqua Mira. J'ai refusé de les vendre.

Vêtue d'une blouse blanche, chaussée de sandales plates, la jeune femme offrait une image de sobriété qui tranchait avec le décor qu'elle s'était choisi.

— Suivons la chronologie et commençons par la fabrication, proposa-t-elle.

Quatre femmes travaillaient dans l'atelier. A l'arrivée de Valentine, elles levèrent les yeux de leur ouvrage. La plus âgée s'appelait Priyanka. C'était elle qui brodait les végétaux, les oiseaux... De petites lunettes cerclées indiquaient combien elle avait usé ses yeux à enrichir les tissus de motifs chatoyants. A ses côtés, une couturière d'une quarantaine d'années surfilait un tissu qui crissait sous ses doigts. En s'approchant, Mira expliqua :

— Aparna prépare une jupe. L'étoffe vient de Bénarès. Tu dis peut-être Varanasi ?

— Non. Comme toi, je continue à dire Bénarès.

Valentine se pencha sur le brocart rehaussé de fils d'or afin d'en découvrir la finesse.

— Dans les textes védiques, on apprend que les dieux tissèrent le monde, poursuivit la styliste. Ushas, la déesse de l'aurore, est incarnée par la trame.

En parlant, elle se dirigea vers des rouleaux déposés au bout d'une longue table.

— Regarde... Combien ils sont subtils ! Combien ils incarnent la joie ! Et pourtant... Les tisserands qui les ont imaginés ne trouvent plus preneurs. Leur commerce se porte mal depuis que les Chinois exportent à bas prix leur marchandise. Quelques années ont suffi pour menacer une science qui se transmet depuis des siècles.

Oubliant sa tâche, une jeune fille l'écoutait. Devant elle, des patrons attendaient d'être rangés. Ils venaient de lui être donnés par Deva, la coupeuse, dont les ciseaux pendaient au bout d'un ruban. Avec l'autorisation de Mira, Valentine les interrogea à tour de rôle. Petite main, Vidya venait d'un slum de Bombay. Sous la houlette de Deva, elle apprenait les rudiments d'un métier auquel l'avait préparée sa mère, qui confectionnait des uniformes. En engageant les quatre femmes, Mira s'était demandé si elles s'entendraient. Provenances et générations différentes pouvaient représenter des handicaps. Jusqu'à présent, les choses s'étaient correctement passées. La notoriété naissante de Mira, des salaires justes, le confort du lieu, la qualité des matériaux étaient parvenus à étouffer les conflits. Priyanka, la doyenne, frayait peu avec les autres. Occupée par ses festons et réfugiée dans ses prières, elle pouvait rester silencieuse pendant des heures. Ce qui n'était pas le cas d'Aparna, qui, depuis son veuvage, avait besoin de converser. Dévouée corps et âme à Mira, elle ne s'épargnait pas. Logeant au fond de l'appartement, il lui arrivait d'enchaîner des heures supplémentaires que personne ne lui réclamait. C'était sa façon de se sentir exister. De son mariage, elle n'avait eu que deux filles. Lorsque son époux, teinturier, était mort d'une péritonite, Aparna s'était sentie glisser dans un puits sans fond. Pour les Indiennes, le veuvage signifiait une mort lente. Rebuts d'une société à laquelle elles ne pouvaient plus offrir ni fils ni dot, elles étaient condamnées à la pauvreté et au mépris. Lorsque Mira avait cherché du personnel, la tante d'Aparna, qui travaillait comme cuisinière chez les Chadha, avait vanté ses qualités de couturière.

— Madame m'a convoquée, raconta-t-elle.

N'étant plus depuis des années un sujet d'attention, elle avait douté jusqu'au dernier moment d'être reçue. Pour se présenter au rendez-vous, il lui avait fallu laver et relaver son sari blanc. Puis elle s'était rendue au temple afin de déposer à ses dieux une modeste offrande.

— J'ai proposé à Aparna une période d'essai de trois mois, expliqua Mira. Elle a donné satisfaction.

Si l'inverse s'était produit, Mira aurait-elle trouvé le courage de renvoyer Aparna à son triste sort ? Ses visites dans certaines familles indiennes avaient démontré à Valentine que les serviteurs étaient parfois traités avec morgue et dureté. La subsistance des castes ? Le pouvoir de l'argent ? Sa jeunesse en Angleterre avait-elle donné à la styliste une autre vision ? Plus tard, Mira lui avoua qu'elle-même devait lutter pour se faire accepter des Indiens qui n'étaient pas, comme elle, nés ailleurs.

— La diaspora est mal perçue. Il arrive même que l'on nous considère comme des étrangers.

— Tu ne regrettes pas d'être revenue ?

— Si j'étais restée à Londres, je n'aurais pas percé aussi rapidement. En ce qui concerne la vie privée, c'est différent. Je ne me sens toujours pas chez moi. Les enfants sont dans des écoles anglaises et fréquentent des déracinés comme eux. Nos meilleurs amis vivent aux Etats-Unis ou en Angleterre...

— Vous ne pensez pas y retourner ?

— A plein temps, non. En revanche, j'aimerais ouvrir des points de vente dans des magasins occidentaux. Quant à Deepak... Il cherche à s'associer avec une agence britannique.

Elles s'étaient installées dans le bureau de Mira, dont les murs disparaissaient sous des croquis, des échantillons et des photographies. Sur un sofa, un book affichait la silhouette d'un mannequin.

— Je dois choisir des filles pour mon prochain défilé. Mais ces images statiques ne m'inspirent pas. Heureusement, il y a les vidéos.

Valentine s'approcha d'un paquet de dessins :

— La prochaine collection, indiqua Mira. Je me suis inspirée des *Indes galantes*.

Les tissus correspondant aux modèles étaient agrafés sur chacune des feuilles. Mousselines, taffetas, simples cotonnades se chevauchaient dans des couleurs de flamboyance. Des morceaux de galon ou de dentelle s'ajoutaient aux sélections. Mais Valentine n'avait pas tout vu. Dans une commode, dont Mira ouvrit les tiroirs, elle découvrit de petites boîtes transparentes qui contenaient des boutons en verre coloré, en nacre, en lapis, des éclats de miroirs, de fausses pierres précieuses.

— J'attache une grande importance aux détails. Ils sont la signature d'un couturier, admit Mira.

— Elle a vraiment du talent ? demanda Olivier à Valentine lorsque celle-ci lui relata sa visite.

— Du talent et beaucoup d'imagination. Chaque vêtement raconte une histoire. C'est une passionnée.

— Comme nous !

Valentine prit le temps de réfléchir avant de répondre. Etait-elle réellement une passionnée ou se laissait-elle manœuvrer par le destin ? Jusqu'à présent, elle ne s'était pas posé la question. Dans le taxi qui les emmenait vers Bandra, elle se demanda si arrêter le journalisme serait un drame. Certes, les voyages lui manqueraient, mais la vie ne se résumait pas à une succession de déplacements. Sans doute se sentirait-elle frustrée de ne pas apporter son témoignage ? Non pas qu'il fût plus important que les autres ! Elle pensait seulement accomplir son métier avec sincérité et recul. Ce qui ne la mettait pas à l'abri des manipulations. Jusqu'à présent, elle n'était pas tombée dans le piège. Même si elle avait trébuché en Lettonie ! A Riga, elle avait eu la malencontreuse idée de succomber au charme de son interprète. Russe, celui-ci n'avait pas accueilli avec enthousiasme l'indépendance d'un pays où sa famille avait joui de privilèges durant l'occupation soviétique. Subrepticement, il lui avait organisé des rendez-vous avec des nostalgiques de l'ancien régime. Dès qu'elle s'en était rendu compte, elle avait rompu et réclamé un autre traducteur.

— Une passionnée comme toi, finit-elle par rectifier.

Olivier était déjà passé à d'autres préoccupations. Depuis sa venue à Bombay, il avait moissonné plus de sujets que sa consœur. Hommes d'affaires, politiciens, conseillers municipaux, scientifiques, il enchaînait jusqu'à sept ou huit rendez-vous par jour. Ses interviews étaient efficaces, rapides, sans état d'âme. Reçu à tour de rôle par les communautés hindoue et musulmane, il avait pu mesurer la profondeur du fossé qui les séparait.

Depuis les émeutes de 1993, les haines demeuraient tenaces. Que ce soit dans les slums ou les quartiers plus favorisés, la scission était nette. On ne partageait rien. Pas même les latrines. Quant aux mariages mixtes, ils demeuraient peu envisageables. Le problème du Cachemire et les attentats s'y référant exacerbaient un nationalisme qui ne demandait qu'à s'étendre. A mesure qu'il avançait dans son reportage, Olivier évaluait les divisions d'un pays qui comptait jouer avec les grands de la planète. De l'intouchable à l'homme d'affaires capable de racheter des aciéries européennes, de la mendiante à la star de Bollywood, du petit mafieux au courtier en Bourse, de la prostituée au juge de la Cour suprême, c'était toute une société qui se cherchait. Partagés entre diverses croyances, une culture et une sagesse ancestrales, l'acceptation du karma et une fascination pour l'argent, un milliard d'individus étaient entrés dans le troisième millénaire avec l'arme nucléaire et une revanche à prendre sur des siècles d'humiliation. De telles contradictions stimulaient son instinct de limier. Difficile de ne pas respirer l'odeur de la corruption qui sévissait à tous les niveaux. Pour le début de la semaine, il avait planifié des entretiens avec des commissaires de police, des promoteurs immobiliers, le propriétaire d'un bar à bière…

Alors qu'ils atteignaient Bandra, le chauffeur leur redemanda l'adresse.

— Il l'a parfaitement enregistrée, maugréa Olivier. C'est pour nous balader et faire monter le compteur.

Plus conciliante, Valentine se lança dans de nouvelles explications.

— Ton accent anglais devient aussi mauvais que le sien, plaisanta Olivier.

— Ne remue pas le couteau dans la plaie !

Sortant d'une rocade, leur véhicule entra dans une avenue bordée d'immeubles modernes. Puis ils se dirigèrent vers le rivage où résidait Guillaume. Depuis quelque temps, cette banlieue était devenue le fief des gens qui faisaient et défaisaient les modes. Boutiques, bars, restaurants proliféraient. Quant aux nouveaux habitants, ils auraient pu correspondre aux « bobos parisiens » !

10

Valentine et Olivier se trouvèrent transportés dans un monde chatoyant et poétique. Au centre du vestibule, un miroir reflétait un portrait accroché sur le mur opposé. Une créature de rêve, la tête casquée de fleurs et de bijoux, souriait aux arrivants.

— Mon amie Devika, la présenta virtuellement Guillaume.

— Ravissante, s'extasia Olivier. Où se cache ce trésor ?

— Actuellement, elle se trouve à Berlin. En tournée. Mais…

Ménageant son effet, Guillaume ajouta :

— Elle arrive après-demain. Pour un congé de trois mois.

Depuis un an et demi, Devika sillonnait l'Amérique du Nord et l'Europe. Danseuse dans une revue qui cumulait les succès, elle faisait découvrir à des publics enthousiastes des ballets s'inspirant des chorégraphies de Bollywood. Guillaume l'avait rencontrée à paris. Chargée de paquets, elle attendait un taxi place de l'Opéra. Une grève des transports occasionnant des embouteillages et ôtant tout espoir de trouver un véhicule libre, Devika craignait de ne pas arriver à temps pour le spectacle. Au feu rouge, elle tenta sa chance en frappant à la vitre d'une voiture. La conductrice n'allait pas dans sa direction. Elle s'adressa à l'automobiliste voisin. En la voyant au bord des larmes, Guillaume décida de faire un détour par la place Maillot. Lorsque Devika découvrit qu'il connaissait l'Inde et Bombay, elle lui offrit une invitation pour une prochaine représentation.

— Si je comprends bien, tu es condamné à secourir toutes les jolies femmes qui se trouvent en panne de voiture ! Devika... Valentine...

— Je n'avais pas fait le rapprochement.

— Robin des bois... J'avais raison !

Voyant que Valentine n'appréciait pas le sous-entendu, Olivier s'arrêta de persifler.

— Installez-vous, leur proposa Guillaume.

Dans le salon, des toiles représentant des oiseaux stylisés et des fleurs aquatiques voisinaient avec des enluminures persanes. Un creux dans les coussins du sofa indiquait que Guillaume venait de s'y allonger. *The Times of India* était ouvert à la page qu'il était probablement en train de lire lorsqu'ils avaient sonné. Par la fenêtre ouverte leur parvenait le son d'un sitar.

— Mon voisin.

— Il se défend, admit Olivier.

— C'est un excellent musicien... et le frère de Devika. Ils ont acheté cette maison en commun. Chacun possède son étage.

Sans prêter attention à leurs propos, Valentine s'approcha d'une fenêtre. Entre les palmiers, elle aperçut le rivage et la plage que longeaient des rickshaws en maraude. Un avion gronda dans le ciel. Il venait de décoller et se dirigeait vers la haute mer. En reculant, elle heurta une petite table d'où tombèrent des programmes. Sur les couvertures colorées se détachait le nom de la revue : *Indian Mood.* Avant de les reposer, elle en feuilleta quelques-uns. Dans différentes langues, ils présentaient les artistes. Musiciens, chanteuses, corps de ballet et premiers rôles : Valentine répertoria une centaine de personnes.

— Ne les rate pas à Paris. Ils vont s'y produire à l'automne prochain, lui conseilla Guillaume.

— Mon Dieu ! C'est loin !

— Pour moi, le temps file comme l'éclair. J'ai l'impression que le tsunami vient d'arriver. Il y aura bientôt un an, j'étais au Sri Lanka.

— On aurait pu s'y rencontrer, intervint Olivier.

— S'y croiser, rectifia Guillaume. La majorité des reporters quittent les lieux avant que nous ne débarquions. Vous vous intéressez aux destructions. Nous venons pour sauver ce qui peut l'être et rebâtir.

Dans la plupart des drames, des cataclysmes et des guerres, les deux hommes s'étaient, en effet, succédé. Si Olivier venait renifler l'odeur de la poudre et de la putréfaction des corps, Guillaume arrivait avec des vivres, des purificateurs d'eau, des médicaments et des abris provisoires. En revanche, ce qu'ils affrontaient n'était pas différent. Défunts, blessés, populations déplacées, raids aériens, corruption à tous les niveaux…

— Plusieurs fois, j'ai voulu jeter l'éponge. C'était trop dur ! avoua Guillaume.

Olivier garda le silence avant de reconnaître :

— Longtemps, j'ai réclamé d'être envoyé au front. J'avais besoin de côtoyer la mort. Un jour, j'ai su que si je n'arrêtais pas… je risquais d'y passer…

— Il t'arrive d'être en manque ?

— Parfois.

En les écoutant, Valentine éprouvait une sensation d'irréalité. Dans ce lieu qui respirait la paix et la féminité, ils étaient en train d'évoquer les pires abjections. Elle se concentra sur les étagères où Devika avait rangé les DVD de comédies musicales américaines. Fred Astaire, Ginger Rodgers, Gene Kelly, Cyd Charisse ! Ces danseurs prodigieux avaient-ils prévu qu'ils perpétueraient l'enchantement au fil des générations ? Dans une rangée voisine, elle trouva les meilleures productions de Bollywood. Devdas, Veer Zara... Il y avait aussi des volumes en langue anglaise, des souvenirs rapportés de voyages lointains.

Lorsqu'elle eut terminé d'en lire les titres, elle se rendit compte que Guillaume et Olivier avaient quitté la pièce. Guidée par leurs voix, elle les rejoignit.

— Pénétrer dans une cuisine en Inde ! Honte à tous les deux !

— A tous les trois, précisa Olivier.

Indifférent à leurs remarques, Guillaume sortit des bouteilles de bière du réfrigérateur puis les décapsula. Pendant ce temps, Valentine s'était approchée d'un casier composé de petits tiroirs.

— Je peux les ouvrir ?

— Bien sûr.

Chacun contenait une épice différente. Poivre vert, blanc ou noir, curcuma, gingembre, coriandre, fenugrec, clou de girofle...

— Tu sais les reconnaître ! s'étonna-t-elle pendant que Guillaume les lui énumérait.

— Voici le garam masala...

Valentine se pencha pour sentir le mélange.

— Ces épices ont été grillées dans une poêle. Chaque personne compose son masala selon ses goûts. Dans celui-ci, il y a de la cannelle et de la noix de muscade sur un fond de cardamome et de piment.

En éternuant, Valentine l'interrompit dans ses explications.

— Un peu de bière, suggéra Olivier.

Elle en buvait quelques gorgées, quand la sonnette retentit.

— Ce doit être Oxana...

Après un rapide conciliabule dans le vestibule, leur hôte revint avec la jeune femme.

— Olivier, je te présente Oxana.

En serrant à son tour la main de la visiteuse, Valentine tenta de dissimuler son étonnement. Le teint pâle, les traits tirés, les yeux rougis, celle-ci semblait perdue, désorientée. Pour créer une diversion, Guillaume leur proposa de descendre dans le jardin.

Allongée dans une chaise longue, Oxana ferma les paupières. Depuis la veille au soir, elle n'avait pas connu une minute de repos. Pourtant, tout avait bien commencé avec la surprise que lui avait faite Karan. Alors qu'elle le croyait en Thaïlande, son coup de fil l'avait obligée à quitter Guillaume et Valentine. Karan l'attendait en bas de son immeuble. En la voyant arriver, il était sorti de sa voiture puis l'avait précédée dans le vestibule. Depuis trois ans, ils essayaient de se préserver des indiscrétions en ne se montrant pas ensemble. A Bombay et ailleurs, Karan Mistry comptait parmi les hommes d'affaires reconnus. Après avoir réussi dans l'exportation de produits chimiques, il avait élargi ses activités. En Extrême-Orient, ses usines fabriquaient du matériel de haute technologie. Oxana l'avait rencontré au cours d'une réception caritative. La voyant hésiter entre deux billets de tombola, il lui avait conseillé de prendre le ticket bleu... Et elle avait gagné une montre dessinée par un grand joaillier ! A la fin de la soirée, elle l'avait cherché pour le remercier. Il lui avait proposé de la raccompagner. Le lendemain, elle recevait des fleurs et une invitation à dîner.

Pour ne pas aiguiser son malaise, elle tenta de repousser ces souvenirs. A quelques pas, une fontaine chuchotait. Les frangipaniers et le seringat embaumaient. Dans des vasques en terre cuite, des giroflées offraient leurs teintes délicates. Valentine était en train d'effeuiller un souci comme s'il s'agissait d'une marguerite.

— Tu veux savoir s'il t'aime ? lui demanda Olivier avec sa légèreté coutumière.

Elle lui répondit par un haussement d'épaules.

Alerté par la vibration de son mobile, Guillaume n'entendit pas la suite. L'appel venait du Kenya, où sa correspondante s'étonnait de n'avoir pas reçu les kits promis.

— J'ai suivi leur acheminement. Ils sont partis de Bordeaux comme prévu.

— Quand devez-vous les distribuer ? s'étonna Guillaume.

Régulièrement, des avions Hercule décollaient d'une base isolée au Kenya où l'ONU et plusieurs ONG stockaient leur matériel. Ils franchissaient la frontière pour larguer des vivres et du matériel de survie en Somalie.

— J'enquête et je te rappelle.

A l'écart de ses amis, Guillaume appela plusieurs responsables qui lui confirmèrent l'embarquement de la marchandise. Seul le gouvernement kenyan pouvait être responsable du retard enregistré. Il passa de nouveaux coups de fil à des personnes occupant des postes stratégiques. On lui promit de démêler la situation.

Ancienne enclave catholique, Bandra avait conservé ses églises et d'élégantes maisons dans son périmètre colonial. En déambulant à travers ces lieux chargés d'histoire, nul n'aurait imaginé qu'à quelques rues régnaient une modernité et une « branchitude » qui rappelaient l'atmosphère des villes occidentales. Guillaume gara sa voiture et ils parcoururent à pied les artères bordées de boutiques chics et de restaurants recherchés. Peu à peu, Oxana se laissa gagner par l'ambiance décontractée. Elle suivit Valentine dans des magasins qui vendaient des CD et des DVD, fouilla dans des piles de teeshirts, essaya des sacs en bandoulière.

— Celui-ci vous va bien, l'encouragea Valentine.

Chargées de paquets, elles hâtèrent le pas pour retrouver leurs compagnons de promenade. Au travers d'une vitrine, elles aperçurent Olivier qui enfilait un blouson en cuir. Il leur fit signe de le rejoindre. Dans le magasin, Guillaume les arrêta. Il tenait une ceinture entre les mains.

— Vous la trouvez comment ?

— Pas mal, répondit Oxana.

Valentine voulut en savoir davantage :

— C'est pour porter avec quoi ?

— Des jeans.

Elle se tourna vers le présentoir et choisit un autre modèle.

— Celle-ci me semble plus adaptée.

Tandis qu'elle tournait les talons, Olivier remarqua :

— Cela ne peut que lui faire du bien de conseiller un homme.

— Elle doit avoir l'habitude avec son mari, répliqua Guillaume.

— Son mari ! Depuis leur divorce, ils ne se voient que pour se refiler le gamin.

— Valentine est divorcée, répéta Guillaume, interloqué.

— Je pensais que tu le savais ! Mais sois sympa... Ne lui dis pas que je t'ai mis au courant. Sinon... elle va me flinguer.

11

Guillaume alluma des bougies dans le salon. Puis il proposa à ses trois invités de dîner.

— La cuisinière a préparé des aubergines confites à la noix de coco, du dal et un curry de poisson. Il ne reste plus qu'à les réchauffer.

A l'adresse d'Olivier, il ajouta :

— J'ai acheté du vin australien. Tu vas déboucher la première bouteille.

Oxana proposa de mettre le couvert. Pendant qu'elle disposait les assiettes et les verres sur la nappe, elle se demanda à quoi aurait ressemblé sa soirée si Guillaume ne l'avait pas obligée à venir. Il était le seul à connaître sa liaison avec Karan et, bien qu'il n'eût jamais formulé un jugement, elle devinait qu'il n'en pensait rien de bon. Karan venait d'avoir quarante-sept ans. Marié, père de trois enfants, il vivait entre son appartement londonien et sa propriété de Malabar Hill. Dès le début de leur relation, il ne lui avait pas caché sa situation familiale. Un mariage arrangé, des liens plus sociaux qu'affectifs, le souci d'éduquer correctement leurs deux fils et leur fille cadette. Oxana avait tout accepté. Depuis la mort de son époux, Karan était le premier homme qui lui éveillait des sentiments. Les premiers mois, elle n'avait rien voulu voir qui fût susceptible d'abîmer « leur belle histoire ». Entre deux voyages, il la retrouvait. Chaque fois, le miracle se renouvelait...

Valentine apporta une corbeille contenant des chapati. Puis elle retourna dans la cuisine. Un torchon autour de la taille, Guillaume préparait de la raita[1]. Son aisance en toutes circonstances la surprenait. Au bureau, à Chowpatty, dans les bars ou les magasins, il semblait en terrain de connaissance. Sans doute avait-il appris à vivre l'instant présent sans s'adonner aux états d'âme. Jusque-là, elle ne s'était pas interrogée quant à sa vie privée. Son séjour dans cet appartement s'expliquait-il par des liens étroits avec la propriétaire ? Etait-il l'amant de Devika ?

— Valentine, apporte-moi les bols qui sont sur la table.

Alors qu'il versait le mélange glacé, elle observa ses mains. Puissantes mais déliées, elles indiquaient un tempérament actif et réfléchi.

— Le dîner est prêt, annonça-t-il.

Olivier, qui depuis le début du voyage prenait ses repas au restaurant, ne cacha pas son plaisir de se trouver dans un cadre amical et intime. Au fil des heures, son besoin de prendre l'ascendant sur son entourage s'était émoussé. Il ne chercha plus à éblouir Oxana avec ses compétences scientifiques, n'entra plus en compétition avec Guillaume.

— Mon père était militaire, expliqua-t-il. Je suis né à Dakar. Le dernier d'une tripotée de marmots !

Enfance disciplinée, pensionnat, manque de liberté... Dès sa majorité, il avait voulu bourlinguer. Avec l'argent de petits boulots, il avait voyagé au gré de ses envies et des opportunités. L'un de ses amis résidant à la Martinique, il était resté six mois à Fort-de-France. Puis il avait fait le tour des USA. A la fin de son périple, sa décision était prise. Il serait journaliste de presse écrite. Afin de mettre toutes les chances de son côté, il s'était démené

1. Mélange de yaourt, de tomate et de concombre.

pour entrer dans la prestigieuse école de Strasbourg et en sortir parmi les bons éléments. Il avait fait ses premiers pas dans un quotidien qui, depuis, avait périclité. Spécialisé dans les fraudes et l'argent sale, Olivier s'était vite fait connaître des journaux concurrents. Se frotter à la guerre, mais différemment de Papa, l'avait peu à peu poussé vers les conflits : Liban, Rwanda, Somalie, Kosovo, Afghanistan, Irak... Les noms formaient une sombre litanie.

— A la naissance de ma fille, j'ai arrêté. Mais je tournais en rond à interviewer des gens qui n'étaient pas ou plus des aventuriers. On m'a remis sur les coups fourrés. Ma chère Oxana... j'ai été un spécialiste de la mafia russe. Au point de ne plus pouvoir mettre les pieds dans ton pays ! Un peu plus tard, j'ai voulu faire un tour en Tchétchénie. Mais ma femme m'a menacé de divorcer. Si je l'écoutais, je me reconvertirais en paparazzi !

Olivier souffrait du marasme qui sévissait dans sa profession. Concurrencés par la télévision et le Net, les journaux ne trouvaient plus d'acheteurs. Beaucoup mettaient la clé sous la porte ou tombaient aux mains d'hommes d'affaires qui précipitaient leur chute. Plus tout jeune, il se savait sur un siège éjectable. A moins de donner du sensationnel !

— Il n'y a pas de clonage dans ton labo ? demanda-t-il à Oxana. Pas de rapts avec prélèvements d'organes ?

Dans l'appartement voisin, la musique avait repris. Cette fois-ci le sitar était accompagné par des percussions.

— Ils répètent leur prochain concert, indiqua Guillaume. Tout à l'heure, nous leur ferons signe.

Ils attendirent que la musique cessât pour sonner chez Birhal.

— Salut, leur dit-il avec un large sourire.

Petit, maigrichon, les cheveux en pétard, il aurait pu passer pour un adolescent. En réalité, il n'avait pas loin de trente ans.

— Tu m'avais dit qu'on pouvait passer, lui rappela Guillaume.

— Pas de problème. Entrez.

Ils pénétrèrent dans une pièce envahie d'instruments de musique et d'appareils électroniques. Durant leur pause, les musiciens fumaient en discutant.

— On a du public, les avertit Birhal. Personne n'y voit d'inconvénient.

A même le sol, des coussins permettaient de s'asseoir. Valentine s'installa entre Guillaume et Oxana. Olivier préféra rester debout.

— Birhal est le compositeur, expliqua à mi-voix Guillaume. Il aime incorporer des influences étrangères dans la musique indienne. En priorité, il cherche à réunir les musiques hindustani et carnatique. Ses musiciens sont aussi bien musulmans qu'hindous.

Avant qu'ils ne reprennent leurs instruments, Valentine les observa. Tous jeunes, ils avaient des tailles et des corpulences différentes. En revanche, ils portaient uniformément une chemise occidentale sur des jeans. Celui qui s'appelait Amîn fut le premier à se diriger vers son santoor. Composé de cent cordes, l'instrument provenait du Cachemire. A son tour, Marwan se glissa derrière ses tablas : deux petits tambours qu'il frappait selon les rythmes avec le bout des doigts ou les paumes des mains. Après une dernière gorgée de coca, le flûtiste Varun reprit sa place. Birhal accorda son sitar, imité par le violoniste et le joueur de sarod. Bientôt, ils furent prêts.

De tempérament sceptique, Olivier se débarrassa rapidement de ses doutes. Les gars touchaient leur bille ! De rythmes ultrarapides et entraînants, ils passaient à des mélopées qui provoquaient le frisson. Gagnés par la ferveur, ils avaient oublié leur auditoire pour devenir le trait d'union entre les légendes ancestrales et le monde actuel.

— Ils se produisent en concert ? chuchota-t-il à Guillaume.

— Le prochain a lieu dans une dizaine de jours. Ensuite, ils partent pour New Delhi… Et leur maison de disques est en train de leur préparer une tournée en Angleterre.

— Le frère et la sœur se démerdent plutôt bien.

— Ils ont beaucoup ramé, rectifia Guillaume.

Birhal et Devika avaient grandi dans une bourgade du Maharashtra. Leur mère était morte en accouchant d'un troisième enfant. Comme dans les vilains contes, leur père s'était remarié avec une marâtre qui les avait utilisés comme petits domestiques. Adepte de films, leur grand-mère paternelle se préoccupait plus des programmes de la télévision que de leur présence. Néanmoins, sans le vouloir, elle leur avait inoculé le virus de la musique et celui de la danse. Birhal commença par chanter, mais, sa voix n'ayant rien de remarquable, il se rapprocha d'un voisin qui jouait du sitar. Dès qu'il le put, il se rendit à Bombay et fit la plonge dans un restaurant de Colaba. Oubliant les exigences du patron, la fatigue, le manque de sommeil, il prit des leçons chez un vieux musicien. En compensation, il lui faisait ses courses et le ménage. Depuis qu'il avait assisté aux massacres des musulmans en janvier 1993, un défi l'habitait : utiliser la musique comme rapprochement entre des communautés qui se vouaient une haine sans merci. Peu à peu, il avait proposé à des musulmans et à des hindous d'unir leurs talents. Après plusieurs ratages, il était parvenu à créer une petite formation qui se produisait dans des bars où ils étaient à peine payés. Selon les soirs, les clients les écoutaient ou discutaient entre eux en les ignorant. La chance s'était profilée sur la plage de Chowpatty, où ils jouaient pour leur plaisir. Un inconnu s'arrêta. Trois jours plus tard, il les engageait dans son club. Depuis, tout s'était accéléré.

Aujourd'hui, Birhal était heureux. Ce qu'il avait composé pendant des heures de solitude puis testé avec ses complices ne le décevait pas. Son univers était contenu dans les notes qui s'élevaient, se mettaient mutuellement en valeur. Tandis qu'il grattait les cordes, il observa Guillaume et ses amis. Oxana s'était réfugiée en elle-même. En revanche un feu brûlait dans les prunelles de Valentine, qui, de tout son corps, épousait les modulations.

Oxana, qui travaillait tôt le lendemain, donna le signal du départ.

— Est-ce que tu te sens mieux ? lui demanda Guillaume en aparté.

— Tant que nous sommes tous ensemble… oui.

— Si je suis indiscret, remets-moi à ma place. Tu n'as pas rompu avec Karan ?

— Il m'a donné le choix ! Ou je prends les choses comme elles se présentent, ou je m'éloigne.

— Ce sont des paroles en l'air !

— Il n'a jamais été aussi sérieux.

Elle s'interrompit quelques instants avant d'admettre :

— C'est ma faute. Je n'aurais pas dû lui poser des questions.

— Au bout de trois ans, tu avais le droit de te renseigner…

— Les réponses m'ont détruite. Je ne suis qu'une agréable récréation parmi d'autres. Et pas sa seule maîtresse… Il l'a avoué sans difficulté… Sans doute était-il fatigué de mentir !

Prononcer ces mots raviva la blessure d'Oxana. Ces derniers mois, rien n'avait laissé présager que Karan se lasserait. Chaque fois qu'il atterrissait à Bombay, il lui demandait de quitter le laboratoire sur-le-champ pour le rejoindre. Ce qu'elle refusait de faire. En dépit de son impatience et de son désir de le revoir, en dépit des longues séparations, elle n'avait jamais mis son travail entre parenthèses. Cette indisponibilité avait joué en sa défaveur. Habitué à ce que ses souhaits soient exaucés, Karan ne comprenait pas ses refus. Il s'était tourné vers des partenaires plus conciliantes.

— Le plus sage serait de me détacher en douceur. Mais je crains d'en être incapable, admit Oxana.

Guillaume se garda de la conseiller. Pour avoir connu une situation proche, il comprenait l'indécision de son amie. Lui-même s'était abandonné au destin en espérant que celui-ci agirait à sa place. Quand Aurélie lui avait appris que son époux était muté à Montréal et qu'elle devait l'y suivre, il aurait pu lui demander de divorcer. Elle serait restée à Paris avec ses enfants, sur lesquels il aurait veillé. Mais ni les uns ni les autres n'auraient été heureux. Aurélie n'avait d'ailleurs pas remis en cause son départ. Les faits remontaient à plusieurs années. Grâce aux nouvelles qu'elle lui envoyait épisodiquement, il ne l'avait pas tout à fait perdue. Au fil du temps, elle semblait avoir retrouvé un équilibre qu'il respectait en ne lui avouant pas que, pour lui, la blessure s'avérait longue à cicatriser. Les questionnements, les nuits blanches, les torsions d'estomac, il les avait suffisamment connus pour prendre soin d'Oxana ! D'autant qu'elle avait peu noué d'amitiés à Bombay. Son caractère slave la retenait dans le passé, les hivers enneigés, les églises orthodoxes, les cafés enfumés, le brouillard sur la Neva, la lecture des poèmes d'Anna Akhmatova…

— N'hésite pas à m'appeler, lui dit-il. A n'importe quel moment.

— Ne t'inquiète pas. Je ne vais pas me tirer une balle dans le cœur !

12

Avant de s'endormir, Valentine consulta son agenda. Sa semaine était remplie. Visite du laboratoire SERLAS. Nouveau rendez-vous avec Amita à Dharavi. Interview d'une actrice pendant un tournage, d'une Lilloise travaillant dans une galerie d'art moderne, découverte du Tata Institute qui se trouvait à Nariman Point. Plus elle arpentait Bombay, plus elle avait la sensation que la mégapole lui échappait. Nulle part ailleurs, elle ne s'était trouvée confrontée à autant de contrastes. Il suffisait de quelques minutes pour aller d'un Shopping Center flambant neuf à une décharge publique. Avait-elle déjà vu un aussi grand nombre de banques voisiner avec une pauvreté endémique ? On passait de la fameuse Fashion Street réservée aux vêtements d'importation à un temple hindouiste. Dans un bruit assourdissant, des gens faisaient la queue devant des hôpitaux surchargés. Beaucoup attendaient le dernier moment pour s'y présenter. Pendant ce temps, de riches familles régnaient avec despotisme sur des cohortes de serviteurs qui, après avoir accompli des tâches exténuantes, dormaient à même le sol. L'Inde n'était pas la seule à souffrir de contradictions. Toutefois, celles-ci se révélaient d'autant plus visibles que le pays entrait dans la modernité. Face à l'émergence d'une classe moyenne perduraient la malnutrition, le manque d'équipement des paysans pour affronter l'agriculture moderne, l'endettement des familles auprès d'usuriers pour fournir une dot – prétendument abolie – à leurs filles. Sans parler des castes… officiellement disparues ! Sur Internet ou dans les journaux, les annonces matrimoniales démentaient cette information. Chaque fois, la caste était spécifiée. Et il existait pire ! Grâce à un reportage, Valentine avait appris que des pêcheurs « intouchables » avaient été vitriolés par des nationalistes. Ces fameux nationalistes qui, dans des écoles spécialisées, entraînaient des adolescents à combattre les musulmans. Comment la nation allait-elle surmonter cette haine tenace entre les communautés ? La montée de l'islamisme et du terrorisme attisaient des feux qui ne demandaient qu'à s'embraser. En Occident, beaucoup de gens ne voyaient que la puissance économique indienne. On évoquait la dynastie des Tata, celle des Mittal… A la tête d'empires industriels, ces deux clans représentaient la richesse et connaissaient un succès planétaire. Leur réussite servant d'exemple, des téméraires n'hésitaient pas à se lancer dans les affaires. Diplômés d'universités ou autodidactes, ils jouaient leur va-tout dans la haute technologie, la biologie, la chimie, la sidérurgie… Sans oublier l'immobilier. On construisait à tout va ! Et pas seulement entre les frontières ! Paradis fiscal, Dubaï attirait les investisseurs. Dans ce ghetto pour milliardaires plus ou moins recommandables, on pouvait s'acheter de luxueuses propriétés en les payant avec l'argent liquide qui nécessitait un blanchiment. L'oncle de Deepak s'était lancé dans la promotion d'un immeuble entre lagune et désert. Les bénéfices se révélaient déjà considérables !

Tout en faisant le point entre les informations glanées ici et là, Valentine réfléchissait. Elle n'avait accompli que le premier tiers de son voyage. Néanmoins, elle avait l'impression d'avoir quitté les siens depuis longtemps. Octave lui manquait. Tous les deux jours, elle prenait de ses nouvelles. L'arrivée de Noël figurant parmi les principales préoccupations de l'enfant, il ne raccrochait jamais sans s'être assuré que sa maman serait au rendez-vous. Le sapin était déjà installé dans le salon des grands-parents. A la maternelle, il avait découpé des étoiles pour les coller sur les carreaux des fenêtres. Bénéficiant d'un immuable ciel bleu et d'une chaleur estivale, Valentine se projetait avec difficulté dans la grisaille parisienne. Malgré un travail fourni, elle ne ressentait aucune fatigue. Ses récréations avec Guillaume n'étaient sans doute pas étrangères à ce résultat.

Selon le programme établi, Deepak vint la chercher à 7 heures. La localité où se trouvait le laboratoire SERLAS se situait à une cinquantaine de kilomètres, Valentine en profita pour somnoler durant le trajet.

— Nous y sommes, l'avertit le photographe.

— Déjà !

— Nous ne roulons que depuis deux heures, plaisanta-t-il.

Avec des gestes rapides, elle se recoiffa devant le rétroviseur. De loin, un garde les observait.

— Allons-y... Sinon, il va nous croire malintentionnés.

Ultramodernes, les bâtiments formaient un demi-cercle et ne possédaient que trois étages. Des plates-bandes et des bananiers indiquaient l'entrée principale. Comme ils l'avaient fait au siège, ils donnèrent leurs papiers d'identité et passèrent à la fouille avant de pénétrer dans le hall. Assises sur des banquettes, plusieurs personnes attendaient d'être pilotées vers leurs correspondants.

— Nous sommes envoyés par monsieur Zafar, déclara Valentine à l'une des deux hôtesses.

Après avoir consulté son ordinateur, celle-ci décrocha un téléphone. Quelques instants plus tard, le directeur de la fabrique les recevait. Plus affable que le président Zafar, Amin Ghaudi remercia la jeune femme de s'intéresser à leur société.

— Vous devez être régulièrement sollicité, répliqua-t-elle.

— Il nous arrive de refuser certaines demandes quand elles nous semblent trop orientées.

— Orientées ?

— Pour préserver notre crédibilité, nous évitons de tomber dans le sensationnel. Mais il est difficile de contrôler le travail des journalistes.

— En cas d'information erronée, vous pouvez exiger un démenti.

— Les lecteurs n'y prêtent pas attention. L'an dernier, beaucoup de gens ont cru que nous venions de trouver un remède miracle contre le diabète. C'était faux !

Tout en discutant, ils longèrent un corridor qui menait vers le vestiaire. Valentine et Olivier durent y laisser leurs sacs puis enfiler des blouses et placer des protections sur leurs chaussures. Lorsqu'ils eurent emprisonné leurs cheveux sous un bonnet en plastique, ils se lavèrent les mains. Leur guide les attendait de l'autre côté d'un sas. Revêtu du même uniforme, il leur demanda :

— Vous avez déjà visité des laboratoires ?

— En Inde, vous êtes le premier.

— Nous allons commencer par la fabrication des génériques. Comme vous le savez, ils sont une imitation de médicaments dont le brevet est parvenu à son terme. Mais imitation ne signifie pas copie. S'ils contiennent la même substance active, les excipients peuvent être différents.

— Qu'entendez-vous par substance active ?

— Elle peut être un élément ou un composé chimique. Elle peut aussi se révéler animale ou végétale. En ce qui nous concerne, nous privilégions des substances obtenues par une synthèse chimique ou par la biotechnologie.

— Quels sont les excipients les plus fréquemment employés ? poursuivit Valentine.

— Le sucre, l'amidon, l'eau, l'alcool. Ils donnent un goût et une couleur aux médicaments. Ceux-ci peuvent être conçus sous une forme solide, liquide, gazeuse.

Il esquissa quelques pas :

— Suivez-moi.

Dans une grande salle, des employés enveloppés de leurs protections sanitaires s'activaient autour des machines.

— Au début de la chaîne, nous plaçons les matières premières qui vont servir à la composition d'un médicament. Elles passeront ensuite dans les mélangeuses et les trieuses.

Deepak fut autorisé à prendre des photos. Pendant ce temps, Valentine observa les locaux. Vastes, d'une propreté immaculée, ils plongeaient les visiteurs dans un monde futuriste. En voyant une jeune fille surveiller l'encapsulage de flacons contenant des gélules, elle se demanda vers quel continent, vers quel pays, cette médication allait partir.

— Nous contrôlons en permanence l'homogénéité des compositions, l'étanchéité des sachets, la solidité des emballages, la température des entrepôts.

Valentine s'approcha d'une machine qui crachait des pilules à une vitesse vertigineuse.

— Ce sont trois antirétroviraux réunis en un comprimé qui ne réclame qu'une prise quotidienne. Mais nous avons des problèmes pour le faire accepter au prix que nous avions décidé. Il est trop bas... Et des labos concurrents tentent de l'interdire en remettant en cause sa qualité.

La guerre sans merci que se livraient les industries pharmaceutiques ne faisait que commencer. Chaque découverte donnant lieu à des enjeux considérables, l'autorisation de la commercialiser occultait trop souvent l'éthique. Chez SERLAS, on semblait avoir choisi la politique des tarifs accessibles aux plus démunis...

Après les avoir fait passer devant des affiches publicitaires à la gloire de leur firme, Amin Ghaudi les invita à traverser une passerelle.

— Nous pénétrons dans la zone où sont fabriqués nos propres produits. Vous n'y verrez aucun générique.

Sans cette information, Valentine et Deepak auraient pu se croire dans la pièce précédente. Même atmosphère, mêmes machines, mêmes gestes du personnel !

— Lorsqu'une nouvelle substance active a été trouvée, il faut la soumettre à des tests précliniques.

— Sur des animaux ?

Amin Ghaudi hocha la tête avant d'ajouter :

— Et plus tard sur des hommes. Tous volontaires, je le précise. Actuellement, nous essayons d'améliorer des antibiotiques.

— Vous parlez d'améliorer. Qu'en est-il de l'innovation ?

— Notre centre de recherche ne se trouve pas ici.

— Je suis au courant, l'interrompit Valentine. Et j'aimerais le visiter...

— L'autorisation ne peut être donnée que par monsieur Zafar. Il l'accorde rarement.

Pendant plus d'une heure, ils arpentèrent les lieux. Comprimés, gouttes, suppositoires, poudres, sirops, il y avait de quoi soigner des milliers de personnes. Enfermée dans des cartonnages, la marchandise attendait son expédition. Au travers d'un immense entrepôt, des panneaux indiquaient les pays de distribution. La France en faisait partie. Pendant que Deepak changeait les piles de son appareil, Valentine souligna :

— Ce serait dommage de rédiger un article où ne figure pas la recherche. C'est tout de même votre fierté...

Alors que son interlocuteur acquiesçait, elle se fit plus insistante :

— Ne pourriez-vous pas plaider en ma faveur ?

Amin Ghaudi lissa sa moustache avant de répondre :

— Je peux essayer. Mais je ne vous promets rien.

13

Alors que Valentine n'espérait pas grand-chose, monsieur Ghaudi tint parole et l'appela le soir même. Une permission exceptionnelle lui était accordée. A condition de ne pas être accompagnée par le photographe, elle serait accueillie dans le centre de recherche.

— Comment vous remercier ?

— En acceptant de dîner avec moi !

Ce qu'elle craignait était en train de se produire. Le phantasme de l'Occidentale avec laquelle on pouvait tenter sa chance avait traversé l'esprit de ce père de famille quinquagénaire. Afin de sauvegarder les apparences, elle évoqua un emploi du temps soutenu.

— Si je veux passer Noël avec mon fils, je ne dois pas prendre du retard.

Une nouvelle fois, elle avait mis en avant sa respectabilité... Une nouvelle fois, elle obtint le résultat escompté.

— Je comprends...

Dès qu'elle eut raccroché, Valentine composa le numéro d'Oxana.

— Je suis acceptée dans votre labo, l'avertit-elle.

— Quand venez-vous ?

— Jeudi matin.

Entre-temps, Valentine revit Anil. Pour éviter qu'elle ne se rendît seule à Dharavi, Amita lui avait donné rendez-vous à son domicile. L'assistante sociale vivait dans un minuscule appartement de Byculla où se concentrait une population de fonctionnaires et d'Indiens pouvant se payer un logement en « dur ». Dans une pièce où régnait le formica, sa mère regardait la télévision en mangeant des sucreries. Profitant du taxi qui attendait à l'extérieur, Amita se chargea de ballots.

— J'ai récupéré du linge dans une usine.

Dès qu'elles approchèrent du slum, l'odeur se fit sentir. Depuis sa dernière visite, Valentine en avait oublié la pestilence. Au détour d'une venelle, Amita aperçut un gamin et lui fit signe d'approcher.

— Montre-moi ta jambe.

Pendant qu'elle inspectait son tibia, elle expliqua à la journaliste :

— On l'a sauvé in extremis de l'amputation. Une plaie infectée qui commençait à gangrener. Je l'ai emmené moi-même à l'hôpital.

— Il n'a pas de famille ?

— Le père est en prison pour trafic de drogue. La mère a disparu sans crier gare. Un vieil oncle lui donne un peu de nourriture.

D'un tour de clé, Amita ouvrit le local où se déroulaient les réunions.

— Si je n'avais pas sévi dès le début, nous aurions été envahis par les sans-abri. Les gens qui nous demandent de l'aide ont besoin de trouver un lieu différent de ce qu'ils connaissent. Ici, on soigne, on conseille, on offre des solutions… mais on n'héberge pas.

Valentine sortit une enveloppe de son sac et la posa sur la table.

— Pour vos œuvres.

— Merci, répondit Amita avant de faire disparaître l'argent dans une cache. Je vous prépare un reçu.

Avant de se rendre chez Anil, elles firent un détour qui les mena au fond d'une impasse. A l'intérieur d'une cahute, une jeune femme terminait de natter ses cheveux.

— Dipa...

En entendant son nom, elle apparut. Valentine fut frappée par sa beauté. Un teint pâle, des yeux de biche, un nez droit... Si elle n'avait pas été au bord d'accoucher, sa silhouette aurait été parfaite. Pas un sourire n'éclaira ses traits tandis qu'elle répondait aux questions d'Amita. Avant de la quitter, celle-ci lui tendit un fascicule en lui conseillant d'en lire le contenu.

— Dipa a décidé d'abandonner son enfant dès la naissance, confia-t-elle à Valentine lorsqu'elles s'éloignèrent.

— Abandonner son bébé !

— J'ai essayé de l'en dissuader. Elle ne veut rien entendre.

Comme beaucoup d'adolescentes, Dipa avait imaginé qu'elle deviendrait actrice. Dans un journal spécialisé, elle avait vu une annonce offrant tout ce qu'elle recherchait. Seulement, il fallait quitter Pune pour se rendre à Bombay ! Refusant d'écouter les menaces de son père qui lui promettait de ne plus la revoir si elle transgressait son veto, elle était montée dans un train.

— Elle s'est présentée à l'adresse indiquée. Un photographe véreux lui a promis une carrière de star. De fil en aiguille, elle a posé pour des photographies peu vertueuses et à peine payées. Elle s'est logée à Dharavi en espérant que ce serait de courte durée. En même temps qu'elle travaillait pour ce type, elle enchaînait des bouts d'essai sans obtenir de résultat. Un jour, quelqu'un lui a fait miroiter les bars à bière où elle gagnerait de l'argent.

Dipa avait plu aux clients, qui venaient régulièrement la voir danser. Parmi ceux-ci, le fils d'un soi-disant producteur était devenu son amant. Excellent bonimenteur, il lui avait tracé un avenir radieux. Dipa aurait dû se méfier des contes de fées. Mais la tentation de devenir célèbre était trop forte. Se croyant protégée par la pilule, elle n'avait pas prêté attention à l'interruption de ses règles. Il fallut d'autres symptômes pour qu'elle commençât à s'inquiéter. Sans doute avait-elle oublié de prendre, un soir, le contraceptif ! Ne pouvant plus avorter, Dipa choisit de se taire jusqu'à ce que sa grossesse devînt visible. Entre deux nausées, elle continuait de danser. Quand son employeur lui reprocha d'avoir grossi, elle promit d'entamer un régime. Des semaines s'écoulèrent. Réfugiée dans le déni, Dipa espérait une fausse couche.

— Dans moins de deux mois, elle aura accouché.

— Et le père ? insista Valentine.

— Non seulement il a nié toute responsabilité, mais il s'est volatilisé. Bien entendu, elle a perdu son job. Et ses trois colocataires n'ont pas l'intention de l'héberger gratuitement...

Chez Anil, Valentine eut l'impression que rien n'avait changé depuis sa visite. Chacune des personnes présentes portait les mêmes habits, accomplissait les mêmes tâches. Assis sur son grabat, le petit la regarda s'approcher. A mi-voix, elle lui parla. Aux produits de première nécessité, elle avait ajouté une girafe en caoutchouc sur laquelle il pourrait frotter ses gencives. L'enfant l'attrapa dans une main puis l'agita. Il semblait moins fatigué que la semaine passée. En se retournant, elle croisa le regard de sa mère, qui, avec un sourire, lui adressa quelques mots.

— Elle vous remercie pour les cadeaux, traduisit Amita.

— Anil est son seul enfant ?

— Oui. Mais elle lui prête peu d'attention. Vis-à-vis de sa belle-famille, il représente une tare.

— Vous voulez dire qu'elle ne fera rien pour le sauver ?

Pendant que la belle-mère préparait du thé, Valentine joua avec le bébé. Peu habitué à ce que l'on cherchât à le distraire, il commença par grimacer. Sans se laisser démonter, elle continua à le stimuler. Peu à peu, ses traits se détendirent. Il reprit le jouet.

— Il n'a pas été changé depuis longtemps, dit-elle à Amita.

— Je m'en occupe.

— Elles n'ont pas besoin d'économiser les couches. Je leur en rapporterai.

— Si vous leur promettez de la marchandise, elles vont revendre celle que nous leur avons laissée. Ici, tout se monnaye.

Valentine lutta contre une nausée. D'un côté, une mère se préparait à abandonner son nourrisson. De l'autre, une malheureuse s'intéressait à peine au petit garçon imparfait que lui avait infligé le destin !

— Bonjour, dit-elle à l'employé qui lui ouvrit la porte d'Urgence Santé. Est-ce que Guillaume est là ?

— Vous le trouverez dans son bureau.

Le dos tourné, celui-ci ne la vit pas entrer.

— Si je te dérange, mets-moi dehors.

Surpris par le son de sa voix, il lui fit face.

— Valentine ! Quelque chose ne va pas ?

— Non… Enfin oui… Excuse-moi de te déranger…

— Je ne faisais rien d'urgent, répliqua-t-il en lui avançant une chaise.

En désordre, elle évoqua le slum, Amita, Anil…

— Nous pourrions sauver cet enfant !

Guillaume, qui l'avait écoutée sans l'interrompre, souligna :

— Pour le sauver, il faudrait l'opérer.

— Justement ! Tu connais des chirurgiens…

— Non seulement ce sont des opérations lourdes et coûteuses, mais elles sont programmées longtemps à l'avance.

— Il existe toujours une possibilité…

— Au risque de te choquer, des cas comme celui d'Anil ne sont pas rares.

— Amita m'a déjà servi ce discours.

— Depuis des années, je travaille sur le terrain. Depuis des années, j'ai croisé des enfants que l'on aurait pu opérer. Faute de temps, de moyens, de médecins disponibles, nous n'avons rien fait. Je n'ai pas le droit de te bercer avec des fausses illusions. Ce que tu demandes est irréalisable.

En se relevant, elle lui lança sur un ton agressif :

— Je me suis trompée en pensant que tu comprendrais !

— Il existe une différence entre comprendre et intervenir.

Tournant les talons, elle se rua vers le vestibule.

— Valentine… Attends, entendit-elle.

Elle eut beau descendre quatre à quatre les escaliers, Guillaume la rattrapa avant qu'elle n'atteignît le rez-de-chaussée.

— Lâche-moi, cria-t-elle en essayant de dégager son bras.

— Pas avant que tu ne m'écoutes.

— Je ne veux rien entendre. Rien !

14

Valentine attendit d'être dans sa chambre pour éclater en sanglots. Depuis son divorce, elle n'avait plus versé une larme. Au point de se demander si elle en était encore capable. Ce soir, elle avait la réponse. Le visage enfoui dans les oreillers, elle pleurait sur son impuissance. A son chagrin se mêlait un sentiment de culpabilité. En dehors de son échec conjugal, la vie l'avait privilégiée. Née dans une famille aimante, mère d'un petit garçon qui lui donnait des joies, elle se considérait comme chanceuse. Ce soir, avec sa démesure et ses violences larvées, l'Inde la perturbait. On savait que nombre de gens vacillaient dès qu'ils foulaient le sol de cette nation où s'évanouissaient leurs repères. Certains avaient des crises mystiques, d'autres devenaient délirants, paranoïaques, dépressifs. Rapatriés par leurs ambassades ou leurs consulats, ils retrouvaient la normalité dès qu'ils rentraient chez eux. Valentine n'en était pas là… Mais son comportement avec Guillaume la dérangeait. A mesure qu'elle revoyait la scène, elle cherchait des explications. Ce n'était pas son genre de faire irruption à l'improviste chez quelqu'un. Encore moins de l'insulter ! En imaginant ce qu'il devait penser, la honte l'envahissait. Elle songea à lui envoyer un SMS pour s'excuser. Alors qu'elle saisissait son portable, elle vit que sa boîte contenait des messages. Aucun de lui ! En revanche, sa mère lui demandait de l'appeler.

— Maman ! Rien de grave ?

— Octave a une angine. Je l'ai emmené chez le pédiatre. Jusqu'à la fin de la semaine, il n'ira pas à l'école. Mais il n'y a pas lieu de s'inquiéter.

— Il a de la fièvre ?

— Elle a baissé avec les antibiotiques.

— Il est couché ?

— Penses-tu ! Il joue avec ses chevaliers et ses dragons...

Après un court silence, Juliette Courlande reprit :

— C'est son père qui pose un problème...

— Arnaud !

— Il veut le prendre chez lui.

— Pour quelle raison ?

— Dès qu'Octave lui a appris qu'il était malade, le cinéma a commencé. Arnaud m'a reproché de ne pas l'avoir averti ! Le ton a monté. J'ai réussi à ne pas lui raccrocher au nez...

— Tu as bien fait, répliqua Valentine, qui se sentait mal placée pour donner des leçons de sérénité.

— Sans doute... Mais il vient ce soir... Et j'ai reçu l'ordre de préparer le sac de ton fils.

Arnaud avait sauté sur le premier prétexte pour s'imposer. En bousculant l'organisation de Valentine pendant son absence, il était certain de la déstabiliser. Mais il tombait mal ! La colère remonta à la surface. Sans attendre, elle composa le numéro du cabinet dentaire. L'assistante de son ex-mari lui apprit qu'il était en consultation.

— Dites-lui que c'est urgent.

La voix sèche d'Arnaud se fit bientôt entendre.

— Que se passe-t-il ?

— J'aimerais que tu ne remettes pas en cause ce qui a été établi. Octave ne devait venir chez toi que samedi prochain.

— Etant donné qu'il est suspendu d'école, il sera mieux à la maison.

— Avec ta femme ?

— Il s'entend bien avec elle.

— Mieux qu'avec sa grand-mère ?

— Ne comparons pas ce qui n'est pas comparable.

— Je refuse que tu prennes des décisions sans me consulter.

— Tu te trouves à des kilomètres.

— Le contact n'est pas compliqué. La preuve.

— Ecoute, Valentine… Mon patient attend…

— Je m'en fiche !

— C'est incroyable ! Octave est autant mon enfant que le tien. Qu'est-ce qui t'autorise à tout régenter ?

— Dans le jugement du divorce, il est stipulé que j'ai la garde de notre fils. Avant de nous quitter, il fallait penser que tu ne le verrais plus quotidiennement.

Elle s'en voulut d'avoir prononcé cette dernière phrase, mais il était trop tard pour la rattraper. S'enfonçant dans la brèche, Arnaud rétorqua :

— Arrête d'utiliser Octave pour régler tes comptes avec moi.

— C'est toi qui l'utilises pour me perturber ! Et puisque tu persistes, je prendrai un rendez-vous avec l'avocate dès mon retour.

— Avant de déclencher les hostilités, tu pourrais demander à Octave s'il aime ou non venir chez moi. Dans cette histoire, tu ne penses qu'à toi et à ta rancune !

Ce que sa mère était parvenue à ne pas faire, Valentine l'accomplit. Elle coupa net la conversation. La journée se clôturait en beauté ! Etait-elle devenue hystérique ? Guillaume ! Arnaud ! Pour des raisons différentes, elle s'était montrée odieuse avec les deux. Résultat… elle n'avait rien obtenu de part et d'autre ! En dépit de son épuisement, elle savait qu'il lui fallait occuper son esprit. Thibault lui ayant réclamé l'envoi de ses premiers articles, elle choisit de les relire, voire de les corriger. La diaspora indienne, les slums, un portrait d'Amita et de son travail social, les stylistes, un call center où les employés travaillaient pour plusieurs compagnies occidentales. Elle supprima des détails, vérifia des informations. La santé demeurait le gros dossier. Elle avait commencé à le rédiger, mais il lui restait encore à visiter le centre d'Oxana chez SERLAS. Quant à la seconde firme contactée, DAVANTHARI, elle n'avait toujours pas répondu. Valentine consulta sa montre. Elle les relancerait dès le lendemain matin.

Alors qu'elle pensait ne rien obtenir, une secrétaire lui fixa un rendez-vous pour le lundi suivant.

— Notre directeur est absent. Mais vous verrez l'un de ses collaborateurs. Comme il aura peu de temps à vous consacrer, il insiste pour que vous prépariez vos questions.

Après les péripéties de la veille, Valentine ressentait le besoin de parler. Olivier n'avait peut-être pas encore quitté l'hôtel...

— Tu m'invites ?

Lorsqu'elle le rejoignit en empruntant l'escalier monumental qui faisait la fierté du Taj, il sortait d'un premier épluchage des journaux. Les quotidiens, *The Indian Express*, *The Times of India*, voisinaient avec les hebdomadaires *Outlook*, *Tenelka*, *India Today*. La presse internationale était présente. Déposés sur un guéridon, *The Daily Telegraph*, *The Guardian*, *Le Monde* attendaient une lecture attentive.

— J'ai déjà surfé sur Internet.

Drogué de l'info, Olivier cherchait sur la Toile des indices qui le mèneraient vers des pistes peu explorées.

— Thibault a reçu une partie de mes papiers, lui dit-elle.

— Les grands esprits se rencontrent. Je lui ai envoyé les miens avant-hier. Mais j'aurais aimé lui donner des sujets plus sulfureux.

— Il te reste une semaine et demie pour déterrer un cadavre.

— Hier, je suis allé dans un commissariat de police. A les entendre, ils ont vocation d'anges gardiens !

— Tu ne devais pas visiter une prison ?

— L'autorisation n'est toujours pas signée. Si je ne trouve pas un os à ronger, je vais déprimer. Et toi... tu as débusqué des choses intéressantes ?

— Aucune ne te passionnerait ! Tu as trop bourlingué pour ne pas être blasé.

— Hélas ! J'en serais presque à envier ton copain Guillaume. Lui, il prend son pied !

— En s'occupant de logistique ?

— Sans son boulot, rien n'avancerait ! C'est lui qui achète les matériaux et les denrées, les stocke, les envoie, organise les camps de réfugiés, la reconstruction ?

— Après les anges gardiens, nous nous approchons de saint Guillaume, ironisa Valentine.

— J'ai fait des recherches sur Internet. Son ONG a la cote. Gestion transparente, missions ciblées, résultats satisfaisants. Alors qu'on enquête sur les fonds récoltés pour les victimes du tsunami... Urgence Santé a déjà rendu des comptes. Ils ont acheté des bateaux pour les Sri-Lankais, construit des maisons, remis d'aplomb une école, rééquipé un hôpital...

— Tu ne m'apprends rien ! Je me suis promenée sur leur site et...

— J'en ai croisé, des mecs dans son genre ! Mais ils n'étaient pas détachés comme lui du pouvoir et du grenouillage.

— Tu ne l'as vu que deux fois ! C'est peu pour avoir un avis.

— J'ai du flair.

Olivier ne révéla pas qu'il enviait à Guillaume son équilibre apparent, son aptitude à ne pas idéaliser les réalités, à ne pas jouer les héros romantiques.

— J'aimerais qu'il nous présente à sa copine, reprit-il. La danseuse ! Sur les photos, elle est diablement jolie ! Tu crois qu'ils sont ensemble ?

Valentine mesurait combien elle s'était rendue ridicule. De quel droit avait-elle dérangé Guillaume, de quel droit lui avait-elle réclamé l'impossible ? Pour se réconforter, elle se répétait qu'on devait fréquemment lui adresser des requêtes... Après tout, elle ne lui avait demandé aucun service personnel !

Sans se départir de son malaise, elle enchaîna les entretiens programmés. Ayant compris ses goûts, Deepak emmagasinait, sans état d'âme, portraits et atmosphères. Sachant se faire oublier, il observait et écoutait les interviewés. Puis il les photographiait en essayant de capter l'essentiel.

— Dieu merci, tu ne les fais pas poser pendant des heures. Certains de tes confrères m'ont rendue folle avec leurs parapluies et tout le tintouin.

Deepak sourit. Au début de sa carrière, il s'était laissé griser par les nouveautés technologiques. Jusqu'au moment où il avait repris un vieux Nikon pour photographier sa femme.

— Je n'ai utilisé que le soleil. Regarde.

De son portefeuille, il sortit un cliché en noir et blanc. Allongée sur une chaise longue, Mira regardait l'objectif en souriant à peine. Répandus autour de son visage, ses cheveux formaient une masse sombre et brillante.

— Quand je l'ai connue, elle les repassait.

— Les repassait ?

— Avec un fer. Comme pour le linge.

Dans sa voix sourdait son admiration pour celle qui partageait sa vie. Leur entente et leur mutuelle stimulation les aidaient dans leur parcours artistique. Même s'ils conservaient leur propre arbitre, aucun n'aurait pu ignorer l'avis du partenaire. Malheureusement, Valentine n'avait pas partagé cette complicité avec Arnaud, qui s'était toujours mis en rivalité avec le reste du monde. Aujourd'hui, il lui manquait si peu qu'elle se demandait si elle l'avait aimé. Rencontrer la bonne personne tenait-il du miracle ? Depuis son divorce, elle avait entamé plusieurs aventures. Aucune ne s'était avérée sérieuse ! Juste avant son départ pour l'Inde, elle avait éprouvé un début d'intérêt pour un ornithologue qui lui faisait la cour. Plutôt séduisant et drôle, Cédric l'avait emmenée en baie de Somme dans une réserve d'oiseaux : le parc de Marquenterre. Préoccupée par son départ pour Bombay, elle avait repoussé à plus tard leurs ébats. Depuis, ils avaient échangé quelques mails.

15

Par un SMS de sa mère, Valentine apprit qu'Arnaud avait cédé à sa pression. Rien ne serait bousculé dans l'emploi du temps d'Octave. Libérée de ce souci, elle arpenta Kala Ghoda. De nombreux marchands d'art et des designers s'étaient installés dans un périmètre qui se situait entre le cinéma Regal et l'université. Cécile Galande l'attendait dans sa galerie. Vêtue d'une robe en jean, la narine cloutée d'un diamant, la chevelure touffue et indisciplinée, elle avait dû fréquenter Goa avant de résider à Bombay. Après lui avoir montré les toiles d'un jeune artiste, elle ouvrit ses archives.

— Je ne connaissais rien à la peinture. Il a fallu un concours de circonstances pour que je me lance.

Valentine ne s'était pas trompée. Neuf ans plus tôt, Cécile avait décidé de visiter l'Inde avec des copains. Ils avaient débarqué à Madras avec un sac à dos, peu d'argent et l'idée de traverser en car le Tamil Nadu puis le Kerala. Parmi les membres du groupe, deux ne voulurent pas aller plus loin que Pondichéry. Les autres s'en tinrent au programme. Bus, étapes dans des pensions miteuses, cannabis... Avant d'arriver à Cochin, ils avaient vécu sur un house-boat au milieu des eaux dormantes. Le fils du propriétaire était magnifique.

— Je ne peux toujours pas expliquer ce qui s'est passé. Mais j'ai décidé de tout quitter pour rester avec lui.

L'idylle avait duré quatre ans durant lesquels Cécile s'était fait engager comme réceptionniste dans un hôtel de Kovalam.

— Je suis partie quand il a épousé la fille que lui avaient choisie ses parents. A ce moment-là, j'ai failli tirer un trait sur l'Inde. Seulement, je n'étais pas certaine de me réadapter à la France. Un motard hollandais m'a proposé de m'emmener à Goa. J'ai accepté. Il peignait sur les photographies qu'il prenait. J'ai commencé à les vendre aux touristes. On a gagné de l'argent. D'autres personnes m'ont confié leurs toiles pour que je les expose dans une pièce de notre habitation. Un jour, un Bombayite est passé. Après plusieurs visites, il m'a demandé de travailler pour lui. Je lui dénichais des artistes tout au long de l'année... Et je travaillais ici de novembre à mi-février.

Valentine avait posé son calepin. L'histoire de Cécile lui plaisait suffisamment pour qu'elle ne l'oubliât pas. En quelques minutes, elle s'était sentie proche de la jeune femme. Son caractère entier, l'importance qu'elle accordait à la liberté trouvaient chez elle un écho favorable.

— Vous serez encore là en janvier ? lui demandait la galeriste.

— Non. Pourquoi.

— Il y aura le Festival de Kala Ghoda. Le quartier deviendra piétonnier. Les peintres et les plasticiens s'installeront partout. Des musiciens joueront dans les rues.

Pendant qu'elle parlait, Cécile sortit un press-book pour montrer des articles sur la fameuse manifestation.

— J'exposerai une jeune femme qui mélange tissus précieux et peinture sur des supports de verre. Une autre proposera des bijoux baroques.

— Où les trouvez-vous ?

— La plupart sonnent à ma porte. Ici ou à Goa.

L'entrée de deux Américains interrompit leur conversation. Cécile se leva pour les accueillir. Comprenant qu'ils étaient marchands, Valentine se fit discrète. Lorsque son mobile vibra, elle ne décrocha pas. Jusqu'au retour de Cécile, elle continua de feuilleter les comptes-rendus de vernissages. Sur l'une des photographies, elle reconnut Oxana qui, de profil, contemplait une œuvre.

— Vous connaissez Oxana ? demanda-t-elle quand les clients eurent quitté les lieux.

— Chaque année, elle séjourne à Goa et me loue un bungalow. C'est une de vos amies ?

— Je viens juste de la rencontrer.

— On nage ensemble. On fait la fête. La nuit, elle nous déclame des poèmes en russe. Au début, je ne savais pas qu'elle était biologiste. Elle avait tout d'une routarde !

— D'une routarde !

— Elle a changé depuis notre première rencontre.

Sur un ton de confidence, Cécile ajouta :

— Bien qu'elle ne m'ait jamais fait de confidences, un homme a dû passer par là.

Valentine songea au départ précipité d'Oxana le premier soir, à sa mine défaite quand elle les avait retrouvés à Bandra...

— S'il s'agit d'un Indien, je comprendrais qu'elle soit discrète. D'autant qu'elle doit se faire respecter dans son labo, poursuivit Cécile.

Elles continuèrent de bavarder comme si elles se connaissaient depuis longtemps. Eloignée de la France où elle n'était pas retournée depuis trois ans, la galeriste buvait les paroles de Valentine.

— Quand je vous écoute, j'ai des bouffées de nostalgie.

— Vous aimeriez rentrer ?

— Non. Ma vie est liée à ce pays. Je m'y sens chez moi. Mais on ne gomme pas les souvenirs. Encore moins ceux qui sont liés à l'enfance. Le parfum de la vanille, du chocolat, les sapins de Noël... Je collectionne toutes les cartes de vœux où l'on voit des bonshommes de neige.

Après avoir prévenu que Deepak viendrait prendre des photographies, Valentine se prépara à partir.

— On pourrait se revoir autour d'une bonne bouteille de vin français, lui dit Cécile.

— Pourquoi pas ?

— J'habite l'étage au-dessus. Vous avez mon numéro...

A 4 heures de l'après-midi, la température commençait à baisser. Plutôt que de retourner au Taj, Valentine préféra arpenter les rues adjacentes à la galerie. Elle longea la Sassoon Library puis se dirigea vers le musée d'Art moderne. Après les rendez-vous de la journée, cette marche solitaire lui faisait du bien. D'autant qu'elle assisterait dans la soirée au tournage d'un film « bollywoodien ». Olivier souhaitant l'accompagner, elle devait rappeler l'attachée de presse pour faire enregistrer sa venue. En attrapant son portable au fond de son sac, elle se souvint qu'elle n'avait pas répondu à un appel chez Cécile. Le correspondant avait-il laissé un message ?

— Valentine. C'est Guillaume. J'aimerais te parler.

En entendant ces paroles prononcées sur un ton pacifique, elle se sentit libérée d'une impression de gâchis, d'une tristesse latente... Elle déclencha le processus de rappel. Après plusieurs sonneries, il décrocha.

— C'est Valentine.

— Où es-tu ?

— Devant le musée d'Art moderne.

— Tu es pressée ?

— Non.

— Dans la galerie Jehangir, il y a un café. Le Samovar. Je t'y rejoins dans une vingtaine de minutes.

En patientant à l'extérieur du bâtiment, elle s'étonna de se sentir aussi joyeuse. Autour d'elle, tout prenait une autre couleur. S'il n'avait pas fait le premier pas, aurait-elle étouffé son orgueil et trouvé le courage de le relancer ? Un peu avant l'heure prévue, elle le vit arriver.

— Un bus passait juste au moment où je quittais le bureau.

Au Samovar, ils trouvèrent un guéridon proche d'une fenêtre qui donnait sur un jardin.

— Je n'ai pas eu le temps de déjeuner, avoua-t-il.

— Moi non plus.

— Leurs boti rolls[1] sont bons. Mais il y a d'autres plats...

— Je tente les boti rolls.

Dès qu'ils eurent passé la commande, Valentine déclara sur un ton contrit :

— Je suis désolée pour ce qui s'est passé.

— Nous ne sommes pas fâchés. C'est le principal.

— Je ne parviens toujours pas à m'expliquer ce qui s'est produit. J'ai déposé l'assistante sociale près de Flora Fountain et j'ai donné ton adresse au chauffeur. Il fallait que je te parle... Ensuite, je ne me suis plus contrôlée !

— Ce n'est pas grave.

Valentine le sentit sincère. Comment faisait-il pour ne pas conserver de la rancune ? Elle lui posa la question.

— Lorsque j'ai noué des liens avec quelqu'un, je ne me laisse pas influencer par des dérapages sans importance. Je savais que les choses s'arrangeraient.

Changeant volontairement de sujet, il poursuivit :

— Raconte-moi ce que tu faisais par ici. L'interview d'un conservateur de musée ?

— Tu n'es pas loin de la vérité.

Elle lui raconta sa rencontre avec Cécile Galande.

— J'ai découvert qu'elle connaissait Oxana.

1. Sorte de pain fourré.

— Pas seulement Oxana.

— Toi aussi ?

— Le monde des expatriés est petit. L'an dernier, je lui avais promis de louer à Goa un de ses bungalows. Mais le tsunami a tout remis en question. Fin février, j'y ferai peut-être un tour. Tu connais ?

— Mon mari voulait m'y emmener. Au dernier moment, il a préféré Varkala.

— Ah oui, répliqua Guillaume en l'observant avec insistance.

— Mon ex-mari, corrigea-t-elle. Nous sommes divorcés.

Elle capta une lueur dans les yeux clairs. Curiosité ? Etonnement ? Elle n'aurait su se prononcer. Pour se donner une contenance, elle but du jus de goyave. Comment aurait-elle deviné qu'Olivier avait informé Guillaume de sa situation affective ?

— C'est lui qui m'a fait connaître l'Inde.

Se reprenant, elle ajouta :

— Connaître est prétentieux ! Il ne se passe pas une journée sans que je mesure mes lacunes. Pourtant, je m'étais préparée en lisant des livres, en surfant sur Internet. Mais ce n'était qu'une approche théorique ! Il a suffi que j'aille à Dharavi pour me déstabiliser.

— Comme toi, il m'arrive de flancher.

En entendant ces propos, Valentine se rendit compte qu'elle ne savait rien, ou si peu, de lui.

— Plusieurs fois, j'ai failli donner ma démission. Je reste chez Urgence Santé parce que j'ai entamé des actions que je veux mener à terme. A Madagascar, nous allons agrandir une école. En Somalie et au Darfour, nous avons ouvert des camps de réfugiés. La semaine prochaine, je commencerai ma tournée de contrôle et je vérifierai si les médicaments et les kits de survie sont correctement distribués, si les constructions avancent.

La semaine prochaine ! Elle n'avait pas pensé au départ de Guillaume.

— Il nous reste peu de temps, poursuivit-il, pour que je tente de t'aider. Il faudrait que tu m'emmènes à Dharavi.

Valentine se demandait si elle avait correctement entendu.

— C'est important que je connaisse l'enfant et sa famille ! Que je sache si les parents accepteraient une opération…

— Tu m'as dit que ce n'était pas envisageable.

— Je ne te promets pas de réussir. Mais je peux essayer de prendre contact avec une ONG spécialisée dans les opérations lourdes. Je sais qu'elle travaille avec des chirurgiens indiens.

— Anil serait opéré ici ?

— Pour de multiples raisons, ce serait plus cohérent. Le problème, c'est le temps… Sa santé peut rapidement se détériorer.

Après un silence, il reprit :

— Admettons que nous trouvions une solution, tu as réfléchi à l'avenir… ? Il nécessitera des soins. Et ensuite…

— J'organiserai un parrainage pour qu'il accomplisse des études…

— Ce sont des vœux pieux. Tu oublies seulement que son entourage n'est pas préparé à de tels changements.

— J'ai compris qu'ils s'étaient préparés à sa disparition… Et qu'ils pensaient déjà au bébé qui lui succédera.

Cette réponse ramena Guillaume vers des scènes insupportables. Des femmes exténuées par la famine ou les tueries qui arrivaient au dispensaire avec un enfant que l'on ne pouvait plus sauver. Elles-mêmes tenaient à peine debout. Avec des regards de bête aux abois, elles attendaient le miracle d'une équipe impuissante. Médecins et aides-soignants ne sortaient jamais indemnes de ces terribles confrontations. Il était arrivé à Guillaume de s'éloigner pour évacuer sa rage, cacher sa détresse. Les télévisions du monde entier avaient beau relayer l'information en diffusant des images insoutenables, personne ne pouvait imaginer ce que les professionnels et les bénévoles ressentaient face au désespoir silencieux des plus démunis. Lorsqu'il voyait repartir des familles vers des horizons asséchés, dévastés, sa gorge se serrait un peu plus. Lui et le personnel humanitaire auraient beau se démener, rien ne changerait dans ce monde absurde. Rien... sinon que la pollution entraînerait des catastrophes encore plus effrayantes. Elle s'ajouterait aux guerres, aux menaces nucléaires, aux nouvelles épidémies...

— Je te donne jusqu'à demain pour réfléchir, proposa-t-il à Valentine.

— Depuis ma première rencontre avec Anil, je cherche une solution. Si je ne tente rien...

— Alors... Trouve un moment avec ton assistante sociale ! Je m'adapterai à vos possibilités. Mais pour que les choses soient claires... je te répète que je ne suis pas certain de réussir.

— J'ai compris.

— OK... Allons faire un tour. J'ai besoin de me promener !

Ils se dirigèrent vers Nariman Point, à l'ouest de Colaba, où l'immobilier atteignait des prix exorbitants. Fleuron du Bombay financier, ce quartier rutilant recélait pourtant une curiosité. Non loin des instituts scientifiques et des conglomérats tentaculaires, un village de pêcheurs kolis avait subsisté. A bord de bateaux à moteur, les hommes prenaient la mer afin d'en rapporter des poissons qui, en séchant au soleil, dégageaient une odeur nauséabonde. Plus loin, une jetée cloutée de brise-lames en béton retenait les flots.

— Malgré la pollution, on a l'illusion de respirer un air moins vicié, commenta Guillaume.

Autour d'eux, Bombayites et touristes profitaient du crépuscule et d'un certain calme. Même si les avenues bondées de véhicules ne se trouvaient pas loin, le site semblait protégé. Mieux : les vagues donnaient la sensation d'être en pleine mer. Fatiguée par ses marches successives, Valentine s'assit sur un muret.

— Tu aimes cette ville ? demanda-t-elle à Guillaume.

— J'aime l'Inde, rectifia-t-il.

— Moi aussi.

— Tu t'entends bien avec Olivier ?

— Nous sommes tous les deux indépendants, ce qui facilite les rapports. En revanche, nos pôles d'intérêt sont opposés. Il a passé l'après-midi à Mahalakshmi, au champ de courses.

— Pour parier ?

— Pour observer les parieurs. Si je lui avais parlé d'Anil, il m'aurait immédiatement remise à ma place en m'affirmant qu'on ne pouvait pas lutter contre la fatalité. A force d'avoir assisté à des horreurs, il a pris de la distance. Ce n'est pas de l'indifférence, mais la volonté de se protéger. Sinon, il deviendrait fou ! Je répète ses paroles...

— Il n'y a pas lieu de juger.

En prononçant ce verbe, Guillaume se souvint qu'à plusieurs reprises des gens lui avaient reproché de ne pas prendre position dans telle ou telle circonstance. Au risque de les décevoir, il n'avait pas toujours un avis tranché sur les événements. Avec les années, il s'était rendu compte qu'au nom du bien, de la justice ou de Dieu des populations se livraient à des atrocités.

— J'ai remarqué qu'il recherchait les univers glauques et le danger. Il aime écrire sur les malfrats, la pègre...

Leurs chemises gonflées par le vent, les employés d'une société voisine étaient venus pour fumer une cigarette avant de rentrer chez eux. Certains monteraient à bord de trains bondés qui les mèneraient vers des banlieues plus ou moins proches. Aux heures d'affluence, personne ne pouvait bouger à l'intérieur des wagons. Valentine observa leur groupe. La plupart étaient jeunes. Sans doute entamaient-ils un premier job. Leurs mégots écrasés, ils rebroussèrent chemin en plaisantant.

Du nord au sud, la ville s'illuminait. Une journée se terminait, plaçant Valentine à. la moitié de son séjour. En ce qui concernait son travail, elle n'avait pris aucun retard.

— Plus la date de mon départ approche, plus j'ai l'impression d'avoir effleuré les sujets que je voulais commenter.

— Ceux qui te liront ne partageront pas ton avis.

— Qu'en sais-tu ?

Avec un rire léger, Guillaume lui signala qu'Internet se révélait un excellent informateur. Il y avait trouvé une biographie de la jeune femme et des articles dont le fond et la forme lui avaient plu.

— Nous sommes quittes. Moi aussi, j'ai enquêté sur toi, concéda-t-elle.

— Alors, nous n'avons plus de secrets l'un pour l'autre !

— Permets-moi d'en douter.

— Tu parles pour qui ?

— A ton avis ?

Leur défi mutuel n'obéissait pas seulement à l'envie de jouer. Autre chose bousculait leurs défenses. Guillaume fut le premier à se reprendre.

— Il faudrait rentrer, murmura-t-il.

— Je n'ai aucune idée de l'heure.

— Ma montre s'est arrêtée, constata-t-il avec surprise.

— Il est 18 h 40, l'informa Valentine en consultant son mobile.

— Si j'arrive en retard au théâtre, Devika va me faire une scène.

16

La soirée était avancée lorsque Valentine, Olivier et Deepak pénétrèrent dans le périmètre du tournage. Une foule compacte se massait devant un cordon de policiers et des barrières. Juchés sur tous les promontoires accessibles, des hommes tentaient d'apercevoir les acteurs et criaient leurs noms. Après avoir décliné son identité, le trio pénétra dans le saint des saints. Autour de cantines improvisées, des danseuses attendaient qu'on les appelle. Vêtues de minijupes, elles étaient loin de correspondre aux mœurs en vigueur. Qu'importe ! La mission du cinéma n'était pas de coller à la réalité, mais de faire rêver et phantasmer. A travers le pays, les façades des immeubles disparaissaient sous les affiches et les kiosques regorgeaient de revues spécialisées. Pour s'informer, Valentine avait feuilleté *Screen*, réservé aux professionnels, et *Filmfare*, destiné au grand public. Accompagnés de photographies, les faits et gestes des stars y étaient relatés. Pas une semaine ne se déroulait sans que l'on évoquât Amitabn Bachchan. Depuis les années 1970, Big B, comme le nommaient ses fans, continuait d'être adulé. Avec son épouse Jaya Bhaduri, elle-même actrice, il formait un couple phare ! Leur fils Abhischek semblait suivre leur exemple. Non seulement il avait tourné dans plusieurs films, mais on murmurait qu'il faisait une cour assidue à Aishwarya Rai. Cette ancienne Miss Monde aux yeux d'aigue-marine incarnait des rôles emblématiques dans des productions de grande envergure. Une célèbre marque de cosmétiques l'avait choisie comme ambassadrice à travers le monde. Belle, élégante, elle représentait une image de classicisme et de modernité. Côté jeune premier, Shah Ruhk Kahn ne se connaissait aucun rival. Séduisant, sympathique, énergique, excellent danseur, il pouvait aussi bien jouer les étudiants que les veufs inconsolables. Sa venue à Paris était prévue pour le premier semestre 2006. Il inaugurerait au Grand Rex un cycle de films. On pouvait présager que la salle serait archicomble, tant il avait su conquérir les Français.

— Attention aux câbles, leur cria un technicien.

Valentine les enjamba avant de bifurquer vers la partie la plus éclairée de l'endroit. Derrière elle, Deepak fut arrêté par une jeune femme qui sortait d'une loge de maquillage.

— Tu me reconnais ?

— Bien sûr ! Tu as posé pour moi.

— Excellente mémoire, le félicita-t-elle.

— On a travaillé ensemble pour une marque de shampooings. Tu joues dans le film ?

— J'ai un rôle si petit que je risque de disparaître au montage. Mais c'est toujours de l'argent. Et toi ? Pas de nouvelle campagne publicitaire en vue ?

— Je suis sur une touche, mais rien n'est signé. Appelle mon assistante en janvier, répliqua Deepak. Si les choses se décident, j'aurai besoin de plusieurs filles.

— Tu te souviens de mon nom ?

— Je le cherche depuis que nous parlons.

— Sumitra.

En s'éloignant, Deepak dit à Valentine :

— Son visage capte bien la lumière. Et elle n'a pas un physique standard... Quand je l'ai choisie, elle débutait.

— Il t'arrive d'engager des anonymes ?

— Fréquemment. Pourquoi ?

Prévenue de leur arrivée, l'attachée de presse interrompit leur conversation.

— Bonsoir. Je suis Bipasha. Suivez-moi.

Ils contournèrent la régie et s'approchèrent du plateau. La casquette vissée sur le crâne, des hommes transportaient des projecteurs et des trépieds. Dans le monde du cinéma hindi, tout devait s'accomplir rapidement. Il arrivait même que, dans cette usine à fabriquer les rêves, les acteurs tournent deux ou trois films aux mêmes dates. Endossant leurs rôles comme des vêtements, ils jouaient les voyous le matin et les amoureux transis le soir pour une production concurrente. Beaucoup de techniciens obéissaient à un calendrier encore plus chargé. Ces perpétuels chevauchements permettaient de fabriquer huit à neuf cents films par an...

— Nous filmons une scène de marché, expliqua Bipasha en les emmenant vers une artère où s'activaient des techniciens.

Vidé de ses habitants, le lieu avait perdu de sa réalité. Des décorateurs avaient installé de faux réverbères en carton, des ribambelles de lampions et des étals qui croulaient sous les fleurs. Valentine se demanda si celles-ci étaient en tissu ou en plastique.

— Je vous accompagne jusqu'au balcon de cette maison. C'est le meilleur poste d'observation.

D'autres visiteurs s'y étaient installés et il ne fut pas aisé pour Valentine et ses compagnons de s'accouder à la rambarde. En contrebas, les préparatifs ne faiblissaient pas. Des balayeuses nettoyaient le sol tandis que l'on disposait des carrioles regorgeant de fruits et de légumes. Côté caméra, le réalisateur et son cadreur discutaient. Le chef éclairagiste faisait d'ultimes réglages. Dans un coin, la chorégraphe prodiguait des conseils aux danseurs qui attendaient de se mettre en place. On envoya la bande-son afin qu'ils répètent leur numéro avant la première prise. Puis les figurants gagnèrent leurs places de marchands fictifs. L'actrice qui jouait le rôle principal arriva au dernier moment. Escortée de son coiffeur et de sa maquilleuse, elle s'assit dans un fauteuil sans accorder un regard à ceux et celles qui l'entouraient. Encore jeune dans la profession, Ajita n'avait pas encore la brillance d'une étoile. Sans doute lui avait-on conseillé de se montrer hautaine, voire capricieuse, pour se faire respecter. Lorsque tout fut prêt, elle se dirigea vers le premier rang des filles. On envoya la bande-son et elles commencèrent à évoluer en mimant les paroles. Alentour, le bruit ne s'était pas atténué.

— Aucune importance ! Le son sera enregistré en studio, confirma Deepak.

Tous doublés par des chanteurs, les interprètes devaient seulement se préoccuper d'être charismatiques et crédibles. Selon la tradition, Ajita aurait une voix cristalline d'adolescente. Depuis le début des années 1950, les actrices étaient fréquemment doublées par deux sœurs qui avaient plus de quatre-vingts ans. Faisant déjà partie de la légende, Lata Mangeshkar et Asha Bosle comptabilisaient chacune vingt mille chansons. Leurs trilles dispensaient fraîcheur et romantisme dans des histoires tourmentées. Pour ne pas déconcerter les populations des différents Etats, l'hindi était censé rassembler tout le monde.

Un premier clap indiqua que l'on passait aux choses sérieuses. La chanson redémarra. Les danseuses s'ébranlèrent. A mesure qu'elles avançaient, les figurants s'animaient. A la cinquième prise, Olivier montra des signes de lassitude.

— Tu crois qu'on en a encore pour longtemps ? demanda-t-il à Valentine.

— C'est toi qui as insisté pour m'accompagner.

Les refrains sirupeux, les pétales de rose qui tombaient du ciel intéressaient peu le journaliste. Il aurait préféré rencontrer les investisseurs, ceux qui injectaient de l'argent pas toujours propre dans un secteur économique florissant.

— Je ne veux aucun article sur la mafia, l'avait prévenu son rédacteur.

Avec Thibault, il fallait de plus en plus faire du « lisse », du « sans histoire ». Peu habitué à ronronner, Olivier se posait des questions quant à son avenir au sein du magazine. L'un de ses anciens confrères baroudeurs venait de monter une société de production. Spécialisé dans les documentaires, il lui avait proposé de travailler.

— Il me faut des types pour lever des lièvres et préparer le terrain.

Ce soir, il n'y avait même pas un lapin à débusquer. Pour s'occuper, Olivier s'intéressa à Ajita. Œillades, roucoulements, déhanchements : les rites de la séduction se déclinaient sans que rien soit offert. Lorsqu'on songeait à l'épanouissement sexuel qu'avait connu l'Inde avant l'invasion des Moghols, on ressentait de la désolation devant cette parodie. Chargées d'allumer des incendies, les femmes n'avaient plus le droit de les éteindre. Le Kama-sutra, qui n'était pas un vulgaire guide de positions comme le croyaient la plupart des gens mais un traité littéraire et sophistiqué sur l'art d'aimer, n'était plus pratiqué dans son pays d'origine. En montrant des jambes ou des corps sous des saris détrempés, Bollywood se chargeait d'exacerber un peu plus les désirs et la frustration de ceux qui n'étaient pas habitués à de telles visions.

Les prises continuèrent de se succéder. Plusieurs fois, il fallut reprendre à cause d'Ajati. Profitant d'une interruption pour ôter du sol le trop-plein de fleurs, la chorégraphe la prit à part. Après avoir bu de l'eau et écouté quelques conseils, la jeune première rejoignit ses partenaires et l'on recommença.

A l'inverse de son confrère, Valentine ne se lassait pas du spectacle. Après des années de médiocrité, le cinéma populaire indien renouait avec la flamboyance, le charme des années 1940 à 1960. La preuve, il était en train de s'imposer à travers la planète. Dans les spectacles qu'il proposait, rien n'était chiche : ni les décors ni les costumes, encore moins les idées ou les moyens. Pour donner une touche d'exotisme à leurs films, certains réalisateurs n'hésitaient pas à embarquer leur équipe au cœur des montagnes suisses. Chanter en sari dans la neige était un « plus » dont il ne fallait pas priver le public.

Il n'était pas loin de minuit quand une pause fut annoncée. Le brouhaha s'intensifia tandis que les figurants quittaient le plateau.

— Tu nous attends ici ou tu viens avec nous ? demanda Valentine à Olivier.

— Vous en avez pour longtemps ?

— C'est difficile à savoir.

L'attachée de presse avait promis à Valentine qu'elle pourrait réaliser une courte interview d'Ajati. Selon les humeurs de l'actrice, Deepak obtiendrait ou non l'autorisation de la photographier.

— Je préfère me balader, choisit Olivier. Quand vous aurez terminé, téléphonez-moi.

Tandis qu'ils se dirigeaient vers la loge d'Ajati, Deepak eut un mauvais pressentiment. Ne s'étant pas montrée performante, la starlette risquait de ne pas leur ouvrir sa porte.

Ce fut exactement ce qui se produisit.

— Je suis désolée, s'excusa l'attachée de presse. Ce n'est pas contre vous... Mais elle tient à se reposer avant de reprendre. Si vous voulez, je peux organiser un autre rendez-vous...

— Ce ne sera pas nécessaire, répliqua Valentine sans cacher son agacement.

17

Après une séance de gymnastique, Valentine s'installa au bord de la piscine. Allongée sur un transat, elle contemplait la cour du Taj. Impossible de faire plus victorien ! On racontait que l'architecte, travaillant en Angleterre, s'était trompé dans ses plans. Les salons de réception, qui auraient dû ouvrir sur la mer, se situaient à l'arrière du bâtiment. Qu'importe ! La singularité du palace, son charme désuet, la qualité de ses prestations en faisaient un lieu unique. Depuis son arrivée, elle connaissait sa première matinée de farniente. La peau caressée par les rayons du soleil, elle laissait ses pensées dériver. Des images se chevauchaient : Octave qui devait se préparer pour l'école, les factures qui l'attendaient à Paris dans sa boîte aux lettres, le rangement de son appartement qu'elle entamerait dès son retour, le prochain Noël dans la salle à manger de ses parents... A son univers familier se mêlaient Amita et Anil. Dès son réveil, elle avait téléphoné à l'assistante sociale. Occupée par une réunion, celle-ci la rappellerait.

En plongeant bruyamment, un nageur sortit Valentine de sa léthargie. Autour d'elle, des clients s'étaient fait ouvrir des parasols. Certains lisaient le journal, d'autres somnolaient. Une Indienne couverte de bijoux agitait son éventail en surveillant une fillette obèse qui ne se décidait pas à entrer dans l'eau. Dans un ballet réglé au millimètre, des serviteurs apportaient les diverses boissons commandées. Une atmosphère de vacances planait sur cette retraite privilégiée où continuaient de séjourner hommes d'Etat, acteurs légendaires et rock stars. Après avoir relevé le dossier de son siège, Valentine continua d'observer ses voisins. Dans la piscine, un jeune couple s'était lancé dans une poursuite qui les faisait rire aux éclats. Depuis peu de temps, elle ne détournait plus les yeux devant ces scènes de complicité partagée. Etait-elle en train de guérir ? Après son divorce, elle avait fui tout ce qui aurait pu raviver sa plaie. Les amis qui lui rappelaient les belles années avec Arnaud étaient maintenus à l'écart. Elle avait soigneusement évité les lieux qu'ils fréquentaient. Son mari l'avait-il aimée ? Sans chercher à se rassurer, elle ne remettait pas en question sa sincérité. Jusqu'au moment où Clémence était réapparue, il avait cru en leur union. En se remémorant aujourd'hui les disputes qui avaient précédé leur séparation, les doutes de l'un et les mensonges de l'autre, les tentatives pour rattraper ce qui ne pouvait plus l'être, les bouffées de haine envers sa rivale, une succession de nuits sans sommeil, Valentine se demandait par quel miracle elle avait réussi à reprendre une vie normale. Pour son fils, il lui avait fallu faire semblant...

Alors qu'elle parcourait les quelques mètres qui la séparaient du grand bassin, elle se sentit suivie par plusieurs regards masculins. En dépit de sollicitations répétées, de compliments plus ou moins discrets, Valentine ne se jugeait pas jolie. Plutôt singulière ! En réalité, elle était jolie et singulière. Assez grande, elle offrait une silhouette agréablement proportionnée : petits seins, cambrure de reins accentuée, hanches étroites, longues jambes. Même si rien de fragile n'émanait de sa personne, elle demeurait féminine jusqu'au bout des ongles. Etait-ce sa démarche légère, les gestes qui ne connaissaient ni hâte ni brusquerie ?

Les hommes de tous âges se sentaient attirés comme des papillons vers une source de lumière. Lorsqu'ils plongeaient leurs yeux dans les siens, certains éprouvaient de la timidité. Un monde mystérieux s'offrait à eux, mais possédaient-ils les codes pour s'y aventurer ? Certains inconscients tentaient leur chance. Valentine n'étant pas en mal de reparties, ils faisaient rapidement marche arrière.

Allongée sur le dos et paupières closes, elle se laissait flotter comme un bouchon. Ses membres se détendaient, une quiétude l'envahissait. Durant ces instants de perfection, le visage de Guillaume s'imposa. Il était le premier à lui réinsuffler l'envie d'accorder sa confiance. Peut-être ne parviendrait-il pas à sauver Anil... Néanmoins, elle savait qu'il ne négligerait aucune piste ! Une seconde découverte s'ajoutait à celle-ci : le plaisir occasionné par leurs retrouvailles lui démontrait combien elle tenait à son estime. Dans cet enchevêtrement de pensées, l'une prit l'ascendant sur toutes les autres : même s'il quittait Bombay la semaine prochaine, le sort d'Anil les obligerait à garder le contact.

Oxana travaillait dans un laboratoire du quartier de Tardeo. Assise dans le vestibule, Valentine se demandait si on ne l'avait pas oubliée. Depuis plus de vingt minutes, personne n'était venu la chercher. Alors qu'elle hésitait à retourner vers le comptoir d'accueil, une femme vint à sa rencontre.

— Excusez-moi de vous avoir fait attendre. Nous allons commencer par les laboratoires de parasitologie...

Comme elle l'avait fait à la fabrique, Valentine revêtit blouse et calot. Puis elle rejoignit sa guide.

— Vous êtes intéressée par nos recherches sur la malaria...

— J'aimerais en savoir davantage sur le vaccin.

— Non seulement nous n'avons pas avancé, mais nous avons régressé.

Oxana leur tournait le dos quand elles pénétrèrent dans le labo. Assise devant un ordinateur, elle tapait des données. Avant de la rejoindre, Valentine jeta un regard vers le matériel : cuves, centrifugeuses, petites étuves...

— Madame Courlande est journaliste. Elle vient de France.

— Oxana Loubchenka, se présenta la Russe.

Lors de leur dernier entretien téléphonique, elles avaient décidé de ne pas se connaître.

— Cette dame souhaiterait que vous lui expliquiez vos recherches...

Oxana répéta son discours de Chowpatty. Mais cette fois-ci, elle s'aida d'imageries, de statistiques, d'études...

— Pour l'instant, nous n'entrevoyons rien de satisfaisant.

Vêtue de blanc, les cheveux tirés sous son bonnet, Oxana offrait un aspect sévère, voire réfrigérant. Elle s'exprimait avec fermeté et compétence, sans se perdre dans les détails. A quelques mètres, d'autres biologistes travaillaient. Penchés sur leurs recherches, ils semblaient indifférents à ce qui les entourait.

— Celui ou celle qui trouvera le vaccin et déposera le brevet fera la fortune de son labo, avança Valentine.

— D'autant que la malaria risque de se propager en dehors des territoires actuels. Avec le réchauffement climatique, les moustiques pourraient émigrer dans des zones jusqu'à présent protégées, répondit Oxana.

— L'Europe serait concernée ?

— Probablement.

Après s'être renseignée sur les coûts engagés pour mener ses recherches, sur les aides institutionnelles, l'OMS, la Banque mondiale, Valentine posa la question dérangeante :

— Si d'autres trouvaient avant vous, ce serait une déception ?

— Je serais désappointée vis-à-vis de mes employeurs. Mais heureuse que l'on puisse sauver des millions de gens.

— Vous n'échangez pas d'informations entre chercheurs ?

— Il nous arrive de collaborer.

— Ici ? Vous travaillez avec une équipe ?

— J'ai des collègues.

Oxana n'en donna pas le nombre. Depuis le début de l'entretien, Valentine avait la sensation que la Russe se méfiait. Mais alors... pourquoi avoir accepté leur premier rendez-vous avec Guillaume ? A moins qu'elle ne cherchât à l'utiliser pour colporter des informations qui pourraient la servir ! Valentine était déçue. Même si elle n'avait pas l'intention d'écrire un long papier sur le sujet, elle en savait à peine plus que ce que relataient les revues spécialisées. Pour donner du piquant à son texte, elle décida qu'elle brosserait le parcours atypique de la biologiste.

A quelques mètres, un jeune homme se leva pour emporter des fioles vers une armoire de sécurité. Lorsqu'il fit demi-tour, Valentine fut frappée par la délicatesse de son visage. Avec ses yeux d'encre, son nez aquilin, il rappelait les personnages des enluminures persanes. Oxana lui parlait de protéines recombinantes et d'antigènes parasitaires, mais elle ne parvenait plus à prendre des notes. Sa tête commençait à tourner. Luttant contre le vertige, elle s'appuya contre une table.

Un peu plus tard, elle sentit qu'on lui tapait sur les joues. Une odeur forte emplit ses narines. Peu à peu, elle reprit conscience. Installée dans un fauteuil à bascule, elle se rendit compte qu'on l'avait sortie du labo.

— Je suis désolée...

Le coucher tardif après le tournage, un bain de soleil prolongé, une fatigue accumulée l'avaient fragilisée. Une hôtesse apporta un verre de thé auquel Oxana rajouta du sucre.

— Une crise d'hypoglycémie...

— Ne perdez pas votre temps avec moi...

Oxana retint un sourire. A peine remise, Valentine cherchait à faire oublier son moment de faiblesse. Discipline ? Réflexe professionnel ? Même si toutes les deux pilotaient différemment leur vie, la biologiste se sentait proche de la journaliste. Chacune se débattait avec ses interrogations et ses choix. Sur le plan privé, Valentine avait mieux réussi en ayant un fils. Depuis son veuvage, Oxana s'était sentie « interdite de maternité ». Pour compenser cette fêlure, elle s'était immergée dans le travail. Avec l'idée de sauver les enfants des autres ! Sur le plan professionnel, l'une et l'autre ne se contentaient pas des acquis et recherchaient les défis ! Si Valentine obtenait des résultats immédiats ou quasi immédiats, Oxana avait appris la patience.

Valentine s'était levée.

— Je vais rentrer.

Oxana la raccompagna jusqu'à son taxi.

— Donnez-moi de vos nouvelles, insista-t-elle avant de la laisser partir.

En revenant vers le bâtiment, la Russe jugea qu'elle s'était correctement sortie de l'interview. Il était trop tôt pour révéler qu'elle entrevoyait une infime lueur dans ses recherches. Si ce qu'elle espérait se confirmait, elle comblerait des années de tâtonnements, de frustrations et de déceptions...

18

Guillaume avait apporté pour Amita un sac rempli de génériques et de produits antiseptiques.

— Il vaut mieux les mettre sous clé, affirma-t-elle en ouvrant une armoire métallique.

Pressée par un emploi du temps chargé, l'assistante sociale emmena ses deux visiteurs chez Anil. A cette heure tardive, beaucoup de gens rentraient du travail. Pour loger leur famille dans un taudis, ils accomplissaient des tâches mal payées... D'autres, plus malins, se tournaient vers le trafic. Lorsqu'ils avaient engrangé de l'argent, ils partaient vers des lieux moins sordides.

Chez Anil, Valentine fut frappée par l'aisance de Guillaume. Elle l'avait déjà entendu s'exprimer en hindi, mais elle ne l'imaginait pas capable de soutenir une conversation. Que raconta-t-il qui parvint à faire rire la mère et le grand-père édenté ? Sans doute les apprivoisait-il pour mieux faire accepter sa proposition. Sur son grabat, le bébé dormait. En se penchant, elle constata qu'il s'était griffé avec des ongles trop longs et sales. Vêtu de sa seule couche, il offrait un corps chétif mais pas décharné. Immobile, elle regarda ce petit inconnu pour lequel elle avait décidé de remuer les montagnes. Pendant que le thé se préparait, Guillaume s'approcha.

— Il a quel âge ?

— Treize mois, répliqua Valentine en cherchant une confirmation auprès d'Amita.

En anglais, il se renseigna sur la condition familiale. Le père travaillait dans une cimenterie. Quant à la mère, elle entamait une seconde grossesse.

— C'est nouveau ! s'exclama Valentine.

— Elle vient de me le chuchoter. Je pense qu'elle souhaiterait accoucher avant qu'Anil ne disparaisse.

— Est-ce que la famille serait hostile à une opération ? demanda Guillaume.

— Je n'en ai pas la moindre idée.

— Vous m'autorisez à poser la question ?

Avec calme, il se mit à parler. Lorsqu'il ne trouvait pas un mot, il se tournait vers Amita. Le grand-père alluma un nouveau beedi[1] tout en posant une question. La mère, elle, semblait surprise. Sans doute ne comprenait-elle pas pourquoi des étrangers s'intéressaient à cet enfant peu valorisant.

— Le grand-père veut savoir si Anil servira de cobaye, traduisait Amita à Valentine. Ici, on ne comprend pas que des choses se fassent sans y trouver un intérêt.

Guillaume reprit ses explications. En s'éventant mollement, la grand-mère écoutait.

— Ce n'est pas un jeu pour la télévision ? finit-elle par demander.

Interloqué par la question, Guillaume se demanda s'ils n'auraient pas préféré cette solution. Depuis qu'il rencontrait des familles dans le besoin ou la peine, il n'avait pas encore entendu ce genre de réflexion. Pour ne laisser place à aucune mauvaise interprétation, il répéta que Valentine l'avait sensibilisé au sort d'Anil et qu'il pouvait essayer de le faire opérer.

1. Cigarette.

— Est-ce qu'il travaillera comme tout le monde ? demanda le grand-père. Nous ne pouvons pas nourrir des bouches inutiles.

— Si nous cherchons à l'opérer, c'est pour qu'il bénéficie d'une vie normale. Reste à trouver un chirurgien ! Avant de commencer une recherche, j'ai besoin de votre accord.

Assise auprès du bébé, Valentine vit qu'il s'éveillait. Sa bouche se tordit. Il bougea ses membres, ouvrit les yeux. En lui souriant, elle attrapa sa menotte. Il eut un renvoi suivi d'un crachat qu'elle essuya avec un kleenex. La girafe était sur un coin du matelas, hors de sa portée. Elle la lui tendit. Immédiatement, il la porta à sa bouche. Guillaume les avait rejoints.

— Alors, mon petit gars ! On va te sortir d'affaire, prononça-t-il en français.

— Ils sont d'accord ? s'inquiéta Valentine.

— A priori, ils le sont. Même s'ils ne comprennent rien à cette histoire.

Sans hésitation, Guillaume prit l'enfant dans ses bras.

— Tu as tapé dans l'œil de Valentine. Félicitations !

En l'observant, elle l'imagina dans l'exercice de son métier. La facilité avec laquelle il s'adressait à un tout petit révélait qu'il passait du temps en leur compagnie. Sans en faire trop, il savait se montrer chaleureux.

— J'ai des filleuls, confia-t-il.

Pour ne pas créer de préférences ou de jalousies, il évitait de parrainer personnellement des enfants dans des lieux difficiles. Néanmoins, à Madagascar, il avait deux protégés. Un garçon et une fille. Le premier aurait succombé à une pneumonie s'il ne l'avait pas placé en urgence dans un hôpital. La seconde était l'enfant de gamins de quinze ans que Guillaume avait extirpés de la rue et des trafics. Maintenant, ils avaient dix-sept ans et leur fillette atteindrait bientôt sa deuxième année. Les parents travaillaient au sein de l'ONG et la petite allait à la garderie.

Même s'il essayait de rester neutre, un jour ou l'autre des liens se tissaient. On croisait la route d'un enfant parmi des milliers d'autres aussi malheureux que lui. Et l'on ne pouvait réfréner le besoin de prodiguer à celui-ci une attention particulière. La rencontre tenait-elle du hasard ? D'un moment de plus forte réceptivité ? Pourquoi tel petit individu et pas un autre ? L'avant-veille, Devika avait évoqué les rubans invisibles qui, depuis leur naissance, reliaient les êtres et les obligeaient à se rencontrer. Pour le meilleur ou le pire ! Dans le cas présent, Valentine et Anil avaient un chemin à parcourir ensemble. Lorsque la jeune femme était partie en colère de son bureau, Guillaume avait haussé les épaules. Elle n'était pas la première à lui faire ce genre de scène ! Sur le terrain et ailleurs, il avait appris à ne plus répondre aux demandes de nantis qui voulaient s'acheter une bonne conscience en promettant des sommes d'argent ou en voulant adopter des orphelins. Avec l'expérience, il se méfiait des élans irrationnels ! Leurs privilèges retrouvés, la majorité des gens passaient à autre chose. Peu à peu, son agacement s'était estompé. Valentine n'était pas du genre à s'engager à la légère ! Il suffisait de lire ses articles pour se rendre compte qu'elle ne pratiquait pas la langue de bois et refusait la complaisance. La rappeler ne lui avait coûté aucun effort...

Après avoir noté des renseignements dans un carnet, Guillaume proposa à Amita de demeurer leur trait d'union. Ce qu'elle accepta... en dépit des complications qu'elle devrait affronter ! A Dharavi, tout se savait. Tôt ou tard, d'autres familles lui reprocheraient d'avoir favorisé Anil.

— Il n'est pas question que je me défile, répondit-elle. Mais vous allez repartir... A qui je m'adresserai ?

— J'ai déjà réfléchi au problème, l'interrompit Guillaume. Je vous laisserai le numéro d'un collaborateur.

Plusieurs femmes attendaient devant le local d'Amita. Une seule se tenait à l'écart. Valentine reconnut Dipa. En dépit de son corps déformé, l'Indienne offrait une image magnifique. Il était rare de rencontrer un visage aussi pur ! Une idée traversa son esprit.

— Amita... Est-ce que Dipa poserait pour mon magazine ?

— Dans son état...

— Justement !

— Elle en a tellement vu avec les photographes !

— Deepak est un homme sérieux.

— Elle risque de se remettre des rêves dans la tête !

Se souvenant que son collaborateur offrait leur chance à des inconnues, Valentine reprit :

— Il pourrait la réemployer.

— Les agences regorgent de modèles !

— Dans sa situation, tout ce qu'elle tentera sera meilleur.

Amita soupira. Ces étrangers ne se rendaient pas compte qu'en bouleversant des existences ils pouvaient aussi les anéantir. Comment faire la part des choses entre ce qui représentait une aubaine et ce qui exacerbait un malheur ? Sans mettre en doute la sincérité de Valentine, l'assistante sociale se méfiait des milieux de la mode et du show-business.

— Voyez avec elle, finit-elle par murmurer.

— Elle parle anglais ?

Alors qu'elle posait la question, Valentine se remémora que Dipa avait reçu une instruction sérieuse avant de quitter sa famille. Après avoir demandé à Guillaume de patienter, elle rejoignit l'Indienne.

— Je m'appelle Valentine...

Dipa écouta sa proposition sans cacher sa surprise et son incrédulité.

— Des photographies pour un magazine français ! Ce serait pour quand ?

— La semaine prochaine.

— Avant mon accouchement ! C'est impossible !

— Pourquoi ?

— Je suis affreuse !

— Vous êtes superbe !

Dipa se demanda si la journaliste se moquait d'elle ! Pour la rassurer, Valentine lui tendit le journal qu'elle gardait toujours dans son sac.

— Votre visage symboliserait l'Inde et les Indiennes.

— Il ne s'agirait que du visage ?

19

Après leur tournée à Dharavi, Guillaume avait déposé Valentine sans fixer de rendez-vous. Il avait seulement promis de la tenir informée dès qu'il obtiendrait du nouveau. La présence de Devika le rendait certainement moins libre de ses mouvements. La danseuse était-elle sa maîtresse ? Valentine n'avait pas de difficulté à lui imaginer de jolies partenaires. Elle-même n'était pas insensible à sa présence. Elle s'en rendit compte en rédigeant son portrait. Guillaume échappait aux descriptions habituelles. Après avoir jeté plusieurs brouillons dans la corbeille de son ordinateur, elle se demandait si elle parviendrait à scinder l'homme public de celui qui lui avait offert des parcelles de sa vie privée. Sans doute manquait-elle de témoignages extérieurs. N'ayant pas oublié l'invitation de Cécile Galande, elle l'appela.

— Est-ce que je m'y prends trop tard pour passer vous voir ?

— Au contraire ! Je débouche la bouteille...

L'étage où vivait Cécile était aussi moderne que la galerie.

— Je n'ai pas le droit d'y installer le bric-à-brac que j'affectionne !

Une bouteille de haut-brion attendait sur une table en verre dépoli. Elle versa du vin dans des verres en cristal et proposa à sa visiteuse de le goûter.

— A notre rencontre !

Installée au milieu de coussins, Valentine appréciait la récréation. Depuis son départ de Paris, elle s'était imposé une discipline drastique. Faire attention à ses propos, à ses habitudes, ne pas heurter des mentalités différentes de la sienne, rester bien élevée tout en menant ses interviews avec fermeté, contrôler ce qui pourrait être interprété comme une tentative de séduction. L'alcool annulant les inhibitions, elles discutèrent bientôt de leur vie personnelle. Même si Cécile continuait de partager l'existence de Johann, son Hollandais, elle n'était pas contre les tentations.

— A Goa, on a l'embarras du choix ! J'en profite avant de devenir trop vieille. Mais je n'ai plus d'aventures avec les Indiens. Je choisis des routards... Des types que je ne reverrai pas.

— Ce n'est pas un peu triste ?

— Après mon expérience avec Varun... je me protège de tout ce qui pourrait me perturber !

Cécile n'ajouta pas que si Johann ne l'avait pas emmenée à Goa, elle aurait probablement avalé des cachets. Lorsqu'elle se remémorait la souffrance endurée, elle ne comprenait pas comment elle s'était mise dans un tel état pour un garçon avec lequel elle ne partageait qu'une entente sexuelle. Varun vivait sur l'eau, accomplissait les rites religieux, obéissait à ses parents...

— Ma relation avec Johann est confortable. Il a autant besoin de liberté que moi. On est présents l'un pour l'autre. On fait du business. Il ne veut pas d'enfant...

— Toi non plus ?

— Notre façon de vivre est incompatible avec l'éducation d'un petit garçon ou d'une petite fille.

— Tu es sûre de ne jamais le regretter ?

— Je ne suis sûre de rien. A Goa, on savoure chaque journée sans se préoccuper de l'avenir. Ce choix me convient. D'autant plus que mes soucis d'argent se sont envolés !

— Tu loues des bungalows ?

— Au nord de Paniji. Oxana est une inconditionnelle de l'endroit.

— Quelqu'un d'autre m'en a parlé. Guillaume...

— Tu le connais ?

— C'est lui qui m'a présenté Oxana.

— J'aime bien cet homme... Mais il n'est pas facile à apprivoiser !

— Est-ce qu'il est libre ?

— Bonne question ! Je n'en sais rien...

— Il habite chez Devika... Ce nom te dit quelque chose ?

— La danseuse !

Après un silence, Cécile ajouta sur un ton dépité :

— Si c'est le cas... inutile de se fatiguer.

— Elle est belle ?

— Ravissante ! Et sûre de son pouvoir... Je ne savais pas qu'elle était à Bombay.

— Elle vient d'arriver.

— C'est une cliente de la galerie. Je vais lui envoyer une invitation pour après-demain. J'organise une fête...

— Un vernissage ?

— Quelque chose de plus informel. Tu viendras...

Valentine fut éveillée par un cauchemar. Sans doute avait-elle abusé du vin... Après avoir passé de l'eau froide sur son visage, elle s'approcha de la fenêtre. L'aube se dessinait, mais les réverbères ne s'étaient pas encore éteints. Aucun bruit ne filtrait au travers des vitres. A des kilomètres, Octave dormait chez son père et sa belle-mère. En songeant au dernier coup de fil avec

Arnaud, Valentine reconnaissait ses torts. Jusqu'à présent, Clémence s'était occupée avec tact et gentillesse de son beau-fils. C'était à la fois rassurant et perturbant ! Partagée entre le soulagement de savoir l'enfant en sécurité et la jalousie qu'il s'amusât avec sa rivale, Valentine ne parvenait pas à adopter l'attitude juste. Face au ciel qui pâlissait, elle essayait de mettre un semblant d'ordre dans ses pensées. Pourquoi ne parvenait-elle pas à instaurer de bons rapports avec son ex-mari ? Lui en voulait-elle encore de lui avoir menti, de l'avoir trahie ? Etait-ce seulement une réaction d'orgueil ?

N'ayant plus sommeil, elle installa un fauteuil devant le panorama. Face au ciel sans nuage, elle redoutait le climat parisien qu'il lui faudrait bientôt retrouver. Avec ses journées courtes, les départs matinaux dans une pénombre sale, les rhinopharyngites à répétition d'Octave, les terrasses de café fermées, l'hiver lui semblait interminable. Chaque année, elle profitait des vacances scolaires de février pour emmener son fils vers des plages paradisiaques. Cette fois-ci, il avait réclamé la montagne. Ses copains allant aux sports d'hiver, il souhaitait découvrir les joies du ski. Valentine avait choisi la station des Arcs. Sa sœur Christelle l'y accompagnerait avec ses deux enfants...

Dans le hall, elle croisa Olivier. La barbe naissante, la chemise de lin froissée indiquaient qu'il avait passé la nuit dehors.

— Où vas-tu ? lui demanda-t-il d'une voix pâteuse.

— Rejoindre Deepak. Nous allons au musée Gandhi.

— DAVANTHARI, tu connais ?

— Le labo ! J'ai rendez-vous lundi.

— Emmène-moi.

— Tu plaisantes ! C'est tout juste s'ils acceptent de me recevoir.

— Sois sympa.

— La santé ! C'est mon domaine...

— Ne t'inquiète pas ! Je ne vais pas piquer ton sujet !

— Alors... Je ne vois pas pourquoi tu...

— Je ne te demande rien d'autre que de m'y faire entrer.

— Justement ! C'est très compliqué !

— Tu obtiens toujours ce que tu veux.

— Est-ce que j'ai envie de t'avoir dans les pattes ?

— Je te revaudrai le service.

En attendant le photographe, Valentine se posa des questions. Dans quoi Olivier avait-il décidé de fourrer son nez ? Avare de son temps, il n'irait pas chez DAVANTHARI s'il ne flairait pas un scoop. Pourquoi lui en donnerait-elle la primeur ? Des chariots surchargés de bagages passèrent devant elle. Suivirent des hommes habillés de sombre. Un téléphone à la main, ils se dirigèrent vers le porche. Certainement des gardes du corps ! Par la vitre, elle vit s'avancer deux limousines aux vitres teintées. Des voix féminines haut perchées la firent se retourner. Accompagnées d'enfants et de nurses, des femmes voilées se préparaient à quitter les lieux. L'heure matinale ne les empêchait pas de porter des bijoux de grand prix et des talons vertigineux. Sans doute habitaient-elles Abu Dhabi ou Dubaï. A l'autre bout du vestibule, deux sikhs conversaient. L'un était coiffé d'un turban rose fuchsia tandis que l'autre avait opté pour l'orange. Un groom se dirigea vers l'ascenseur avec le bouquet de fleurs qui venait d'être livré. Apercevant la voiture de Deepak, elle sortit.

— Désolé pour le retard, s'excusa-t-il. J'avais pourtant calculé large !

Durant le trajet, elle demanda sur un ton volontairement neutre :

— Olivier t'a souvent mis à contribution ?

— Beaucoup moins que toi. J'ai fait quelques portraits... Aucune photo d'atmosphère. Je le soupçonne de les prendre lui-même.

Olivier avait toujours privilégié les secrets. Habitude professionnelle ! Lorsqu'il couvrait les guerres, il tentait de devancer ses confrères. Pas ceux de l'audiovisuel, qui avaient les moyens de se payer les meilleurs informateurs ! Mais ceux qui, comme lui, envoyaient leurs papiers à leur rédaction. De cette époque, il avait conservé le besoin de jouer « cavalier seul ».

Autour d'eux, les camions s'arrêtaient où ils pouvaient. Dans un tintamarre de klaxons, les citadins circulaient et s'occupaient. Penché sur son client, un cureur d'oreilles encombrait le trottoir. Il n'était pas le seul ! Une queue s'était formée devant un pèse-personne. Il fallait payer le propriétaire pour connaître son poids.

— J'aimerais une photo, demanda Valentine, qui avait l'intention de réaliser un « encadré » sur les petits métiers des rues.

Pour se garer, ils durent attendre qu'une benne à ordures recouverte de guirlandes démarrât. Plus on s'approchait de Noël, plus les véhicules se paraient de décorations clinquantes. Lorsque Deepak remonta dans l'automobile, la rue s'était dégagée. Mais Valentine ne pestait plus contre les encombrements. En Inde, on oubliait l'impatience...

20

Chez Fabindia, Valentine tenta de modérer son enthousiasme. Vestes, pantalons, robes, tout lui plaisait. Après avoir acheté un ensemble pour sa mère et un sac pour sa sœur, elle se préoccupa d'elle-même. Depuis son arrivée à Bombay, elle avait privilégié les jeans, les tee-shirts et les pantalons confortables. Rien de féminin… Que du passe-partout ! La fête qu'organisait Cécile lui donnait envie de créer la différence. Elle se dirigea vers des articles en soie. Une jupe et une tunique attirèrent son attention. Escortée d'une vendeuse, elle les emporta vers une cabine d'essayage. Lorsqu'elle se contempla dans ses nouveaux atours, elle se jugea à son avantage. La glace lui renvoyait une jeune femme aux yeux brillants, à la mine heureuse. Tournant sur elle-même, elle se regarda sous différents angles. La tunique rebrodée épousait son buste. La jupe bougeait joliment autour de ses jambes et s'arrêtait au-dessus de la cheville.

Devant la caisse, elle tapa le code de sa carte bancaire. Puis, chargée de ses paquets, elle regagna le Taj. Un message l'attendait dans son casier. Il était signé d'Olivier.

« Tu ne réponds pas au téléphone quand je t'appelle. Est-ce que tu n'as pas oublié de recharger ta batterie ? J'espère que tu t'es occupée de DAVANTHARI. »

Ses achats lui avaient fait oublier l'heure ! Il était trop tard pour joindre le labo, qui resterait fermé jusqu'à lundi. Valentine se demanda s'il ne s'agissait pas d'un acte manqué ! Refusant de mentir en disant qu'elle n'était pas parvenue à les joindre, elle rappela son confrère.

— On trouvera une solution, lui promit-elle. Mais à la condition que tu me dises de quoi il s'agit.

Ils se retrouvèrent, une heure plus tard, dans la suite d'Olivier. A ses journaux et paperasses habituels se mêlaient des paquets, des sacs à demi déballés, des sachets de pop-corn, des cartouches de Chesterfield.

— Un whisky ? proposa le reporter en ouvrant le minibar.

— Un Perrier.

Il versa des glaçons dans les verres, disposa des cacahuètes sur une coupelle. Après avoir servi Valentine, il alluma une cigarette et se laissa tomber dans un fauteuil.

— Je suis claqué.

— A force de passer tes nuits dehors !

— C'est le meilleur moyen pour recueillir des renseignements intéressants. Vers 4, 5 heures, les gens ont picolé. Ils ne se méfient plus. On devient copains...

— Et alors... le brusqua Valentine.

— Je pense avoir déterré le lièvre que je traquais.

Comprenant qu'il ne plaisantait pas, elle devint plus attentive.

— On m'avait parlé d'un bar... pas très recommandable. Quand on est étranger, on y entre difficilement ! Mais je me suis débrouillé...

— Je ne te demanderai pas comment tu t'y es pris...

— Et je ne te le dirai pas. Toujours est-il que je suis allé plusieurs fois dans ce lieu. Et j'ai fini par me lier avec des types qui font partie d'une filière... Ils envoient de faux médicaments en Afrique.

— C'est connu.

— Ce qui est moins connu, c'est que DAVANTHARI serait mouillé dans cette histoire.

— Tu plaisantes !

Sans révéler certains détails, Olivier raconta son infiltration chez les trafiquants. Dans le fameux bar, il avait trouvé un certain Sundar. Vis-à-vis de celui-ci, il s'était fait passer pour un marchand qui alimentait des pharmacies en produits falsifiés. D'habitude, il se fournissait en Thaïlande, mais pour brouiller les pistes, il souhaitait acheter en Inde. Le fameux Sundar lui avait donné rendez-vous, aux alentours de 18 heures, non loin de Crawford Market. Puis il l'avait entraîné dans un dédale de rues vers un immeuble vétuste. Après avoir longé un couloir aux murs maculés de moisissures et de crachats, ils débouchèrent dans une courette sombre. Son guide contourna un cabanon puis frappa à une porte. Un homme d'une cinquantaine d'années les reçut dans une officine qui sentait le camphre, la poussière et le renfermé. En anglais, il invita Olivier à s'asseoir puis il reprit sa place devant une vieille machine à écrire. Derrière lui, des inscriptions en arabe et un dessin représentant La Mecque indiquaient son appartenance à la communauté musulmane.

« Que puis-je pour vous ? demanda son hôte.

— J'aimerais commander des médicaments.

— Quel genre de médicaments ?

— Des antibiotiques, des antipaludéens, des antirétroviraux…

— Pour les envoyer à quel endroit ?

— Au Mozambique.

— Quels dosages ?

— Que pouvez-vous faire ?

— Ce que vous me demanderez. 500 mg, 350 mg, 100 mg de substance active… C'est vous qui décidez.

— Vous pourriez descendre jusqu'à 100 mg ?

— Sans problème !

— Au cas où nous ferions affaire... comment se dérouleront les opérations ?

— La marchandise sera fabriquée à Bombay.

— Dans un labo ?

— Dans un labo qui la livrera en vrac. Ensuite, elle partira par bateau vers l'île Maurice, qui bénéficie d'un port franc. Là, elle sera conditionnée dans des emballages.

— Et la facture ?

— Elle sera établie dans mon bureau. Mais vous devrez ouvrir un compte dans une banque à Maurice. Ils vous demanderont l'acte d'achat et un code barre. Vous ferez deux paiements distincts. Soixante pour cent seront virés dans une banque indienne. Pour les quarante pour cent restants, vous utiliserez un versement par compensation qui passera par Dubaï.

— Et ensuite ?

— La marchandise partira vers Zanzibar. L'île est proche des côtes africaines. Et elle refuse les contrôles du continent.

— Il y a tout de même des douaniers ?

— On les paye.

— Et le gouvernement ?

— Il touche sa part. La livraison se fera par boutres en Tanzanie et au Mozambique.

— Il existe donc peu de risques ?

— Nous utilisons cette filière depuis des années et nous n'avons jamais eu de soucis. »

A mesure qu'Oliver relatait cette conversation, Valentine se sentait envahie par une colère froide contre ces gens qui, sans état d'âme, condamnaient à mort des populations. Faux antipaludéens, faux antirétroviraux, faux antibiotiques. Des salauds bâtissaient leur fortune sur le dénuement et la naïveté !

— Ce business génère plus de quarante milliards d'euros. Dix pour cent du marché pharmaceutique, lui disait son confrère.

— Rassure-moi ! Il existe des labos propres ?

— Les mastodontes...

— Et l'OMS ? Que fait-elle ?

— Elle lutte. Mais le système est bétonné.

— Tu veux écrire un papier ?

— J'ai une meilleure idée. Plus dangereuse... Plus compliquée...

Valentine se renfonça dans son fauteuil. Ils étaient envoyés et payés par leur rédacteur... Sa déontologie lui interdisait de travailler dans son dos.

— Ne t'inquiète pas ! Je ne vais pas faire d'entourloupes à Thibault. De toutes les façons, il refuserait ce sujet. Il n'a pas envie de mécontenter les Indiens ! Tu l'as compris autant que moi...

Après avoir tiré sur sa cigarette, Olivier ajouta :

— Un ami vient de monter sa boîte de prod. « Docs en vrac » ! Je lui ai passé un coup de fil. Il est intéressé par un reportage.

— Un reportage ?

— En caméra cachée.

— Si vous vous faites prendre...

— Nous ne sommes pas des débutants ! Le temps de mettre sur pied le reportage et de le prévendre à une chaîne... Je reviendrai avec Philippe en janvier... On passera une fausse commande. Ensuite, on ira à Maurice et à Dharan Salam...

Un point important restait à éclaircir.

— Comment as-tu compris que DAVANTHARI était mouillé dans cette histoire ? demanda Valentine.

— Il y avait des papiers en vrac sur le bureau. Au moment où le type a voulu prendre sa calculette, ils sont tombés. Si tu ne m'avais pas parlé de ce labo, je n'aurais pas prêté attention à un catalogue de chez eux... Tu comprends pourquoi je tiens à venir lundi.

— Un catalogue... Cela ne constitue pas une preuve.

— Exact.

— Ne crois pas que je me défile… Mais il ne faut pas que tu m'accompagnes ! Tu vas devoir donner ton passeport… Des caméras vont te filmer… On ne sait jamais qui peut tomber sur ces traces et te reconnaître par la suite. Maintenant que je suis prévenue, j'observerai avec plus d'attention.

Valentine se demandait quand s'arrêteraient les challenges et les complications. Pas une journée ne se déroulait sans qu'elle se sentît concernée par un problème. Une bonne journaliste ne devait-elle pas se montrer plus neutre ? Anil, Dipa, le trafic de médicaments…

— Surtout, pas un mot à ton copain, lui recommandait Olivier.

— A mon copain ?

— Guillaume.

— Il se fournit chez DAVANTHARI, se souvint-elle.

— Avec les ONG, ils font super gaffe !

— OK. Mais il leur donne de l'argent ! S'il connaissait la vérité…

— Il la connaîtra en découvrant le film.

21

Dipa téléphona. Valentine, qui s'était renseignée auprès de Deepak sur les tarifs des modèles, lui annonça une somme qu'elle ne discuta pas. Sans doute n'en attendait-elle pas autant.

— Il faudrait que vous vous présentiez mardi matin...

Elle lui expliqua comment trouver l'atelier de Mira à Cuffe Parade.

— C'est une styliste et l'épouse du photographe. Nous choisirons chez elle votre tenue.

Valentine rangea son mobile. Un samedi commençait. Au yacht-club, des navigateurs se préparaient à prendre la mer. Plusieurs matchs de cricket étaient annoncés dans les journaux. Il y aurait des courses hippiques à Mahalakshmi... Peu intéressée par les compétitions sportives, elle les abandonnerait à Olivier et rejoindrait Cécile dans un salon de beauté qui faisait fureur chez les Indiennes fortunées.

En découvrant la façade d'un chalet suisse, elle se demanda si elle n'était pas victime d'une hallucination. Un tapis volant l'avait-il emmenée au pays d'Heidi ? Se souvenant que les alpages représentaient pour les Bombayites l'exotisme et le chic, elle franchit la porte que lui ouvrait un « chasseur » tiré à quatre épingles. A l'intérieur, le bois demeurait omniprésent. Il y avait même un faux feu dans une cheminée et un coucou pour indiquer l'heure. En moins d'une minute, Valentine fut enveloppée d'un peignoir rose. Puis on l'emmena vers Cécile, qui, dans une cabine, se faisait masser les pieds.

— Je les soigne avant de les mettre à l'épreuve.

Elle attendait une cinquantaine de personnes pour sa soirée.

— Que des gens drôles et intelligents, précisa-t-elle.

Valentine traversa une vaste pièce où les clientes bénéficiaient des derniers traitements à la mode. Epouses d'industriels, personnalités du cinéma ou du show-business, mannequins… Chacune confiait son visage, ses cheveux et ses ongles à des esthéticiennes triées sur le volet. Sans chercher à jouer les mère Teresa, Valentine regardait l'eau couler des mitigeurs en songeant aux queues qui se formaient quotidiennement devant les fontaines souvent taries des slums et des chawls, aux femmes qui marchaient des kilomètres en plein soleil avec une cruche sur leur tête. A peine assise, on lui proposa un jus de mangue. Une manucure installa son tabouret et son matériel. Valentine plongea sa main droite dans un récipient. Devant elle, une coiffeuse brossait une longue et magnifique chevelure. En Occident, des femmes payaient des fortunes pour leurs extensions de cheveux. Savaient-elles que ces longues mèches provenaient du temple de Tirumala, où des Indiennes offraient au dieu Vishnu ce qu'elles possédaient de plus précieux ? Des grossistes spécialisés achetaient ensuite leurs cheveux aux religieux – une tonne par semaine – et les envoyaient à Bangalore pour les désinfecter et les trier. Ils repartaient ensuite vers des pays lointains où ils subissaient une dépigmentation puis une coloration… Un vrai business !

La galerie était méconnaissable. Nimbée d'un éclairage rose fluo, elle offrait une atmosphère d'irréalité dans laquelle évoluaient des gens de tous âges et de toutes nationalités. Pour accueillir ses amis, Cécile portait une robe-fourreau en mousseline noire qui rappelait les années 1940. Juchée sur des talons, les cheveux relevés en chignon, elle ne ressemblait plus à une hippie, mais à une star.

— J'aime surprendre, confia-t-elle à Valentine.

Deux buffets offraient des mets savoureux, des jus de fruits et des vins de Nouvelle-Zélande. La plupart des gens se connaissaient. Expatriés, artistes clients, journalistes... Cécile présenta Valentine à plusieurs personnes. Celle-ci entama des conversations, mais son regard demeurait rivé sur la porte. Devika allait-elle répondre à l'invitation de leur hôtesse et Guillaume l'accompagnerait-il ? Olivier, auquel elle avait proposé de la rejoindre, se profila le premier.

— Elle n'est pas encore arrivée, la danseuse ? Je ne suis venu que pour la rencontrer, se plaignit-il après avoir observé l'assistance.

Quelques verres de vin et une Américaine délurée parvinrent à égayer son humeur. Pour le laisser draguer à son aise, Valentine s'éloigna. Un type, qui l'avait repérée, la rejoignit. En d'autres circonstances, elle lui aurait prêté plus d'attention, mais Devika arrivait avec un petit groupe où ne figurait pas Guillaume. Il y eut les éclairs d'un flash... Obéissant à la demande du photographe, la jeune femme s'arrêta, sourit. Non seulement elle était jolie, mais elle possédait une grande fraîcheur. A l'inverse des portraits qui figuraient dans son appartement, elle ne portait aucun ornement dans ses cheveux. Un pendentif en nacre éclairait son salwar kameez violet. Fendant l'assistance, Cécile vint à sa rencontre. Ce qui occasionna de nouvelles photographies. Attiré par le brouhaha, Olivier quitta la pièce voisine.

— Où est ton copain ? demanda-t-il à Valentine.

A peine terminait-il sa phase que Guillaume apparut. En retrait, il attendait que Devika achevât de répondre aux questions d'une journaliste « people ». Depuis son retour à Bombay, l'attention autour de la danseuse ne se relâchait pas. Dans l'appartement de Bandra, le téléphone sonnait sans interruption. Plutôt sauvage, Guillaume s'adaptait mal à cette situation. Ce soir, il avait hésité à la suivre. D'autant que son imprésario et un musicien de la revue l'escortaient.

— Oxana n'est pas encore arrivée, l'avertit Cécile en l'embrassant. Mais tu connais Valentine.

— Valentine ! Elle est là ?

De loin, celle-ci le vit regarder autour de lui, avancer dans la direction opposée, revenir sur ses pas, la découvrir enfin... Surpris par sa transformation, il s'attarda sur la silhouette plus féminine, les vêtements sophistiqués, les bijoux ethniques de belle facture.

— Quelle élégance !

— Tu n'es pas mal, non plus ! répliqua Valentine en s'attardant sur la ceinture qu'elle lui avait choisie.

— Je voulais t'appeler. Mais nous avons eu des problèmes avec un camp de réfugiés. Au Darfour.

— De gros problèmes ?

— Nos camions ont évité de justesse une embuscade. Des « infiltrés » nous ont prévenus à temps. Les approvisionnements deviennent trop risqués. Il va falloir trouver d'autres solutions.

— Des largages ?

— Ils ont un coût élevé.

Au moment du tsunami, Urgence Santé avait touché moins d'argent que certaines ONG plus connues. Même si la direction tentait de ne pas engloutir une trop grande partie des dons avant d'intervenir sur le terrain, elle devait régler les infrastructures, payer le personnel, acheter les marchandises, organiser leur stockage et leur acheminement.

— Les contrariétés ne m'ont pas empêché de chercher un chirurgien. Malheureusement, je n'ai pas de bonnes nouvelles. L'ONG à laquelle je pensais est saturée de demandes. Les opérations sont programmées des mois à l'avance.

— Dans le cas d'Anil, il s'agit d'une urgence.

— J'ai insisté. Mais ils n'ont qu'une longue liste d'attente à proposer.

— On pourrait l'y inscrire !

— Cela nous laisserait peu d'espoir. Voire aucun.

La sentant perturbée, il ajouta :

— Mon départ de Bombay ne me fera pas baisser les bras.

Sans douter de sa sincérité, Valentine craignait qu'il ne fût moins opérationnel à distance.

— Oxana pourrait nous aider, ajouta-t-il.

— Oxana !

— Elle connaît le monde médical et elle veillerait sur Anil.

— Pour quelle raison le ferait-elle ?

— La même que nous. Si tu me donnes ton accord, je lui parlerai.

— Décide ce qui te semblera le meilleur. Je te fais confiance.

Il devina plus qu'il n'entendit les derniers mots. L'alcool aidant, le vacarme avait augmenté. Dans toutes les langues, on s'apostrophait.

— Une vraie tour de Babel ! s'exclama Cécile en adressant un signe au DJ, qui n'attendait que son feu vert.

Ceux qui recherchaient le calme montèrent dans l'appartement de la galeriste. Eclairé par la lumière des bougies, le salon avait perdu de sa froideur. Certains invités s'étaient réfugiés dans des coussins pour partager un joint. Dans le canapé, l'Américaine dont Olivier ne s'occupait plus racontait à une vieille dame son dernier séjour chez son guru. L'ashram se situait sur les contreforts de l'Himalaya. Elle en avait découvert l'existence cinq ans plus tôt. Depuis, elle y séjournait quatre mois pas an. Avec exaltation, elle lui relatait la découverte de ses vies antérieures et comment elle employait celle-ci à racheter les erreurs commises dans le passé. Sa voisine se contentait de hocher la tête en tirant sur son fume-cigarette.

— Qui est cette personne ? finit-elle par demander en désignant Devika qui discutait avec Cécile.

— Une danseuse.

Indifférente à la curiosité qu'elle suscitait, Devika renouait avec ses amis. Chaque retour à Bombay occasionnait de joyeuses retrouvailles. Lorsqu'on lui demandait si sa ville lui manquait, elle répondait par l'affirmative. Parallèlement, elle appréciait son existence de nomade. Avec les tournées d'Indian Mood, elle découvrait des inspirations et des cultures différentes. Les aéroports et les chambres d'hôtel se succédaient à un rythme trépidant. Il en résultait une fatigue qu'elle oubliait sur scène. Devika n'était pas danseuse étoile, mais l'une des deux premières danseuses. Un jour, peut-être, elle obtiendrait le rôle principal ! En attendant, elle profitait d'un début de notoriété ! Une belle revanche lorsqu'elle songeait à ce qu'elle aurait pu devenir. Pour se débarrasser d'elle, son père l'aurait mariée au premier venu. Elle serait restée dans leur village à servir une belle-mère qui l'aurait exploitée. Sans son frère, aurait-elle trouvé le courage de partir ? Ils étaient arrivés tous les deux à Bombay, où personne ne les attendait. Pour l'empêcher de tomber dans les pièges de la prostitution ou des bars mal famés, Birhal avait travaillé dans un restaurant de Colaba. Avec son maigre salaire, ils s'étaient logés dans une soupente. Chaque matin, Devika en sortait pour suivre des cours de danse. La rage de réussir l'avait aidée à ne pas se décourager. Des heures durant, elle répétait les mudra[1]... Lorsqu'elle s'était sentie prête, elle avait couru les auditions. Ayant exploré les bases classiques jusqu'à l'épuisement, elle offrait une technique sans faille. Le reste réclamait énergie, opiniâtreté et chance. La première fois qu'on la rappela, ce fut pour un remplacement dans un ballet publicitaire. Saisissant l'opportunité, Devika dansa de son mieux. Lorsque l'agence lui signa un nouveau contrat, elle comprit que les cartes se trouvaient entre ses mains. Sans jouer la difficile, elle enchaîna des prestations peu glorieuses et chichement payées. Ce qui ne l'empêchait pas de poursuivre ses cours avec assiduité et de chercher d'autres ouvertures. Par l'intermédiaire de Birhal, qui perçait dans le monde de la musique, elle fut engagée pour un spectacle de moyenne envergure. A Bangalore, un imprésario la remarqua et lui proposa de rejoindre une troupe qui cherchait à élargir ses effectifs. Condition particulière : les représentations se déroulaient à l'étranger... Devika n'hésita pas longtemps. Sa valise bouclée, elle gagna Berlin et entra dans le corps de ballet. Depuis, elle avait gagné du galon et les journaux indiens commençaient à citer son nom.

— J'ai réservé des places pour le concert de Birhal, lui annonçait Cécile.

— Tu as réussi à en obtenir ?

— J'ai quelques combines !

— Lui qui craignait de ne pas remplir cette énorme salle !

— Tu parles ! On n'entend que son groupe à la radio.

1. Gestes de danse très codifiés (mains et doigts).

Grâce à leurs gains, le frère et la sœur s'étaient acheté à crédit la maison de Bandra. Chaque fois qu'elle y revenait, Devika passait d'une pièce à l'autre, admirait ses meubles et ses objets, arpentait son jardinet. Cette fois-ci, Guillaume était venu la chercher à l'aéroport. Une brassée de fleurs l'attendait dans le salon. Il avait commandé des bouteilles de vin et demandé à la cuisinière de préparer son repas préféré. Birhal avait grimpé l'étage qui les séparait. Jusqu'au milieu de la nuit, tous les trois avaient ri et discuté. Depuis, le travail de chacun et les obligations mondaines avaient malmené leur intimité. Guillaume tentait de ne pas montrer la fatigue que lui occasionnait ce tourbillon.

— Avec qui parle-t-il ? demanda-t-elle à Cécile en désignant leur ami.

— Valentine Courlande. Une journaliste française.

— Une journaliste ! Il les fuit comme la peste.

— Celle-ci est différente.

Intriguée, Devika se dirigea vers leur duo.

— J'aimerais te présenter Valentine, l'interpella Guillaume.

— Cécile vient de m'expliquer que vous étiez journaliste… mais que vous n'en aviez pas les défauts, déclara la danseuse.

Ne sachant comment interpréter ces paroles, Valentine tenta de cacher son trouble. Cette femme était-elle jalouse et décidée à la remettre à sa place ?

— Valentine est venue chez toi, disait Guillaume. Avec Oxana… Nous sommes descendus chez Birhal.

— Je me souviens ! Tu me l'as raconté… Mais je n'avais pas fait le rapprochement.

Soulagée que Guillaume n'eût pas caché sa visite, Valentine retrouva sa spontanéité. Elle félicita Devika pour la décoration de sa maison… Pendant qu'elle révélait ses impressions, elle tentait de se faire une opinion. Quels liens unissaient Guillaume à Devika ?

— Asseyons-nous, proposa celle-ci en découvrant qu'une banquette s'était libérée.

Ils s'y installaient quand Olivier, passablement éméché, déboucha du rez-de-chaussée.

— Enfin je peux vous approcher ! s'exclama-t-il en s'installant aux pieds de la danseuse.

Amusée par cette entrée en matière, celle-ci se pencha vers le reporter.

— Vous hantez mes songes, lui confia-t-il avec un lyrisme exagéré. Depuis que j'ai vu votre portrait... Je suis sous votre emprise... Faites de moi ce que vous voulez...

22

Muni des tickets, Guillaume faisait la queue devant l'embarcadère en guettant la venue de Valentine. Pour le seul plaisir de la regarder, il la laissa le chercher au milieu de la foule. Puis il l'appela.

— Je suis en retard, s'excusa-t-elle.

— Tu arrives en même temps que le bateau.

— J'espère que la traversée m'éclaircira les idées. Tu t'es levé facilement ?

— Vers 8 heures. J'ai dormi au bureau.

— Au bureau !

— Bandra est trop loin... Et j'attendais des coups de fil.

Ainsi, il n'était pas rentré chez Devika après la fête ! Au milieu de la nuit, Olivier et Valentine avaient parcouru à pied le trajet entre la galerie et le Taj. Elle se souvenait s'être allongée sur son lit sans se déshabiller. A 10 heures, le réveil avait sonné. A la hâte, elle s'était douchée et habillée.

Le bateau accosta. Quelques passagers en descendirent. En revanche, il repartit chargé vers Elephanta. Le dimanche, les Bombayites aimaient pique-niquer et flâner dans l'île qui recélait des grottes inscrites au Patrimoine mondial de l'Unesco. Une distance d'environ dix kilomètres la séparait de la côte. En cette fin de matinée, le vent marin atténuait la chaleur et réveillait les esprits.

Sur le pont supérieur, Valentine commençait à se détendre. La veille au soir, lorsque Guillaume lui avait proposé cette excursion, elle avait accepté sans hésiter.

— C'est étrange que tu ne sois jamais allé à Elephanta, remarqua-t-elle.

— Chaque fois que je viens à Bombay, je laisse les jours s'écouler... Le départ se profile... Et je n'ai pas accompli la moitié de mes projets. Cette fois-ci, j'étais décidé à m'y rendre contre vents et marées. Avec toi, c'est encore mieux !

Autour d'eux, d'autres embarcations se dirigeaient vers le large. Abritée derrière ses lunettes noires, Valentine contemplait la ville hérissée de buildings et de cheminées d'usine, le port, ses raffineries et ses réservoirs, les îlots transformés en docks. Malgré sa fatigue, elle se sentait légère comme une plume en cette journée particulière. Consciente que le bonheur n'existait pas, elle demeurait attentive aux instants de perfection qui, semblables à des pépites, jalonnaient l'existence. Alors qu'ils s'approchaient du sanctuaire de Shiva, elle savait déjà qu'elle n'oublierait pas cette traversée. Autour d'eux, des enfants jouaient ou restaient sagement assis auprès de leurs parents. Des femmes reprenaient en chœur les chansons populaires que diffusait un haut-parleur. Des touristes japonaises s'abritaient des rayons sous leurs ombrelles. Guillaume sortit de son sac à dos un appareil photo et suivit le vol d'un oiseau. Puis il le braqua en direction de Valentine. Accoudée au bastingage, elle lui adressa un sourire radieux.

Dès qu'ils eurent atteint la jetée, leur quiétude disparut. Escortés par des guides et des marchands de souvenirs, ils parcoururent le chemin qui les séparait du rivage. En hindi, Guillaume parvint à décourager toute velléité d'escorte. Avec le sourire, hommes et gamins s'écartèrent afin de leur laisser gravir la colline dont la base était souillée d'immondices. Des personnes âgées avaient emprunté les chaises à porteurs. Un peu plus loin, des Japonais exhibaient leurs Caméscope.

A l'approche du sanctuaire, Guillaume ouvrit un volume en mauvais état.

— Une relique, s'excusa-t-il. Il date de mon premier séjour à Bombay.

A voix haute, il lut des explications concernant le lieu. Autrefois, l'île s'était appelée Gharapuri. En y abordant au XVIe siècle, les Portugais avaient découvert un imposant éléphant de pierre. Une raison suffisante pour la baptiser Elephanta. La statue s'était effondrée en 1814, néanmoins le nom avait subsisté. Ils poursuivirent leur marche jusqu'à la grotte principale. La chance les accompagnait : elle était quasi vide lorsqu'ils y pénétrèrent. A la luminosité extérieure succéda une pénombre qui leur fit ôter les lunettes. Ensuite, ce fut l'enchantement. Un Shiva tricéphale les attendait dans la salle taillée à même le roc et soutenue par des piliers. Sans prononcer un mot, ils s'approchèrent du dieu caressé par un éclairage tamisé et naturel. Face au buste qui mesurait plus de cinq mètres, leurs silhouettes semblaient minuscules.

— Le profil gauche représente Shiva le destructeur, disait Guillaume. Le profil droit : Shiva le bienfaisant. La figure centrale le montre en train de méditer.

Il parlait à mi-voix, comme s'il avait craint de bousculer la sérénité de l'excavation. A ses côtés, Valentine admirait les différentes expressions des visages. La cruauté de l'un, la tendresse du second, l'harmonie du troisième. Ils se seraient attardés si un groupe d'Italiens n'étaient venus les déranger. Ils se dirigèrent vers d'autres évocations : Shiva épousant la déesse Parvati, Shiva chevauchant le taureau Nandi, Shiva dansant, Shiva représenté par le lingam… Gravées dans la pierre, abritées dans des niches, les figures du panthéon hindou s'offraient aux regards. Riches de symboles, elles avaient été créées entre le VIe et le VIIIe siècle. Des visiteurs entraient et sortaient, mais Guillaume et Valentine avaient décidé de ne pas y prêter attention. Ils circulaient au même rythme, parlaient peu. Tous les deux songeaient à ceux qui avaient utilisé la pierre pour honorer leurs dieux. Quelle abnégation ! Quelle patience ! Chaque fois qu'il se trouvait devant un nouveau témoignage de ferveur, Guillaume ne pouvait s'empêcher de le comparer à l'intolérance qui sévissait chez certains « religieux ».

A l'extérieur, le soleil les éblouit et la réalité marchande reprit ses droits. Guillaume acheta des bouteilles d'eau qu'ils décidèrent de boire à l'écart de l'agitation. Ils choisirent un emplacement ombragé qui dominait le large. Guillaume étala son blouson pour que Valentine s'installât plus confortablement.

— Si le cœur t'en dit, tu peux faire un petit somme.

— Je me sens moins fatiguée, reconnut-elle.

— L'atmosphère bucolique...

— Pas seulement !

— Quoi d'autre ? insista-t-il en l'observant avec attention.

— Nous nous trouvons dans un lieu protégé... bénéfique.

— Je suis incapable de faire la différence entre un lieu « dit » bénéfique et ce qu'on y projette.

Valentine ne partageait pas cette opinion. Il existait des endroits où elle ne pouvait pas s'attarder. D'autres, au contraire, lui insufflaient de l'énergie.

— Cela ne vient pas de moi... Encore moins des circonstances.

— Si nous nous étions disputés pendant la traversée, aurais-tu éprouvé le même plaisir à te promener ?

Déconcertée par la question, elle admit qu'elle aurait probablement été moins perméable au cadre enchanteur.

— Je n'ai pas aimé notre « froid », avoua-t-elle.

— Moi non plus. Mais il n'y en aura plus.

En riant, il ajouta :

— Jusqu'à mon départ...

Après un silence, il demanda :

— Pourquoi ne viendrais-tu pas à Goa ? Fin février.

— Tu es certain d'y aller ?

— Je n'ai pas pris de vacances depuis un an et demi.

— Qui doit t'y rejoindre ?

— Oxana, de façon certaine. Devika, peut-être.

— Ah oui, murmura Valentine en rajustant la bretelle de son débardeur rouge.

— Tout dépend des pérégrinations de son amoureux. Et des congés qu'il pourra prendre.

— Il est indien ?

— Son père est indien, sa mère allemande. C'est l'un des trois producteurs d'Indian Mood.

— Tu le connais ?

— Je l'ai vu à Paris.

— Il sait que tu habites chez elle ?

— Bien sûr !

— Il n'est pas jaloux ?

— Si c'était le cas, j'aurais plié bagage.

Valentine tentait de cacher son contentement. Ainsi, ce qu'elle avait imaginé n'existait pas.

— Elle est folle de lui, poursuivit Guillaume. Tous les prétextes sont bons pour lui téléphoner... De jour comme de nuit !

Discret, il ne relata pas les confidences de Devika. Depuis sa venue à Bombay, elle était déchirée entre la joie de retrouver son pays et l'absence de l'amant. Dès sa première entrevue avec Vikram, elle s'était sentie chavirer. Fraîchement divorcé, il n'était pas prêt à renouer des liens. Mais la danseuse lui avait rapidement fait tourner la tête ! Depuis deux ans, la passion les consumait avec son cortège de scènes, de réconciliations, de serments. Pour avoir connu cette situation, Guillaume se gardait de donner un avis lorsque la jeune femme le lui réclamait. Durant sa liaison avec Aurélie, il n'avait pas divulgué leurs secrets. Que lui aurait-on dit qu'il ne savait déjà ? Sans sous-estimer la souffrance qui avait accompagné leur séparation, il gardait des souvenirs lumineux de leur rencontre et la certitude que, malgré les obstacles, ils avaient été bénéfiques l'un pour l'autre. Depuis, il avait connu d'autres aventures. Plus ou moins brèves. Au Kenya, une jolie fille s'était entichée de lui. Lucille avait choisi l'humanitaire pour fuir un contexte familial difficile. Elle réceptionnait le matériel. De Guillaume, elle attendait plus qu'il ne pouvait lui donner. Ce n'était pas faute de l'avoir prévenue ! Pourtant, elle s'entêtait… Sans doute n'aurait-il pas dû mélanger les secteurs professionnel et privé. C'était la première fois qu'il dérogeait à la règle.

Appuyée sur ses coudes, Valentine contemplait la mer, où se détachait un navire de guerre. Guillaume songea que le moment de la surprendre était venu.

— Bon anniversaire !

Elle sursauta.

— Comment sais-tu ?

— J'ai bonne mémoire. A Chowpatty, tu as donné ta date de naissance à l'astrologue… 18 décembre ! Sale petite cachottière ! Tu t'es bien gardée de me la rappeler.

En entendant son rire, il ajouta :

— Pour la peine, je vais t'enfermer au fond d'une grotte avec Shiva.

— Je détrônerai la déesse Parvati !

— Prétentieuse…

Pour le faire taire, elle le menaça de sa bouteille d'eau.

— On dit que l'année à venir ressemble à la journée d'anniversaire, poursuivit Guillaume.

— Alors, elle me plaira !

L'aveu avait jailli. Quel meilleur cadeau aurait-il pu lui offrir que ce tête-à-tête dans une petite île de la mer d'Oman ?

Il tenta de l'imaginer dans sa vie parisienne. Un fils de cinq ans, un appartement rue Censier. La salle de rédaction d'un magazine. La course entre l'école et le bureau. Les surgelés livrés régulièrement. Un téléphone omniprésent.

— Quelle caricature ! se défendit-elle.

Mise en confiance, elle en rectifia certains aspects.

— Je parviens à m'organiser pour m'occuper d'Octave et profiter des gens que j'aime. Il m'est même arrivé de refuser des reportages trop rapprochés...

— On ne t'en a pas voulu ?

— Les candidats pour me remplacer ne manquaient pas.

— Et la concurrence ? Tu n'en as pas peur ?

— Que je voyage ou pas, elle ne diminuera pas. C'est à moi de trouver de nouvelles idées pour ne pas me faire doubler.

Il la vit hésiter avant d'ajouter :

— Jusqu'au jour où je changerai de métier.

— J'ai du mal à te croire.

— Ce n'est pas pour maintenant. Mais j'aimerais trouver d'autres moyens d'expression...

Guillaume ne s'était pas trompé en la soupçonnant de refuser les facilités. Obstinée, rebelle, elle ne pouvait se soumettre aux formatages. Depuis qu'il la connaissait, il avait pris la mesure de ses exigences envers elle-même et les autres. Dure aux intempéries, courageuse, libre... Avec une sensibilité cachée, une fragilité qui le touchait... S'il s'était écouté, il n'aurait pas étouffé un début d'attirance. Mais il partait dans quatre jours ! Fidèle à sa philosophie, il n'avait pas envie de bousculer le destin. Encore moins lorsqu'il se sentait indisponible. Valentine méritait mieux qu'une drague en bonne et due forme. Toutefois, il ne s'empêcha pas de lui tendre la main pour l'aider à se relever puis de mêler fugitivement ses doigts aux siens.

23

Le concierge tendit à Valentine un message. Anne Lise lui signifiait son retour du Kerala.

« Si vous n'êtes pas occupée, je vous invite à dîner. »

Elles se retrouvèrent à l'Apollo. A première vue, Anne Lise semblait en pleine forme. Valentine ne manqua pas de le souligner.

— C'est vrai ! Je vais bien.

Durant deux semaines, Anne Lise avait vécu dans le calme. Au centre ayurvédique, on ne dispensait pas que des soins corporels. Le cadre permettait de retrouver une tranquillité d'esprit et de prendre du recul. Elle avait suivi des cours de yoga et de danse, lu des ouvrages qui incitaient à la méditation, coupé son téléphone.

— Au début, j'ai cru que je ne tiendrais pas. Il m'a fallu deux jours d'acclimatation avant d'apprécier cette tranquillité. Il n'y avait pas de temps perdu en conversations futiles ou stressantes, plus de dérivatifs ou d'automatismes. Simplement l'impression d'exister, dans le bon sens du terme ! Une fois, j'ai ressenti une crise d'angoisse. Une seule ! Je suis allée marcher le long de la mer avec mon iPod et Mozart. La nuit suivante, je n'ai pas connu d'insomnie. Depuis, je me sens apaisée et capable d'affronter ce qui m'attend. Comme si mes pôles d'intérêt s'étaient déplacés.

Anne Lise était décidée à poursuivre à Paris sa démarche. Le yoga, la respiration, réfléchir sur des textes, ne plus se laisser tourmenter par ce qu'elle ne pouvait pas maîtriser, accepter les autres avec leurs différences... Son mari ne correspondrait jamais à ce qu'elle en attendait. Plutôt que de chercher à le transformer, elle s'en accommoderait.

— Vous aussi... vous avez changé, dit-elle à Valentine. Votre regard est différent.

Anne Lise avait raison. Pour affronter l'Inde, Valentine s'était fabriqué un carcan. Crainte de se laisser manipuler ? D'être engloutie dans un tourbillon d'émotions inconnues ? De découvrir ses propres failles ? Par des moyens différents, toutes les deux avaient accompli une mutation qui leur donnait de la force et annulait des jugements par trop arbitraires. Fallait-il s'éloigner de ses habitudes pour ouvrir les yeux ?

— Chaque fois que je partais en voyage, j'étais pressée de rentrer, reconnut Anne Lise. Chaque fois que je rentrais, je ne pensais qu'à refaire mes bagages. Je traînais mon marasme partout. Cette fois-ci, j'ai changé mon billet de retour. Je reste à Bombay jusqu'au 22. Mon époux n'a rien compris quand je le lui ai annoncé. C'est tout juste s'il ne m'imagine pas dans les filets d'une secte. Et vous, vous rentrez quand ?

— Dans la nuit du 23 au 24.

— Vous aurez votre fils pour les fêtes ?

— Il sera le 24 au soir et le 25 au matin avec moi. L'après-midi, il ira chez son père jusqu'au lendemain. Pour le 1er janvier, nous ferons l'inverse.

Tout en mangeant un club sandwich, Anne Lise se réhabituait au bruit et à la foule. L'atmosphère de l'Apollo Bar était à la fois élégante et cosmopolite. D'un œil amusé, elle observait des couples qui ressemblaient au sien, des hommes aux comptes en banque fournis, des femmes qui devaient fréquenter les mêmes couturiers, les mêmes maroquiniers, les mêmes joailliers qu'elle ! Leurs visages bronzés et liftés faisaient illusion sous les éclairages étudiés. Il fallait rivaliser avec plus jeune que soi ! Un travail à plein temps ! Une frustration jamais comblée ! A moins de lâcher prise...

Son attention revint vers Valentine qui l'incitait à visiter Elephanta. Une lueur dans son regard bleu ardoise indiquait combien cette promenade l'avait conquise. Lorsqu'elle évoqua Guillaume, son travail de logisticien dans une ONG, l'éclat s'intensifia. Anne Lise retint un sourire. La journaliste était en train de tomber amoureuse.

— Il travaille en Inde ? se renseigna-t-elle.

— Essentiellement en Afrique. Mais il s'approvisionne à Bombay pour les médicaments...

Plus tard, elle relata l'aide qu'il lui avait promise pour Anil. Anne Lise posa des questions précises. Elle avait l'habitude de donner aux œuvres. En octobre dernier, elle avait envoyé un chèque en faveur des victimes du tremblement de terre qui avait secoué une région montagneuse du Pakistan. Elle payait les études de deux enfants à Manille dont elle recevait lettres et photographies.

— Il serait opéré en Inde ? demanda-t-elle.

— Il y a d'excellents chirurgiens. Seulement ils sont submergés.

— Et les frais hospitaliers ?

— Il faudra les régler. Mais je trouverai des gens...

— Dès que les choses avanceront, tenez-moi au courant...

Valentine franchit le seuil de DAVANTHARI avec une certaine appréhension. Comme chez SERLAS, on lui réclama ses papiers d'identité. Heureusement qu'Olivier n'était pas venu ! Un homme petit et sec la rejoignit quelques instants après son arrivée. Avec une politesse froide, il se présenta :

— Tariq Malik. On vous a prévenue que j'avais peu de temps...

— En effet.

— Voici un dossier. Vous y trouverez notre organigramme et nos gammes de médicaments. Avez-vous préparé vos questions ?

Elle lui posa les mêmes que chez SERLAS. Il y répondit brièvement tout en observant le va-et-vient dans le hall qu'ils n'avaient pas quitté.

— Votre fabrique ne se visite pas ?

— Elle se trouve à trente kilomètres.

— Ce n'est pas un problème...

— Notre directeur refuse que des personnes étrangères à l'établissement puissent y circuler.

— Pour quelles raisons ?

— L'hygiène, la confidentialité...

— Vous craignez l'espionnage ?

— Espionnage est un grand mot. Nous ne sommes pas dans un *James Bond* !

— On raconte pourtant que vous vous méfiez les uns des autres.

— Comme dans tous les secteurs industriels, il existe une rivalité.

— En ce qui concerne la recherche, on m'a dit que vous aviez trouvé un nouveau vaccin contre la tuberculose.

— Avancer ne signifie pas trouver. Il nous reste de nombreux tests à effectuer.

Valentine se renseigna sur les relations de DAVANTHARI avec les ONG :

— Nous leur réservons des tarifs préférentiels.

— Uniquement sur les génériques ?

Tariq Malik confirma.

— Et les antirétroviraux ?

— C'est plus compliqué. Nous refusons de créer des préférences. Si nous faisions de bonnes conditions à certains, tous les exigeraient.

Depuis qu'ils discutaient, son interlocuteur n'avait pas proposé à Valentine de s'asseoir. Elle le sentait pressé de se débarrasser d'elle, mais elle n'en avait pas terminé :

— Les pays africains sont de gros clients ?

— Ils le sont.

— Comment trouvent-ils des financements ?

— Dans certains cas, ils sont aidés par les Etats ou les organisations internationales : l'OMS ou la Banque mondiale.

— Sinon ?

Alors qu'elle attendait une réponse claire, Valentine reconnut un visage. Devant un ascenseur, le jeune et beau biologiste qui travaillait à côté d'Oxana discutait avec un homme qui, visiblement, l'avait raccompagné jusqu'au rez-de-chaussée. Que faisait-il chez les concurrents ? Le conciliabule se poursuivit pendant quelques minutes. Puis ils se saluèrent. Valentine ne prêta plus qu'un intérêt mesuré aux propos de Tariq Malik. Certaine de ne pas s'être trompée, elle cherchait à comprendre…

De retour à l'hôtel, elle monta chez Olivier.

— Mission accomplie, lui dit-elle en déposant le dossier sur son bureau.

— Tu as trouvé du grain à moudre ?

Pendant qu'elle relatait sa visite, Olivier passa en revue les feuillets qu'elle venait de lui donner.

— La copie conforme de ce que l'on trouve sur Internet. Ils se foutent du monde !

DAVANTHARI avait été racheté à la mort de son fondateur par une société appartenant à un Indien originaire du Cachemire. Au moment de la Partition, la moitié de sa famille avait été massacrée pour son appartenance à la communauté musulmane. Avec un oncle et des cousins, il s'était installé à Bombay. Après des études de biologie, il avait travaillé dans un laboratoire. L'opportunité s'était présentée en 1999 de racheter DAVANTHARI, qui, aujourd'hui, employait deux cent trente personnes.

— Tu n'as rien observé de particulier ?

— Dans un hall, les découvertes sont restreintes.

24

Assise dans le bureau, Oxana écoutait Guillaume.

— Tu sais tout, conclut-il.

— Vous ne vous lancez pas dans une aventure facile !

— J'en suis conscient.

— Imaginons que nous trouvions un chirurgien... Imaginons aussi que l'opération ne se passe pas bien. La famille pourra se retourner contre vous.

— On leur fera signer une décharge.

Oxana soupira.

— Je comprends tes réticences, poursuivit Guillaume. Mais j'ai promis à Valentine...

— Elle va rentrer en France...

— Où elle devra récolter de l'argent pour les frais d'intervention et d'hospitalisation. Je sais déjà ce que tu vas me rétorquer... Il y a des milliers d'enfants dans le même cas !

— Tu n'aurais pas dû t'engager.

— J'ai vu ce bébé, Oxana. Pour lui, tout n'est pas perdu. A condition que l'on se démène. Tu es la seule personne qui puisse nous aider.

La sonnette de la porte retentit. Gautama, qui travaillait dans le bureau voisin, se déplaça pour ouvrir. On livrait des échantillons de moustiquaires dont Guillaume voulait tester la qualité. Pendant que celui-ci rejoignait son collaborateur, Oxana réfléchissait au rôle qu'on lui demandait de jouer. N'étant pas du genre à s'engager à la légère, elle pesait le pour et le contre. Certes, sa rupture avec Karan la rendait plus disponible. Dans un long mail, elle lui avait signifié qu'ils ne se reverraient plus. A plusieurs reprises, elle avait effacé puis retapé la phrase. Connaissant l'orgueil de son amant, elle savait qu'il ne la relancerait pas. Etait-elle sûre de vouloir mettre un point final à leur relation ? Dans un sursaut de survie, elle avait fini par expédier le message. Depuis, elle luttait contre les malaises physiques : cœur qui bat la chamade, torsions d'estomac, bouche sèche, perpétuelle envie de pleurer. Même si elle essayait de se persuader qu'elle sauvait son avenir, la douleur demeurait. Etait-elle condamnée au désert affectif ? Un veuvage prématuré, une relation avec un homme marié et collectionneur d'aventures ? Karan laissait un vide qu'elle se sentait incapable de combler. Allait-elle vieillir au milieu de ses éprouvettes ?

— Excuse-moi, lui dit Guillaume en se rasseyant.

— Avant ton départ, il faudrait que tu me présentes aux personnes concernées.

— Alors... Nous pouvons compter sur toi...

— Si je refusais, j'aurais tôt ou tard des remords.

Refusant d'instaurer des préférences, Oxana n'avait nourri jusque-là qu'une obsession : sauver des millions d'enfants et d'adultes. Depuis plusieurs semaines, elle entrevoyait un espoir. Repoussant l'idée que ce serait peut-être un nouveau coup d'épée dans l'eau, elle s'était réattaquée au Psalmodium Falciparum, le parasite microscopique qui se nichait dans l'intestin des moustiques et transmettait le paludisme sous sa forme la plus aiguë. Après de multiples tentatives, elle avait identifié une protéine dans ce parasite. Puis elle l'avait modifiée grâce à d'autres protéines. La protéine recombinée venait d'être inoculée à des souris en espérant que celles-ci fabriqueraient des anticorps suffisamment résistants.

— Si j'ai bien suivi tes explications, vous n'avez pas de chirurgien, reprit-elle.

Guillaume hocha la tête.

— Pendant un séminaire à Prague, j'ai rencontré un cardiologue, annonça Oxana.

— Quelle nationalité ?

— Indien. Ayant fait ses études et débuté sa carrière aux USA. Récemment, il est revenu à Bangalore avec d'autres compatriotes. Des médecins et des chirurgiens. Appelle les renseignements pour avoir les coordonnées de sa clinique.

Après un passage par le standard de l'établissement, Oxana entra en communication avec le docteur Pandit.

— Est-ce que je vous dérange ? lui demanda-t-elle après les formules d'usage.

— Je suis en consultation. Mais donnez-moi un numéro. Je vous rappellerai dès que j'aurai terminé.

Valentine les rejoignit au moment où la biologiste raccrochait. Depuis leur altercation, elle n'était pas revenue chez Guillaume. Les locaux étaient toujours aussi encombrés de paquets, de cartons, de ballots. Une jeune femme dictait à Gautama une liste de fournitures. Un garçon collait des étiquettes sur des colis. Le fax n'arrêtait pas de sonner.

— Ouf, soupira Guillaume en lisant un message qui venait d'arriver. Il manquait une autorisation d'acheminement. La voici.

Les démarches administratives lui prélevaient un temps et une énergie qui l'empêchaient d'accomplir d'autres tâches. La veille, il avait encore dormi sur le canapé afin de ne pas prendre de retard dans les encombrements entre Bandra et le centre-ville. Jeudi, tout devrait être réglé avant son départ pour l'aéroport.

En allant chercher un siège pour Valentine, il aperçut un paquet enrubanné. Un peu plus, il oubliait de lui en parler.

— C'est un cadeau de Noël pour ma mère. Est-ce que tu aurais de la place dans tes bagages pour le rapporter à Paris ? Rassure-toi, il s'agit d'un châle. Ce n'est pas lourd.

— Aucun problème.

— Je te donne son adresse en Bourgogne. Il faudrait le lui expédier.

Oxana les écoutait sans intervenir. Pour les orthodoxes comme elle, le 25 décembre ne signifiait rien. Selon le calendrier julien, le Noël russe se fêtait le 7 janvier. Moroz Krasayi Noc, alias le Père Gel, et sa petite fille Snegourochka distribuaient aux enfants friandises et bonbons. Les popes célébraient l'office dans les églises. Deux ans auparavant, Oxana avait pu se rendre à Saint-Pétersbourg. Elle avait accompagné ses parents à Saint-Nicolas-des-Marins. Sous la protection des icônes et bercée par les chants, elle avait remercié Dieu d'avoir placé Karan sur son chemin…

— Je suis allée chez DAVANTHARI, l'informa Valentine.

— Ils t'ont reçue convenablement ?

— Disons qu'ils ont accompli le service minimum.

Valentine hésita avant de demander :

— Il arrive que SERLAS travaille avec eux ?

— Jamais. Notre directeur et celui de DAVANTHARI se détestent.

De plus en plus dubitative, Valentine insista.

— Vous n'échangez aucune information entre biologistes ?

— Aucune. D'ailleurs, nous n'aurions pas grand-chose à glaner…

Valentine devait-elle prendre le risque de dévoiler ce qu'elle savait ? Si Olivier ne lui avait pas fait part de ses doutes concernant DAVANTHARI, elle se serait probablement tue.

— J'ai quelque chose à te dire. A propos d'une personne que tu connais bien...

Surprise, Oxana attendait la suite.

— Le garçon qui travaille à côté de toi... A ta droite...

— Govind ?

— Jeune... Séduisant...

— Govind, insista Oxana.

— Il était chez DAVANTHARI ce matin.

— C'est impossible !

— Je suis certaine de ne pas me tromper. Un visage comme le sien ne s'oublie pas.

— Tu n'étais pourtant pas en forme quand tu es venue au labo...

— Avant mon malaise, j'ai eu le temps de le repérer.

— Bravo, la félicita Guillaume avec un sourire entendu.

Oxana eut l'intuition que Valentine disait la vérité. Une journaliste aguerrie avait de la mémoire et le sens de l'observation.

— Il cherche peut-être à se faire embaucher, suggéra Guillaume.

— DAVANTHARI paye moins bien que SERLAS.

— Il souhaite un poste plus intéressant, insista-t-il.

— Les gens se battent pour travailler chez nous.

— Il fait partie de ton équipe depuis longtemps ? se renseigna Valentine.

Bardé de diplômes, Govind avait intégré le labo un an et demi plus tôt. L'équipe l'avait mis à l'épreuve avant de l'adopter. Brillant, enthousiaste, peu avare de son temps, il s'était facilement fait accepter. Oxana aimait discuter avec lui. Nouveau dans la profession, il abordait certaines expérimentations sans craindre de les rater.

— Merci de m'avoir prévenue, la remercia-t-elle.

Il y avait des périodes où rien ne se déroulait sous de bons auspices. Oxana en faisait les frais. A la trahison de Karan s'ajoutaient les cachotteries de Govind. Pour quelle raison se rendait-il chez les concurrents sinon pour fournir des informations ? Oxana se félicita de ne pas avoir partagé avec lui ses avancées. Tout était enfermé, verrouillé. Il fallait passer de nombreux barrages avant d'accéder aux dossiers contenus dans son ordinateur. Perdue dans ses réflexions, elle ne prêta pas attention à la sonnerie de son portable.

— C'est peut-être le docteur Pandit, hasarda Guillaume.

Il ne s'était pas trompé.

— Docteur Pandit. C'est très aimable de me rappeler…

Pendant qu'Oxana conversait, Guillaume résuma la situation pour Valentine. Au bout de quelques minutes, la biologiste se leva pour inscrire des données sur une feuille de papier. Puis elle posa de nombreuses questions. Attentive, Valentine essayait de comprendre…

Oxana raccrocha.

— On n'effectue pas d'intervention lourde dans sa clinique. Ce qui ne me surprend pas. En revanche, l'un de ses confrères pratique des opérations à cœur ouvert… Sur des enfants.

— En Inde ? l'interrompit Valentine.

— A Bombay.

Ainsi, l'homme providentiel habitait la même ville qu'Anil.

— Il voyage fréquemment, reprit Oxana. Actuellement, il est à Boston. Le docteur Pandit va tenter de le joindre.

Cécile les attendait chez elle. Après la fatigue de la journée, tous les trois se laissèrent choyer par la galeriste, dont la vitalité aurait rendu le sourire aux plus dépressifs.

En l'observant, Valentine se lamentait de sa propre incapacité à recevoir. Alors que son appartement se prêtait à des réunions en petit comité, elle donnait ses rendez-vous dans des cafés voisins. Depuis son divorce, elle n'avait pas organisé un seul dîner. Même pas pour sa famille ! Manque d'envie ? Paresse ? Assis à côté d'elle, Guillaume plaisantait avec leur hôtesse. Même si elle ne participait pas à leur échange, Valentine avait l'impression que ses propos n'étaient pas destinés à Cécile, mais à elle seule.

— Alors… Goa ? lui demanda-t-il en se tournant enfin dans sa direction. C'est oui ?

— Il faut que je réfléchisse.

Pourrait-elle reprendre des vacances alors qu'elle rentrerait des sports d'hiver avec Octave ? En ce qui concernait le billet d'avion… Depuis qu'elle voyageait pour ses reportages, elle avait accumulé des « miles ». Ce qui lui permettrait d'obtenir un tarif minimum.

— Tu passerais par Bombay. Ce qui te permettrait de voir Anil, insistait-il.

Sous son regard, elle se sentit presque rougir.

— Je vais essayer.

En son for intérieur, elle savait qu'elle ferait tout pour le rejoindre. Depuis quelques jours, elle se sentait différente. Ou, plutôt, elle renouait avec la Valentine d'autrefois. L'inconscience en moins ! Ce qu'elle éprouvait pour Guillaume résisterait-il à la séparation, à ses habitudes parisiennes ? N'était-ce qu'un engouement ? Ou bien un sentiment plus profond ? A quelques centimètres l'un de l'autre, ils se gardaient de s'effleurer. Comme si un simple contact risquait de les brûler. Même si elle commençait à cerner la personnalité de cet homme attachant, elle n'avait pas eu accès à sa part secrète. A la dérobée, elle le regarda. Sous les cheveux épais et indisciplinés, les yeux gris pâle pouvaient paraître intimidants. Guillaume ne faisait pas partie des gens à qui l'on tapait facilement sur l'épaule. Même s'il semblait accessible, une distance s'établissait dès que l'on cherchait à bousculer ses défenses. Empreint de profondeur et de concentration, son visage captait l'attention de ceux et celles qui l'approchaient. Les traits cabossés par la vie, le nez impérieux, le sourire qui découvrait des dents irrégulières lui octroyaient un charme que l'on n'oubliait pas. Attentive à la voix basse, à l'élocution soignée, Valentine profitait de ces instants où rien n'avait encore commencé. Le désir simultané de brusquer ou de retarder les événements, l'encouragement que l'on cherchait dans le regard de l'autre...

— Quand on a goûté à Goa... on ne peut plus s'en passer, l'encouragea Oxana.

Excellente nageuse, la Russe faisait trembler ses amis en gagnant le large. Avec ses courants, l'océan était dangereux. Lorsqu'on le lui rappelait, elle s'esclaffait.

— Tu peux rire ! la tança Cécile.

— Il ne m'est jamais rien arrivé.

— Le ciel t'entende !

Pendant qu'elles s'apostrophaient, Valentine imaginait des journées de farniente. Coupés de leurs activités, ils n'auraient plus qu'à s'abandonner au plaisir d'exister.

— Le bungalow est assez grand pour nous trois ? se renseigna-t-elle.

— Il y en a deux. Et, de toutes les façons, on vit dehors !

25

Dipa n'était pas encore arrivée dans l'atelier de Mira. Pas plus que Deepak.

— Il aura une heure de retard, annonça Mira à Valentine.

Depuis la dernière visite, des nouveaux vêtements avaient été fabriqués. Coupés dans des étoffes splendides, chemisiers, jupes, vestes à capuche, manteaux du soir attendaient le verdict des clientes. En les admirant, Valentine songea à Anne Lise.

— J'ai rencontré une Française. Une femme charmante ! Elle serait ravie de découvrir ton travail.

— Je ne reçois pas de cliente avant le défilé.

— Elle quitte Bombay en fin de semaine.

— Dans ce cas, je ferai une exception.

Valentine commençait à s'inquiéter de l'absence de Dipa lorsque celle-ci lui téléphona.

— Je ne peux pas venir, dit-elle d'une voix tremblante.

— Pourquoi ne m'avez-vous pas prévenue plus tôt ?

— Je ne pensais pas être empêchée.

— Vous n'êtes pas en train d'accoucher ?

Non.

— Alors ? Que se passe-t-il ?

Valentine perçut une hésitation.

— Depuis mon réveil, j'attends d'avoir de l'eau pour me laver. Une canalisation a sauté…

— Attendez...

En quelques phrases, elle expliqua la situation à Mira puis reprit :

— Prenez un taxi comme prévu. Vous trouverez ce qu'il vous faut ici... Le photographe a prévenu qu'il serait en retard. Cela nous laisse une marge...

— J'ai honte de me présenter comme...

— Dipa, j'ai besoin de vous... Vous n'allez pas me lâcher !

Valentine n'aimait pas mentir. Mais il fallait faire céder la jeune femme. En l'attendant, elle expliqua son parcours à Mira.

— C'est un gâchis monstrueux. Elle est belle, instruite... Et elle végète dans une cahute... Sans un sou ! J'aimerais qu'elle ne se considère plus comme un rebut, qu'elle reprenne confiance en elle.

A Londres, Mira avait vu un nombre croissant de mannequins sombrer dans la désillusion et la dépression. Pour devenir modèles, elles avaient accompli quantité de sacrifices. Les unes sombraient dans l'anorexie, les autres écoutaient les chants de sirènes du premier venu ! Depuis qu'ils étaient revenus à Bombay, Mira et son mari croulaient sous les propositions de filles qui cherchaient à défiler ou à poser. Beaucoup étaient jolies. Mais ce n'était pas suffisant !

En attendant Dipa, elles réfléchirent à ce que celle-ci porterait.

— Elle est enceinte, avait prévenu Valentine.

Mira se tourna vers un portant où étaient alignées des tuniques, en sélectionna quelques-unes. Puis elle ouvrit des vitrines, sortit des bijoux et des peignes pour les cheveux. Pour éviter des gaffes éventuelles, Valentine lui confia que la jeune femme allait abandonner le bébé à la naissance.

— Une assistante sociale lui a proposé des solutions. Mais elle ne veut rien entendre.

Mira frissonna. Elle qui tenait à ses enfants comme à la prunelle de ses yeux ne pouvait imaginer que l'on prît une telle décision. L'avant-veille, elle rentrait avec son mari d'un dîner chez des amis. Il était tard. Dans une rue à peine éclairée, un tout petit appelait en pleurant. Il n'y avait personne pour lui répondre. Depuis, elle s'en voulait de ne pas être descendue de voiture...

— On lui a réservé une place dans un orphelinat, poursuivait Valentine.

Toutes les deux espéraient qu'il serait adopté rapidement. Passé un certain âge, on ne voudrait plus de lui ! Au cas où ce serait une fille, elle n'aurait pas de dot pour se marier... Un handicap majeur !

Une demi-heure plus tard, Dipa se présentait. Vêtue d'un salwar kameez, elle avait attaché ses cheveux en queue-de-cheval.

— Bonjour, la salua Mira. En attendant mon mari, vous allez vous préparer dans le cabinet de toilette. Ensuite, nous choisirons ce que vous porterez.

Emmenée par une servante, Dipa se retrouva dans une petite salle carrelée. Derrière un muret, elle trouva une douche. Après s'être déshabillée, elle ouvrit les robinets. En l'enveloppant, l'eau chaude l'isola de tout ce qui était fâcheux et triste. Fatigués par la grossesse, ses membres revivaient. Après s'être vigoureusement savonnée et avoir lavé ses cheveux, elle attrapa un drap en éponge. Au-dessus du lavabo, le miroir disparaissait sous la buée. Elle en frotta la surface avant de brancher le séchoir à cheveux. Dix minutes plus tard, elle était prête. Obéissant aux directives de Mira, elle avait enfilé un peignoir.

La servante, qui l'attendait dans le corridor, la guida vers le boudoir réservé aux essayages. Une tasse de thé lui fut proposée, accompagnée de biscuits. Autour d'elle, il y avait des portants, des mannequins sur lesquels étaient drapés des tissus.

— Vous avez été rapide, la félicita Valentine en entrant dans la pièce.

Mira l'accompagnait, des vêtements sur le bras. Lorsqu'elle les étala, Dipa ne put retenir une exclamation de ravissement. Les couleurs, les motifs, les broderies se mêlaient, se juxtaposaient...

— Nous allons essayer cet ensemble, lui proposa Valentine.

— Je ne suis pas certaine d'entrer dedans.

— Nous tricherons, répliqua Mira.

Pendant que Dipa commençait à s'habiller, la styliste entrebâilla la porte de l'atelier.

— Aparna, appela-t-elle. J'ai besoin de toi...

La couturière entra. Une pelote à épingles était accrochée à son bras et des ciseaux pendaient à son cou. Elle salua Valentine et Dipa. Un sourire éclaira son visage lorsqu'elle se rendit compte que celle-ci était enceinte.

— Il faudrait ouvrir cette tunique. Dans le dos, précisa Mira. Même chose pour le pantalon.

Alors qu'Aparna se mettait au travail, Valentine se pencha sur des plateaux recouverts de velours afin d'y choisir des parures. Plusieurs paires de boucles d'oreilles retinrent son attention. Elle les sélectionna. Puis elle regarda les bracelets. En verre coloré, en bois incrusté de pierres, ils retenaient joliment la lumière. Lorsqu'elle se retourna, elle constata que son intuition ne l'avait pas trompée. Avec ses nouveaux habits, Dipa ressemblait à une déesse qui aurait suivi la mode. Dans un nuage de mousseline vert et or, elle surgissait d'une légende. Derrière elle, Aparna raccordait les tissus.

— Il faudrait relever vos cheveux. Ce serait plus moderne, conseilla Dipa.

La jeune femme s'assit devant une coiffeuse. Après avoir poudré son visage et souligné ses yeux de khôl, elle souleva sa chevelure sombre puis la retint avec des pinces.

— Laissez des mèches s'échapper, conseilla la styliste avant de lui tendre les bijoux.

En retrait, Aparna suivait leurs faits et gestes. Depuis son veuvage, elle ne voyait plus ses deux filles. Mariées au loin, celles-ci avaient d'autres préoccupations que de se pencher sur le sort de leur mère. Sous la tutelle des belles-familles, elles avaient plus ou moins gommé de leur mémoire celle qui leur avait donné la vie. En contemplant Dipa qui aurait pu avoir leur âge, Aparna ne pouvait étouffer son émotion. Ses filles avaient l'une et l'autre accouché sans la faire venir. Elle n'avait jamais vu ses petits-enfants ! Dès que Mira et Valentine eurent quitté la pièce, elle félicita Dipa.

— Le bébé… C'est pour quand ?

— Milieu février.

— Le papa doit être impatient.

— Il n'y a pas de papa !

Désarçonnée par le ton agressif, Aparna baissa la tête puis ramassa des épingles tombées sur le sol. Pour une Indienne comme elle, une naissance était synonyme de joie. En la regardant s'éclipser, Dipa sentit qu'elle l'avait heurtée. Non seulement elle n'était plus capable de faire semblant, mais elle comptait les jours jusqu'à sa délivrance. Enfin, elle n'aurait plus à afficher sa honte d'avoir été abandonnée ! Enfin, elle ne sentirait plus les coups de pied du petit étranger qui habitait son ventre. Durant toute la gestation, elle avait refusé de considérer le fœtus comme son enfant. Si elle s'attendrissait, elle était perdue ! Pour s'en tenir à sa décision de l'abandonner à la naissance, il lui fallait demeurer imperméable aux conseils des assistantes sociales, des sages-femmes, des voisines… Qui parmi celles-ci pouvait la comprendre ? Dans l'impossibilité de retourner chez ses parents qui l'avaient reniée, sans logement, sans métier, sans argent, Dipa ne se sentait pas le droit de devenir mère. Depuis quelque temps, des idées de suicide lui traversaient l'esprit...

Deepak entra en trombe dans le boudoir.

— Bonjour.

Intimidée, Dipa répondit par un hochement de tête.

— Elles ont choisi du vert, constata-t-il en détaillant ses habits.

— Cette couleur lui va bien, insista Mira, qui avait suivi son mari.

— OK. Mais elle porte trop de bijoux... Trouve-lui des boucles d'oreilles moins voyantes.

La séance de pose allait se dérouler dans la pièce de réception. Pour la circonstance, Deepak avait amené son assistant, qui installa les parapluies et les éclairages. A voix basse, Valentine l'avait prévenu que si la photo était réussie, elle se battrait pour que celle-ci figurât en couverture.

— Surpasse-toi, lui conseilla-t-elle en riant.

Tant qu'il n'avait pas effectué des essais, Deepak ignorait ce qui se produirait entre lui et son modèle. A priori, Dipa correspondait à ses goûts, mais il ne savait pas encore comment son teint réagirait à la lumière, comment elle jouerait avec l'objectif. Pour l'instant, elle semblait pétrifiée ! Se souvenant des informations fournies par Amita et Valentine, il évita de la questionner sur son passé.

— Maintenant, vous nous laissez tranquilles, dit-il à sa femme et à la journaliste.

Il installa une chaise près d'une fenêtre, proposa à Dipa d'y prendre place. Avec délicatesse, il lui demanda de lui montrer ses deux profils, puis de ramener la tête vers l'avant. L'assistant contrôla la lumière. Deepak fit plusieurs essais au Polaroïd.

— Cette fois-ci, on y va.

Sans discuter, Dipa suivit ses directives. Lorsqu'elle le vit content de ce qu'il visualisait à travers son objectif, elle commença à se décontracter. Malgré son gros ventre et son mal de reins, ses réflexes de danseuse resurgirent. Elle s'accouda avec grâce contre le dossier du siège... Mais ce ne fut pas tout. Un éclair illumina ses yeux. Sa bouche s'entrouvrit sur un léger sourire. Peu à peu, elle redevint la jeune fille qui avait cru en un avenir prometteur... Pendant de longues minutes, elle tenta d'offrir ce qu'elle possédait de meilleur. Contrairement à tout ce qu'elle avait vécu ces derniers temps, on ne l'utilisait pas à de mauvaises fins.

— Pas trop fatiguée ? s'inquiéta Deepak.

Elle l'était. Mais sa lassitude ne ressemblait plus à une chape de plomb. Valentine perçut le changement lorsqu'elle les rejoignit.

— Tout s'est bien passé ?

Pendant que Deepak rangeait son appareil, Dipa se désaltéra. La réalité la rattrapait. Dans quelques minutes, elle retrouverait sa solitude. Pour se changer, elle retourna dans le boudoir. La tunique et le pantalon déposés sur un fauteuil, elle se glissa difficilement dans son salwar kameez. Alors qu'elle tressait ses cheveux, une crise de sanglots la prit au dépourvu. Pour ne pas faire de bruit, elle roula son écharpe en boule contre sa bouche. Elle pleurait si fort qu'elle n'entendit pas Aparna rentrer. Etonnée par ce qu'elle découvrait, la couturière hésita entre la discrétion et la compassion. A pas furtifs, elle s'approcha.

— Asseyez-vous, conseilla-t-elle à la jeune femme.

Sans discuter, Dipa obéit. Tandis qu'elle tentait de se calmer, elle sentit une main sur son épaule.

— Quelquefois, on croit que tout est perdu... Mais on se trompe, murmurait Aparna.

Depuis combien de temps ne s'était-on pas adressé à Dipa avec douceur, compréhension ? Aparna lui tendit un mouchoir avec lequel elle essuya son visage. La crainte que surviennent Valentine ou Mira fit le reste.

— Merci, dit-elle à Aparna en se relevant.

— Si vous avez besoin de quelque chose… J'habite ici.

Avant de quitter les lieux, Dipa passa par le bureau de Mira afin de remplir des papiers et d'être payée par Valentine. Deepak se trouvait avec les deux femmes.

— Vous auriez envie de refaire des photos ? Quand vous aurez accouché…

— Je ne sais pas. Peut-être…

Dipa n'osait pas révéler qu'elle craignait ce métier. On pouvait travailler une fois, deux fois, demeurer des mois sans être appelée.

Mira perçut sa réticence. Depuis son arrivée, elle l'avait observée. Jeune, aimable, s'exprimant dans un bon anglais…

— Vous cherchez plutôt un emploi stable, souligna-t-elle.

Submergée par son travail, sa vie de famille et ses déplacements, la styliste avait l'intention d'embaucher quelqu'un pour l'accueil, l'enregistrement et le suivi des commandes, l'organisation des essayages…

— J'ai besoin d'être secondée.

— Secondée ! s'exclama Dipa.

— Nous ferions un essai d'un mois. Je vous formerai…

— Mais… Je ne suis pas habituée à une clientèle élégante.

— Vous apprendrez…

Pour les laisser parler tranquillement, Deepak et Valentine s'étaient installés dans la pièce voisine.

— Je ne vis pas dans un milieu privilégié comme le vôtre…

— Je sais.

— Vous ne savez pas tout. J'ai dansé dans des bars à bière.

Dipa aurait été incapable de dissimuler la vérité. Même si celle-ci jouait contre elle.

— Qui le saura ? répliqua la styliste en cachant qu'elle était au courant.

Dipa baissa la tête.

— J'ai fait beaucoup d'erreurs.

— Rien ne vous empêche de tourner la page...

— C'est compliqué.

— Il n'existe pas de fatalité, reprit Mira.

Dipa ne répondit pas. Même si une éclaircie se dessinait, le pire restait à accomplir. De ce problème, elle ne pouvait parler à quiconque.

— Quand serez-vous disponible ?

— Milieu février.

— En attendant, vous pourriez venir. Pas pour travailler... Mais pour faire connaissance avec les autres employés. Nous préparons la prochaine collection.

— J'aimerais bien.

26

Valentine s'amusait du va-et-vient des dabbawallahs. Dans son encadré consacré aux petits métiers, elle ne pouvait passer sous silence cette profession qui ne s'exerçait qu'à Bombay. En fin de matinée, des hommes vêtus de blanc se rendaient à la gare de Churchgate pour y réceptionner les cent mille gamelles étiquetées qu'ils livreraient à des employés de bureau ou à des fonctionnaires. Précédemment, dans des banlieues plus ou moins lointaines, d'autres coursiers étaient allés recueillir à domicile les déjeuners préparés par les serviteurs ou les épouses. A bord d'un train spécial, les gamelles arrivaient à 11 h 50 précises au centre-ville. Après un tri sans erreur, les wallahs se dispersaient afin de répartir les repas entre les nombreux abonnés qui, de la sorte, mangeaient la cuisine familiale et se protégeaient contre une nourriture impure. Avec son appareil numérique, Valentine prit en photo des bicyclettes et des chars à bras qui disparaissaient sous un amas de récipients métalliques. En dépit de leurs chargements, les hommes circulaient avec rapidité.

— Quelle organisation ! s'exclama Anne Lise.

Pour la sortir des circuits touristiques, Valentine lui avait proposé de l'emmener.

— A condition que vous ne soyez pas tirée à quatre épingles !

Même si Anne Lise avait fait de son mieux pour passer inaperçue, l'objectif n'était pas atteint. Certes, elle portait un pull et un pantalon d'une grande sobriété, n'arborait aucun bijou... Mais la couleur sophistiquée de ses cheveux, ses ongles manucurés, sa démarche chaloupée révélaient son appartenance à un monde policé. La preuve, elle n'échappait pas aux regards de la rue ! Elle-même observait la foule qui, en un flot continu, les absorbait. Où allaient ces gens, d'où revenaient-ils ? Agglutinés autour des kiosques à journaux, des dhaba où l'on proposait de la cuisine végétarienne et non végétarienne, les Bombayites marquaient une pause. En plaisantant, des hommes attendaient que l'on préparât leur paan. Sur une feuille de bétel, on disposait de la chaux, de la noix d'arec et du tabac.

— Certains le préfèrent plus doux, expliqua Valentine. On y glisse de la cardamome, des pétales de rose réduits en pâte et des clous de girofle.

Après son séjour dans le centre ayurvédique, Anne Lise se réhabituait au vacarme et à la pollution. Aux klaxons se mêlaient les cris des garçons qui tiraient leur charrette. Citernes d'eau, boîtes de conserve, cages à oiseaux, pneus de voitures, seaux en plastique transitaient dans un va-et-vient perpétuel... Evitant les motos et les vélos, chacun avançait dans un nuage de poussière. A pas rapides, elle suivait Valentine, pour qui Bombay était presque devenue une ville familière.

— Pas trop fatiguée ? s'inquiéta celle-ci.

Fatiguée ! Anne Lise avait l'impression qu'une baguette magique l'avait fait rajeunir. Pendant des années, elle n'avait visité des pays qu'à travers leurs palaces et les limousines. Son époux n'envisageant pas de voyager autrement, elle ne voyait rien hormis les monuments et les musées. Généralement, au pas de course ! Valentine lui avait enfin donné un ticket de sortie ! Elles continuèrent leur marche jusqu'à Azad Maidan, où s'entraînaient des équipes de cricket. Puis la journaliste lui arrêta un taxi.

— A ce soir, lui dit-elle avant de refermer la portière. Le concert est à 20 heures.

Oxana attendait Valentine devant le local où la journaliste avait rencontré Amita pour la première fois. Afin de s'adapter aux horaires de celle-ci, la biologiste avait demandé à son directeur un congé de deux heures.

— Pas de nouvelles du chirurgien ? s'inquiéta Valentine avant de frapper à la porte.

— Aucune.

Au courant du rôle que jouerait Oxana, Amita la salua avec circonspection. Valentine, Guillaume, la Russe... Ils se succédaient, mais rien de probant ne se profilait. Dans le slum, les nouvelles se propageaient à la vitesse de l'éclair. Déjà, on l'avait accusée de favoritisme ! Pourquoi Anil ? Il y avait tant de bébés malades !

— Comprenez ma situation, dit-elle à Valentine. Ils risquent de ne plus me faire confiance.

Celle-ci ne trouvant rien à répliquer, Oxana prit la parole.

— J'habite cette ville depuis des années et je connais les mentalités. Par discrétion, je n'irai jamais vous voir à Dharavi.

— Vous avez raison...

— Nous parlerons ici ou par téléphone. Il n'est d'ailleurs pas souhaitable que je rencontre l'enfant. C'est trop tôt.

Soulagée par ce choix, Amita s'adoucit :

— La famille est au bord d'alerter les médias. Imaginez... Des étrangers qui cherchent à sauver leur petit ! Ils sont certains de pouvoir négocier leur témoignage contre une bonne somme d'argent.

Cette histoire commençait à embarrasser Valentine. Au moindre faux pas, la situation leur échapperait. Et tout serait perdu ! Guillaume ne s'était pas trompé dans sa mise en garde.

— J'ai réussi à leur faire croire que vous les abandonneriez s'ils vendaient la mèche, poursuivit Amita.

Avec fermeté, Oxana prit la situation en main. Ce fut d'autant plus facile que son statut de biologiste en imposait à son interlocutrice. Dans un carnet, elle nota avec soin les renseignements dont elle aurait besoin.

— Au moindre problème, vous me tenez au courant, conseilla-t-elle à Amita.

Alors qu'elles se levaient pour prendre congé, Valentine aborda la question sensible.

— Je quitte Bombay vendredi soir. Est-ce que je pourrai revoir Anil ?

— Il ne vaudrait mieux pas, s'interposa Oxana.

— Comme abandon, on ne fait pas mieux ! se défendit la journaliste.

— Tu ne l'abandonnes pas. La preuve... Je prends la relève.

— Ce n'est pas pareil. Je l'ai vu... Je l'ai touché...

— Ne mélange pas ce que tu ressens avec ce qui pourrait tout faire capoter.

— Alors... je m'envole sans donner signe de vie !

Amita s'interposa :

— Je dirai que vous avez été rappelée en urgence.

— Un mensonge !

— Vous pourriez laisser des médicaments pour Anil et d'autres enfants...

— C'était dans mon intention.

— Je les distribuerai de votre part.

Lorsqu'elle se retrouva seule avec Oxana, Valentine se força à paraître aimable. Une nouvelle fois, on l'empêchait d'agir comme elle l'aurait voulu.

— Tu m'en veux... Je le sais ! Moi aussi, j'ai eu de la difficulté à m'adapter à leur forme de pensée, à leurs croyances, à leur opportunisme...

— Comment t'en voudrais-je... Alors que tu acceptes de t'impliquer dans une situation compliquée.

Oxana se contenta de sourire. Guillaume ne lui avait pas simplifié la tâche... Mais elle s'était engagée. Ce qui signifiait qu'elle irait jusqu'au bout. Après le chirurgien, il faudrait trouver de l'argent auprès d'associations et de particuliers. Valentine pensait en récolter. Mais ce ne serait pas suffisant. Dans d'autres temps, Karan aurait pu l'aider. Sa société organisait des soirées caritatives. Oxana balaya cette idée de son esprit. Elle ne s'était pas trompée en prévoyant que son ex-amant ne donnerait plus signe de vie. Depuis qu'elle lui avait signifié son désir de rompre, il ne s'était pas manifesté. Première décision salutaire, elle avait enfermé ses cadeaux dans un placard. Lettres et photographies avaient pris le même chemin. Pour guérir, il fallait employer les grands moyens ! D'autant que d'autres tracas s'ajoutaient à ses peines de cœur.

Depuis l'avertissement de Valentine, Oxana surveillait de près son confrère Govind. Chaque soir, elle quittait la dernière le laboratoire. Avant de partir, elle enfermait son travail. Ses ordinateurs obéissaient à de nouveaux mots de passe et elle avait fait renforcer les protections contre les hackers. Le jeune chercheur ne pouvait pas avoir perçu sa méfiance. Elle continuait de lui demander son avis et de plaisanter. Ambitieux, Govind aurait voulu progresser plus rapidement dans sa carrière. A plusieurs reprises, il avait congratulé Oxana pour sa patience, son humilité... Elle se félicitait de n'avoir rien laissé filtrer sur ses nouvelles espérances. Govind pensait qu'elle travaillait sur l'amélioration d'un nouveau médicament contre la malaria…

Valentine n'était pas au bout de ses contrariétés ! Plutôt satisfait de ses papiers et des photographies de Deepak, son rédacteur avait commencé à maquetter le numéro spécial. Cette décision, qui aurait dû la soulager, l'agaçait. Pour se calmer, elle appela Olivier.

— Tu es occupé ?

— Ah, c'est toi ! J'ai essayé de te joindre…

— J'avais débranché mon portable.

— Je suis chez Air France. En train de changer mon billet.

— Pourquoi ?

— J'ai terminé mon boulot. Ils peuvent me mettre sur le vol de ce soir. Tu veux que je leur demande s'il y aurait un siège pour toi ?

— Non, non…

— Tu es certaine ?

Avant de raccrocher, Olivier lui donna rendez-vous au Harbour Bar.

— J'y serai dans une demi-heure.

Installé à une table, il triait des souches de cartes Visa et American Express.

— Salut.

— Quelle mouche t'a piqué ? s'étonna Valentine en s'asseyant face à lui.

— Si je veux revenir à Bombay avec mon copain, je dois préparer le reportage. Ici, j'ai tout mis en place ! Mais il reste Maurice et Zanzibar…

— Thibault est au courant ?

— Bien sûr que non !

— Quand il l'apprendra, il piquera un coup de sang…

— Pas grave ! Je vais me tirer de son canard…

— Te tirer !

— J'en ai marre de la presse écrite.

— Tu es hyper-connu !

— Tu as vu comment les journaux dégringolent !

Valentine ne pouvait que lui donner raison.

— C'est maintenant qu'il faut sauter dans les bons wagons.

— La télé.

— La télé et le Net.

— Thibault doit ouvrir un site, objecta-t-elle.

— Il ne proposera que de l'écrit sur un nouveau support… Moi, je veux m'exprimer autrement. Et ne pas subir les diktats d'une rédaction frileuse.

Olivier avoua qu'il ne supportait plus d'interviewer des hommes politiques ou de gros industriels, de relater des sujets sans grande originalité. L'odeur du risque et de l'interdit lui manquait.

— Mon copain me propose un partenariat. Il a déjà un bon stock de reportages et de docs. Je ne vais pas laisser filer l'occasion.

Après un silence, il ajouta :

— Sans me mêler de ce qui ne me concerne pas, tu devrais ouvrir d'autres lucarnes.

— Je ne t'ai pas attendu pour y penser. Seulement, je dois gagner ma vie. Le magazine me donne une sécurité.

L'année précédente, Valentine avait acheté un rez-de-chaussée sur cour de trente-huit mètres carrés. En plein divorce, il lui fallait un toit. Elle avait consulté plusieurs banques pour trouver un crédit intéressant. Le logement possédait un sous-sol qui, une fois aménagé, donnerait vingt mètres carrés supplémentaires. Valentine y créa une buanderie, des penderies et une pièce de jeu pour Octave. Dans l'habitation initiale, elle organisa un petit salon, une cuisine américaine, la chambre d'Octave et une salle de bains commune. Profitant de la hauteur sous plafond, elle fit installer une mezzanine qui devint sa chambre. Depuis son emménagement, elle se félicitait d'être propriétaire. Mais ce choix avait un prix ! Entre le remboursement du crédit, les charges et les taxes, son salaire était quasi englouti. La pension que lui versait son ex-mari servait à ce que leur fils ne manquât de rien.

27

La conversation avec Olivier avait ramené Valentine vers la réalité. Même si elle avait beaucoup travaillé depuis son arrivée à Bombay, la vie au Taj la plongeait dans le luxe et la facilité... Restaurants, piscine, sauna ! Cette parenthèse était loin de ressembler à ce qu'elle allait retrouver. Son emploi du temps serait plus chargé. Ses distractions moins nombreuses. Certes, elle était impatiente de revoir son fils et sa famille. Mais elle savait qu'elle quitterait l'Inde avec une sensation d'inachevé. En ce qui concernait Anil, rien n'était défini. Bien sûr, elle pouvait compter sur Oxana. Mais celle-ci n'inventerait pas un chirurgien si personne ne répondait à leur appel. Quant à Guillaume ? Demain matin, il allait s'envoler vers d'autres responsabilités. Elle le verrait, tout à l'heure, au concert de Birhal. Grâce aux combines de Cécile, elle était parvenue à obtenir deux billets : le sien et un second pour Anne Lise.

Alors qu'elle consultait la messagerie de son ordinateur, elle découvrit que Deepak lui avait envoyé les photographies de Dipa. Le regard tourné vers son monde intérieur, les pommettes hautes, un sourire à peine esquissé, l'Indienne semblait à la fois proche et énigmatique. Cadrée avec originalité, elle surgissait de nulle part. Ou plutôt d'un royaume mystérieux dont elle était la seule à posséder la clé. Ravie du résultat, Valentine appela Deepak.

— Elle m'a inspiré, répondit-il à ses compliments.

Après un silence, il ajouta :

— On a du mal à croire qu'elle a traîné dans des bars minables !

Devant la salle de concert, Valentine inspira profondément pour évacuer sa tension Un flot continu de jeunes et de moins jeunes pénétraient dans l'établissement. Venu de l'Occident, un vent soufflait sur les vêtements. De nombreuses femmes arboraient des jupes et des pantalons qui n'avaient rien à voir avec le sari ou le salwar kameez. Pareil pour les hommes qui faisaient honneur aux marques anglo-saxonnes. Après avoir franchi le vestibule, Valentine proposa à Anne Lise de s'installer. La salle était aux trois quarts remplie lorsqu'elles y pénétrèrent. Mais elle n'y vit aucun visage connu. Anne Lise acheta des programmes. Valentine feuilleta le sien avec distraction. Toute son énergie était concentrée sur les arrivants ! Enfin, elle aperçut Cécile qui avec un groupe d'amis s'installa au cinquième rang. Vint le tour de Devika... Toujours pas de trace de Guillaume ! Valentine avait l'impression de vivre un mauvais rêve.

La salle plongea dans la pénombre. Excité, le public commença à apostropher les techniciens qui, sur scène, faisaient d'ultimes vérifications. Les musiciens leur succédèrent, accueillis par des acclamations et des applaudissements. Chacun prit sa place. Et la musique s'éleva. Si elle ne s'était pas sentie aussi contrariée, Valentine se serait laissé emporter par la beauté des arrangements, la simplicité de certaines notes, la ferveur des spectateurs... Lorsque l'entracte arriva, elle demanda à Anne Lise de l'excuser quelques minutes. En jouant des coudes, elle se précipita vers Devika.

— Vous avez aimé ? lui demanda la danseuse.

— Beaucoup.

Prenant un air étonné, Valentine ajouta :

— Guillaume n'est pas avec vous ?

— Il m'a téléphoné juste avant le concert. Au dernier moment, on lui a apporté un listing à signer… Les fournisseurs se sont trompés. Il doit tout reprendre à zéro.

— Il ne viendra pas du tout ?

— Non.

Quelqu'un appela Devika, qui s'écarta. Dans l'esprit de Valentine, les idées se bousculaient. Sa seule chance de voir Guillaume était de le rejoindre. Se retournant, elle vit que Cécile n'avait pas quitté sa place.

— Je te cherchais, lui lança son amie lorsqu'elle la rejoignit.

— Cécile… Est-ce que tu pourrais me rendre un service ? Je dois m'en aller…

— Maintenant ! Tu es malade ?

— Non, non… Juste un imprévu. Seulement, je ne veux pas priver Anne Lise de la seconde partie. Tu pourrais t'en occuper ? Lui trouver un taxi ?

Fort heureusement, Valentine avait organisé une rencontre entre les deux femmes le matin même. La promenade dans Bombay avait débuté par une visite à la galerie.

— Ne t'inquiète pas. Nous l'emmènerons dîner avec nous et nous la raccompagnerons au Taj. Où est-elle ? Qu'on la mette au courant…

Sentant qu'Anne Lise s'inquiétait elle aussi, Valentine choisit de ne pas lui mentir.

— Je ne peux pas le laisser partir sans le voir…

Rien n'aurait pu la détourner de cette idée. Encore moins l'orgueil. La salle de concert n'étant pas éloignée des bureaux de Guillaume, le taxi la déposa en moins de dix minutes. Du trottoir, elle vit ses fenêtres éclairées. Etait-il seul ? Avec des collègues ? Risquait-elle de le déranger ? Il était trop tard pour se poser des questions. D'une main tremblante, elle frappa. Des pas résonnèrent de l'autre côté de la porte.

— Qui est-ce ? demanda la voix familière.

— Valentine.

Il ouvrit. Puis, étonné par sa présence, il constata :

— Tu n'es pas au concert !

— Non... Enfin, j'y étais... J'en suis partie quand Devika m'a annoncé que tu avais un empêchement de dernière minute.

— Devika ? Tu n'as pas eu mon message ?

— Quel message ?

— Celui que j'ai laissé sur ton portable.

— Je l'ai fermé en quittant l'hôtel.

— Lorsque tu le rallumeras, tu le trouveras.

— Je le fais tout de suite...

— Non... Plus tard...

— Je ne veux pas te faire perdre de temps. Mais...

— Mais... insista-t-il en ne la lâchant pas du regard.

— Si je n'étais pas venue... Si je ne t'avais pas dit...

— Ne restons pas là, l'interrompit-il.

Enjambant le sac de voyage qui obstruait l'entrée de son bureau, elle demeura debout au centre de la pièce. Jamais il ne l'avait vue aussi intimidée, aussi fragile. Incapable de résister à l'attirance qu'il tentait d'étouffer depuis trop longtemps, il la rejoignit, l'attira contre lui. De ses mains, il s'empara de son visage, sonda son regard. Ce qu'il y lut lui donna envie d'oublier ses propres garde-fous pour vivre le présent. Il s'empara avec douceur de sa bouche. Puis il mêla son souffle au sien, sa langue à la sienne. Elle entoura son cou de ses bras et, accrochés l'un à l'autre, ils tanguèrent, ployèrent, titubèrent... Dans un cliquetis de colliers, Guillaume échancra le décolleté de la tunique, huma le parfum d'ambre au creux du cou. Sous ses doigts, il sentait la nuque flexible. Rencontrant une pince, il l'ôta pour rendre leur liberté à ses cheveux. La lumière tamisée de l'unique lampe posée sur la table dessinait leurs ombres chinoises sur le mur. Lui, sensiblement plus grand. Elle, ployée sous son étreinte. Sans hâte, il chercha les boutons, débusqua les agrafes. L'un après l'autre, des vêtements tombèrent sur le sol. Valentine était telle qu'il l'avait imaginée : une peau soyeuse, la taille fine, un ventre à peine renflé. Pendant qu'il la contemplait, elle le priva de sa chemise, posa ses doigts sur la ceinture de son pantalon.

— Viens, lui dit-il en l'entraînant vers un sofa.

Allongés sur une couverture de coton, ils poursuivirent la découverte qu'ils faisaient l'un de l'autre. Etouffant un ultime sursaut de pudeur, Valentine s'offrait aux caresses de Guillaume, qui, emprisonnant ses seins entre ses paumes, cherchait à aiguiser son désir. Lorsqu'il sentit qu'elle partageait son impatience, ses doigts glissèrent le long de ses hanches, s'attardèrent au creux de l'aine. Reins creusés, elle alla à sa rencontre. Plus rien ne compta, alors. Ni la ville qui continuait de vivre à deux cents à l'heure, ni leurs préoccupations habituelles. Encore moins la notion du temps ! A la recherche d'un plaisir partagé, ils se laissèrent emporter loin d'eux-mêmes, vers des turbulences dont ils acceptaient enfin le danger.

Les yeux mi-clos, Valentine s'abandonnait à la quiétude. Au-dessus du canapé, les pales d'un ventilateur rafraîchissaient l'air. Lové contre elle, Guillaume respirait calmement. Il remua, posa une jambe sur la sienne, chercha son oreille pour la mordiller.

— Je suis content que tu sois venue, chuchota-t-il. Peut-être que je l'espérais…

Lorsqu'il avait constaté qu'il ne pourrait pas se rendre au concert, il s'était senti profondément contrarié. Son premier réflexe avait été d'avertir Valentine. Mais elle n'avait pas décroché. Maintenant qu'elle était près de lui, il refusait d'imaginer la situation inverse. Qu'aurait-il éprouvé s'il avait dû se rendre à l'aéroport sans l'avoir revue ? Depuis quelques jours, il se débattait avec ses contradictions. Valentine l'attirait, mais il refusait une aventure à la sauvette qui s'ajouterait aux autres. S'ils avaient une chance de partager davantage, il ne fallait rien brusquer. C'était l'idée à laquelle il s'était raccroché. Un choix dont il mesurait, ce soir, la stupidité.

— Il faudrait peut-être que je te laisse, lui dit-elle.

— Tu en as envie ?

— Non... Mais...

— Je te fais une proposition... Tu restes avec moi... Jusqu'à mon départ...

— Mais tu n'as pas fini de...

— J'en ai seulement pour une heure !

Appelé par téléphone, un coursier leur apporta d'un restaurant voisin des samosas, des beignets d'aubergine et des boissons. En guise de table, Guillaume renversa une caisse. Il trouva même des petites bougies de procession qu'il alluma. Assis par terre, ils commencèrent à déguster leur souper improvisé. Tacitement, ni l'un ni l'autre n'abordèrent des sujets qui ne les concernaient pas directement. Peu à peu, Guillaume apprit que Valentine vocalisait dans son bain, qu'elle aimait les ritournelles sentimentales d'autrefois et qu'elle s'ennuyait à la campagne. En revanche, les villes la fascinaient.

— Je suis une fleur de macadam. Une accro du bitume.

— Et les feux de bois ? Les longues marches à travers les champs ?

— Il suffit d'avoir une cheminée dans son appartement...

— Et de se promener au Luxembourg, plaisanta-t-il.

— En bon Bourguignon, tu ne peux pas comprendre !

— Un jour, tu viendras dans ma grange... Et tu verras que l'on n'y est pas trop mal. Même si c'est un peu spartiate.

— Tu as une grange ?

— Mes grands-parents ont donné des bâtiments de ferme et un peu de terrain à chacun de leurs petits-enfants. Chez moi, j'ai installé l'eau et l'électricité, créé une salle de douche et un coin cuisine. Pas plus !

— C'est isolé ?

— A trois cents mètres d'un joli village.

— Tu y vas souvent ?

— Pas suffisamment. Nous essayons avec mes cousins de choisir les mêmes dates de vacances. C'est le seul moyen pour ne pas nous perdre de vue.

Même si la question la brûlait, elle n'osa pas lui demander s'il avait été marié. A priori, rien ne le laissait soupçonner. Sans doute s'était-il consacré à son métier et à ses voyages. Existait-il actuellement quelqu'un dans son existence ? Pour ne pas gâcher le moment, elle repoussa les interrogations.

— Lorsque je reviendrai en France, je parviendrai peut-être à t'y emmener. A moins que...

Habilement placée, la question pouvait se rapporter à plusieurs sujets... A moins qu'elle ne fût pas libre, à moins qu'elle ne comptât pas le revoir...

— J'emporterai mes bottes de sept lieues, répondit-elle en riant.

— Tu n'es qu'une tricheuse !

En guise de réponse, elle roula en boule sa serviette et la lui lança.

— Attends un peu !

Renversée sur le dos, les poignets collés au sol, elle luttait en riant pour se dégager. Mais il était sur elle...

Pendant que Valentine somnolait, Guillaume s'assit derrière son bureau. Sa vérification de médicaments en partance pour l'Afrique était presque terminée. SERLAS et CIPLA lui avaient fait de bonnes conditions. DAVANTHARI s'était montré plus limitatif. Mais le labo avait mis sur le marché un excellent remède contre la méningite. Pendant qu'il pointait les quantités et leurs destinations, il se sentait étonnamment serein. Dans un peu moins d'une heure, il déposerait Valentine à son hôtel et se dirigerait vers Bandra, où l'attendaient ses bagages. Devika lui avait fait promettre de la réveiller pour l'embrasser avant son départ. Puis il y aurait l'aéroport, les longues heures de vol avant d'atterrir à Antananarivo. L'action sur le terrain reprendrait rapidement ses droits. Après des semaines consacrées aux commandes et à l'organisation, il travaillerait auprès d'employés et de bénévoles. Dans le sud de Madagascar, à Tuléar, il fêterait l'année 2006 avec les enfants qui avaient quitté les Salines et progressaient dans leur apprentissage scolaire. A partir du 10 janvier, son périple africain entrerait dans sa phase difficile. Il se rendrait au nord du Kenya, où l'ONG stockait les vivres et les produits de première nécessité. Puis il irait à Niala, au Darfour, où il avait expédié deux pompes à eau. Il resterait plusieurs jours dans le camp de réfugiés qu'avait ouvert Urgence Santé. Combien de temps tiendraient-ils dans cette région ? Combien de temps parviendraient-ils à échapper aux embuscades qui les empêchaient d'acheminer les secours ? Il se concentra sur les factures que son adjoint enverrait dès le lendemain matin au trésorier de l'ONG. De Paris, celui-ci veillait à la bonne répartition des sommes perçues. L'année précédente, ils avaient reçu une aide de vingt-six millions d'euros dont quatre-vingt-dix pour cent étaient allés aux populations démunies. Ces sommes provenaient de l'Etat français, de l'Union européenne et du HCR. A cet argent s'ajoutaient les dons privés.

Penché sur ses feuillets, il ne s'était pas rendu compte que Valentine l'observait. Les cheveux en broussaille, la chemise mal boutonnée, il semblait imperméable aux sollicitations extérieures. Lorsqu'il eut terminé, il rangea ses dossiers dans une grosse sacoche, empila des enveloppes. Puis il la rejoignit.

— Il faut y aller, annonça-t-il avec regret.

La voiture n'était pas loin. Pendant le trajet qui les séparait du Taj, ils ne parlèrent pas. Tout avait été dit ou presque...

— Tu répondras à mes mails ? demanda Guillaume juste avant de la déposer.

— Oui.

— Et tu réserveras tes billets d'avion pour Goa ?

— Dès que tu me donneras tes dates.

Il posa la main sur la sienne, la serra avec force... C'était tout ce qu'il pouvait se permettre devant le portier qui s'avançait.

28

Aux alentours de midi, Valentine quitta sa chambre pour retrouver Anne Lise.

— Je suis désolée pour hier. Cécile s'est bien occupée de vous ?

— Nous avons fait la fête jusqu'à 4 heures !

En dépit de leur nuit blanche, ni l'une ni l'autre n'éprouvaient de fatigue. Pendant qu'Anne Lise découvrait, chez Mira, sa collection, Valentine rappela Oxana qui lui avait laissé un message.

— Le chirurgien a téléphoné, lui annonça celle-ci. Il ne rentrera de Boston que le 4 janvier.

— Tu as pu lui expliquer la situation ?

— Rapidement.

— Et alors… ?

— Son planning est surchargé ! J'ai tout de même insisté. Il me donnera un rendez-vous à son retour.

Encore de l'attente !

— Passe me voir en fin de journée, proposa Oxana.

La biologiste n'était pas encore arrivée quand Valentine se présenta chez elle. Un serviteur édenté la fit entrer dans le salon. Avant de lui avancer un fauteuil, il jeta un grand coup de torchon sur le siège pour en ôter d'éventuelles particules de poussière.

— Un jus de mangue ? proposa-t-il.

Valentine se désaltéra en observant la plage. Deux semaines s'étaient écoulées depuis qu'elle s'y était promenée avec Guillaume ! Les cerfs-volants continuaient de se défier dans le ciel. A l'ouest, le soleil préparait sa descente, mais la pollution donnait une opacité à l'atmosphère. Un tour de clé annonça l'entrée d'Oxana.

— Tu m'attends depuis longtemps ? s'inquiéta-t-elle.

— A peine dix minutes.

— J'ai eu trop chaud ! Je me change...

Dans sa chambre, alors qu'elle troquait son salwar contre une robe occidentale, Oxana tenta de se remettre de ses émotions. L'après-midi s'était avéré fertile en événements. Tout d'abord, elle avait appris qu'un célèbre laboratoire américain se penchait à Baltimore sur la sélection de moustiques transgéniques. Des souches de moustiques résistantes à la malaria avaient déjà été obtenues. Seulement, ces insectes transgéniques n'avaient pas survécu en présence de souches de moustiques non mutées et dotées d'un meilleur appareil reproductif.

— Ils essayent d'incorporer à des moustiques de l'espèce Anopheles Stepensi un gène qui bloquerait la transmission du parasite dans l'intestin, expliqua-t-elle un peu plus tard à Valentine. Ensuite, ils placeront un nombre égal de moustiques transgéniques et de moustiques normaux autour d'une souris infectée par le paludisme. Il leur restera à examiner leurs réactions et à comparer les résultats.

La lutte contre la malaria absorbait quarante pour cent des dépenses de santé du continent africain. En Afrique sub-saharienne, soixante-dix pour cent des victimes de ce fléau avaient moins de cinq ans ! Oxana enrageait que personne n'eût encore trouvé le remède miracle.

— Les informations que je te donne ne sont pas à divulguer, dit-elle à Valentine. Je me suis adressée à l'amie. Pas à la journaliste.

— Sois tranquille. Rien ne sortira d'ici !

Valentine disait vrai. Non seulement elle n'avait jamais franchi la frontière entre la sphère privée et publique, mais la confiance que lui témoignait la biologiste l'honorait.

— Tu crois qu'ils vont réussir ? insista-t-elle.

— Franchement, je l'ignore ! Comment ces moustiques transgéniques réagiront-ils dans un environnement naturel ? Quoi qu'il en découle, je salue leur démarche...

— Elle pourrait t'aider dans ta recherche du vaccin ?

— Aucune piste n'est à négliger !

Depuis qu'elle se méfiait de Govind, Oxana n'échangeait plus d'informations sérieuses avec lui. Mieux : elle arborait la mine soucieuse de quelqu'un qui se morfondait face à la complexité de ses travaux. Chaque fois qu'il lui posait des questions, même les plus anodines, elle réfléchissait avant de lui répondre. A plusieurs reprises, elle s'était demandé si elle aurait dû avertir la direction de sa présence chez DAVANTHARI. Mais elle ne pouvait se fonder que sur le témoignage de Valentine ! C'était insuffisant pour accuser quelqu'un...

Ensuite, Karan lui avait envoyé un mail. Contre toute attente, il avait ravalé son orgueil pour lui proposer de passer chez elle en fin de soirée. L'émotion avait envahi Oxana. Comprenant que ses efforts pour tenter d'oublier son amant allaient voler en éclats, elle chercha à se raisonner. Si elle cédait à sa tentative de réconciliation, leur liaison ne déboucherait sur aucune amélioration. Pour ne pas fléchir, elle ne s'accorda aucun délai. « Cette visite n'est pas souhaitable... » Le cœur battant la chamade, elle avait tapé son message puis cliqué sur « Envoyer ». Dans des moments de cafard, elle regretterait ce geste. Mais ce serait moindre, face à la détresse qu'elle avait connue lors de son veuvage. Après la mort de son mari, elle avait songé au suicide. Le soutien et la tendresse de ses parents l'en avaient empêchée. Elle s'était de nouveau tournée vers les autres en poursuivant la démarche de Dimitri. C'était lui qui, le premier, avait entamé la lutte contre la malaria. Chaque fois qu'elle faisait une minuscule avancée en biologie, elle imaginait qu'il la lui avait soufflée. Au fond, Oxana vivait davantage avec le défunt qu'avec les hommes qui croisaient son chemin...

Valentine sortit de son sac l'article consacré à la malaria.

— J'aimerais que tu le relises. J'ai pu faire des erreurs.

Tandis que la Russe en prenait connaissance, Valentine perçut sa solitude. Etait-ce le prix à payer lorsqu'on se consacrait à sa vocation ? Pour s'imposer en Inde, dans un monde machiste, il lui avait fallu des trésors de courage, de volonté et de patience. Une main de fer dans un gant de velours ! Si Oxana réussissait, ses sacrifices seraient récompensés. Dans le cas inverse...

— Il n'y a pas de contresens, dit-elle. En revanche, je préférerais que tu en dises moins sur ma personne.

— Ton parcours intéressera tout le monde !

— Il serait plus sérieux que tu restes sur SERLAS.

— Tu penses que tes directeurs n'aimeraient pas que tu sois citée ?

— Moins tu attireras l'attention sur moi, mieux cela vaudra.

Oxana n'ajouta pas qu'elle redoutait les intimidations et les menaces. Deux ans plus tôt, elle avait reçu des coups de fil anonymes. Une voix déformée la dissuadait en anglais de poursuivre ses travaux contre la malaria. Cette fois-là, elle avait averti sa hiérarchie, qui avait organisé une surveillance. Les choses s'étaient peu à peu tassées...

— Sois tranquille ! J'enlèverai ton nom et ne garderai qu'un témoignage général.

Avant de quitter l'appartement, Valentine résuma leur action en faveur d'Anil.

— Est-ce que nous recherchons un autre chirurgien ? Au cas où celui qui nous a été conseillé se défilerait...

— Il ne se défilera pas.

Au Taj, l'effervescence atteignait son paroxysme. On célébrait un mariage. Dans le hall, il était difficile d'avancer. Le contraste était saisissant lorsqu'on venait de quitter la rue où toutes sortes de guides véreux proposaient leurs services pour entraîner les clients vers les lieux illicites, où des enfants mutilés mendiaient, où garçons et filles se prostituaient, où la drogue circulait... Dans un nuage de parfums capiteux, les invités se préparaient à féliciter le nouveau couple. Avant d'arriver aux ascenseurs, Valentine entrevit l'une des salles de réception. Sous la lumière d'un lustre, une gigantesque pièce montée attendait d'être partagée. Elle gagna sa chambre, qui lui apparut comme un havre de paix après la volière qu'elle venait de traverser. Ce serait sa dernière nuit dans l'hôtel. Elle commença par trier et jeter les documents entassés pendant son séjour. Puis elle ouvrit le coffre-fort et le vida de son contenu. Il lui restait des dollars sur la somme avancée par le magazine. En revanche, ses fonds personnels s'étaient volatilisés. Dans une enveloppe, elle avait enfermé les roupies que lui avait laissées Anne Lise pour les œuvres d'Amita. Demain, elle la donnerait à l'assistante sociale et y joindrait de nouveaux produits pour Anil. L'idée de repartir sans voir l'enfant la peinait. Quand elle eut terminé de faire ses comptes, elle réfléchit à son séjour. Plusieurs personnes lui avaient répété que Bombay, ce n'était pas l'Inde ! A ses yeux, la mégapole n'entrait dans aucune catégorie et n'obéissait à aucune définition. Elle avait sa propre identité ! Et cette identité brassait toutes sortes de gens, de religions et de cultures. Passerelle entre l'Orient et l'Extrême-Orient, Bombay voyait débarquer des aventuriers, des candidats à la richesse, des accros de la métaphysique ou de la dope, des touristes... Mais le mouvement fonctionnait dans les deux sens ! Pour échapper à la pauvreté, des Indiens partaient pour les pays du Golfe ou plus loin. On les retrouvait en Grande-Bretagne, aux Etats-Unis, où ils formaient des communautés repliées sur leurs traditions. En cette dernière soirée, Valentine se sentait attachée à ce lieu d'espérances et de rejets, de magnificence et d'insalubrité. Durant presque trois semaines, elle avait croisé des centaines de prunelles sombres et de sourires éclatants, oscillé entre les bonnes et les mauvaises surprises. Dans vingt-quatre heures, elle partirait à son tour. Ses pensées glissèrent vers Guillaume. Etait-il arrivé sans encombre à Antananarivo ? Pour la première fois de la journée, elle prenait conscience de son éloignement. Jusque-là, elle ne l'avait pas imaginé ailleurs que dans ses bureaux...

Lorsqu'elle eut terminé son rendez-vous avec la directrice de communication de son hôtel, Valentine se rendit au domicile d'Amita. Devant le poste de télévision, sa mère ne semblait pas avoir bougé depuis sa dernière visite. Valentine avait apporté des friandises qui furent appréciées. Plus aimable qu'à leur dernière rencontre, l'assistante sociale la remercia pour son action envers Dipa.

— J'étais sceptique... Et j'avais tort.

— Est-ce qu'elle a pris au sérieux l'offre de madame Chadha ?

— Quand elle m'en a parlé, ses yeux brillaient. Il est prévu qu'elle retourne à l'atelier la semaine prochaine.

A son échelle, Valentine s'était rendue utile. Une petite lueur brillait dans la vie de Dipa. A la jeune femme d'en faire quelque chose de constructif.

Lorsque le taxi réservé l'emmena vers l'aéroport, cette sensation persista. Elle n'était pas venue dans ce pays en prédatrice. Installée sur la banquette arrière, elle regardait défiler Marine Drive. Musique à tue-tête, le chauffeur fonçait en évitant tant bien que mal des animaux en maraude. Son tableau de bord était encore plus décoré que celui de ses confrères. Autour de l'autel de Krishna, il avait collé et entouré de guirlandes clignotantes les photographies en relief de ses déesses et stars préférées. Le changement de vitesse n'avait pas été oublié. Une boule contenant un sapin et des flocons de neige en ornait l'extrémité. A mesure qu'ils se rapprochaient des banlieues, les formes humaines augmentaient sur les bas-côtés. En compagnie des étoiles et dans le bruit des moteurs, les déshérités subissaient leur karma. Aux alentours de Sahar, il y eut davantage d'activité. Une foule se massait devant les portes de l'aérogare. Seuls les voyageurs munis de billets avaient le droit d'y pénétrer. Le barrage franchi, Valentine n'aspira plus qu'à retrouver le sol français !

29

A Paris, le ciel était bas. La température glaciale. Après l'espace et le confort du Taj, son appartement sembla exigu à Valentine. Délestée de ses bagages, elle se prépara un café. Sa mère étant passée la veille pour allumer la chaudière, elle quitta sa veste et se réappropria son lieu d'existence où rien n'avait bougé. Seule différence : une pile de courrier attendait sur la table basse. Après avoir jeté un rapide coup d'œil sur les enveloppes, elle les laissa de côté et gagna la salle de bains. Le décalage horaire et le vol de nuit avaient engendré de la fatigue et une sensation de nausée. Avant de rendre visite à ses parents et de retrouver Octave, elle s'attarda sous la douche. Puis elle s'allongea sous la couette, dont elle avait oublié l'agrément. Peu à peu, ses paupières se fermèrent...

Elle était plus gaillarde lorsqu'elle sonna rue Claude-Bernard.

— C'est Maman ! entendit-elle crier à travers la porte.

Octave s'accrocha à son cou pour la couvrir de baisers. Laissant tomber ses paquets, Valentine l'entoura de ses bras puis elle huma l'odeur familière, mêla son rire au sien. Lorsque l'enfant la libéra, elle embrassa ses parents. Le cercle familial se reformait. Elle se sentit entraînée vers le salon, où trônait le sapin de Noël. Sur une table, Juliette Courlande avait placé des corbeilles de jacinthes qui embaumaient. Un feu brûlait dans la cheminée. Valentine s'approcha pour en goûter la chaleur bienfaisante. Sans respirer entre les phrases, Octave commença à lui raconter par le menu ce qu'il avait fait durant leur séparation. Tout y passa : les bagarres à la maternelle, *La Guerre des étoiles*, ce qu'il avait commandé pour Noël… Amusée, Valentine tenta de l'interrompre. Mais rien n'arrêta son débit.

— Il est devenu très bavard, s'amusa sa grand-mère.

Un déjeuner, une sieste réparatrice et les préparatifs du réveillon occupèrent le reste de la journée. Valentine ajouta des santons dans la crèche. Son père fit décanter du vin dans des carafes en cristal. Octave finit de dessiner les menus. La sonnette annonça l'arrivée de Christelle, de son mari Didier et de leurs enfants. A la lueur des bougies, la soirée commença. Christelle questionna sa sœur sur son voyage. Valentine répondit de son mieux. Mais elle cacha sa rencontre avec Guillaume, leur décision de sauver Anil.

Lorsqu'ils eurent terminé de dîner, Juliette annonça que l'on pouvait distribuer les cadeaux. Valentine ouvrit le sac qui contenait les paquets rapportés de Bombay. Chaque présent déballé lui rappela un souvenir et un endroit précis. Fabindia pour les vêtements, la librairie où elle avait acheté *Dîners à Bollywood* afin que sa sœur enseignât une cuisine chatoyante et épicée à ses élèves… D'un bazar, elle avait rapporté des cerfs-volants pour son fils et son neveu, un costume de danseuse pour sa nièce. Leur contentement balaya sa nostalgie. L'air sentait la cannelle et le chocolat. Fatigués, les trois enfants tentaient de tenir le coup. Tout à l'heure, ils dormiraient dans la chambre qu'ils avaient l'habitude de partager…

Dès qu'elle en eut la possibilité, Valentine entra dans le bureau de son père et, sur l'ordinateur, tapa ses codes pour atteindre sa propre boîte à lettres. Plusieurs messages lui avaient été adressés, mais elle ne prêta attention qu'à celui qu'elle espérait. Guillaume était arrivé à Tuléar et lui souhaitait un joyeux Noël...

Le lendemain, elle se rendit avec Octave devant l'immeuble où l'attendait Arnaud. Au volant de sa voiture, il écoutait de la musique. Lorsqu'ils apparurent, il descendit du véhicule. Comme il l'avait fait pour sa mère, le petit se rua vers son père. Fidèle à ses bonnes résolutions, Valentine avait décidé d'être aimable. Toutefois, l'attitude de son ex-mari la refroidit. Sans un sourire, il lui demanda si Octave n'avait rien oublié.

— La dernière fois, c'était sa brosse à dents.

— Dans ta profession, on ne doit pas manquer d'échantillons, laissa-t-elle échapper.

Pour la première fois depuis leur divorce, elle regagna son appartement sans avoir la gorge serrée. Des projets d'embellissement habitaient son esprit. Mettant à profit sa journée de congé, elle commença par un grand nettoyage. Le couvre-lit et les rideaux passèrent dans la machine à laver. Elle débarrassa les sièges de vieilles revues, encaustiqua les meubles, s'attaqua au rangement de la bibliothèque. Pour rendre sa tâche moins fastidieuse, elle écouta de la musique. Lorsque le violoniste Gidon Kremer joua *Oblivion*, une composition d'Astor Piazzolla, elle s'arrêta net. Composé à Buenos Aires, ce morceau l'entraînait dans le sillage d'hommes et de femmes qui partaient vers des terres inconnues. Des quais de gare, des sirènes de paquebots, des scènes d'adieux s'alliaient à des notes d'une grande sensibilité. Difficile de reprendre une activité après un tel intermède ! Néanmoins, elle s'attela aux tiroirs de son bureau et emplit trois sacs-poubelle de papiers périmés. En fin d'après-midi, elle jugea avoir occupé à bon escient le 25 décembre. La chambre d'Octave serait prête pour son retour. Literie propre, vêtements triés...

Elle avait décidé de consacrer la majeure partie des vacances scolaires à son fils. La neige qui recouvrit les trottoirs parisiens rendit leurs promenades plus ludiques encore. Pour la quatrième fois, ils visitèrent la Grande Galerie de l'Evolution au Jardin des Plantes ; ils burent des chocolats chauds, jouèrent à des jeux de société, regardèrent des dessins animés. Parfois, les cousins se joignaient à eux. La vie était devenue d'autant plus lumineuse pour Valentine que Guillaume lui envoyait des mails auxquels elle répondait sans attendre. Pudique, il n'évoquait pas le tour qu'avait pris leur relation, mais une certaine complicité filtrait entre les lignes. Il avait enregistré les progrès accomplis par les petits élèves de Tuléar et achetait un nouveau terrain pour construire un foyer destiné aux adultes. On y enseignerait l'écriture, le calcul et certains rudiments concernant leur santé. Autre sujet de satisfaction : de nouveaux bénévoles avaient intégré le dispensaire. Non seulement ils soignaient, mais ils alertaient les populations sur les risques de contracter le sida. La propagation de la maladie s'avérait d'autant plus urgente à combattre que de nombreux adolescents se prostituaient dans les bars de la ville... En dépit de ces missives régulières, Valentine tentait de ne pas s'emballer. Après les désillusions sentimentales dont elle commençait à se remettre, elle voulait demeurer réaliste. Facile à dire ! Difficile à appliquer ! Comment contrôler ses pensées lorsqu'elles allaient vers lui ? A tel point qu'elle était passée rue Daguerre pour se rapprocher de son environnement.

— Toi, tu me caches quelque chose, souligna Christelle.

Depuis la fin de leur adolescence, les deux sœurs avaient l'habitude de se confier l'une à l'autre. Durant le divorce de Valentine, Christelle l'avait écoutée et conseillée...

— Tu te trompes, se défendit Valentine.

— On en reparlera !

En milieu de semaine, il lui fallut retourner au journal. Thibault était rentré depuis quelques jours de Val-d'Isère, où il avait laissé femme et enfants.

— Le ski ! Rien de mieux pour se vider la tête ! claironna-t-il lorsque Valentine pénétra dans son bureau. Pendant que je dévalais les pistes, je ne pensais pas à toutes vos jérémiades ! A toutes vos récriminations !

— Est-ce que je me plains souvent ?

— Pas souvent ! Mais quand tu t'y mets...

— Parlons plutôt de mes papiers...

— Dans l'ensemble, tu as fait ce que je te demandais. Seulement, il va falloir couper.

— Couper !

— Souvent, tu es trop longue...

— J'ai respecté les calibrages que tu m'avais donnés.

— Je n'en suis pas certain.

Il farfouilla parmi les feuilles qui recouvraient son bureau, en parcourut quelques-unes.

— La styliste, il va falloir m'en faire une quinzaine de lignes. Pas davantage ! Pareil pour le type qui commande les médicaments... En revanche, tu vas me développer le tournage du film. Les gens sont dingues de Bollywood. Au fait, tu ne devais pas rapporter l'interview d'une actrice ?

— Elle était mal lunée.

— Et alors ! Il fallait revenir à la charge !

Valentine se retint pour ne pas exploser. En une poignée de secondes, des heures de travail se trouvaient remises en question.

— Pourquoi m'as-tu écrit que tu étais satisfait ?

— Je sais ! Je sais ! Seulement, on a plus d'annonceurs que prévu ! Un numéro spécial sur l'Inde... Ils ont mordu à l'hameçon !

— Et Olivier ? Tu lui as demandé de réduire ses textes ?

— Oui.

— Il n'a rien dit ?

— Il avait l'air de s'en foutre...

Valentine ne fut pas mécontente d'imaginer que son confrère offrirait bientôt sa démission à leur rédacteur.

— Evidemment, les modifications sont à faire pour avant-hier ?

— Exact...

— Les photos... elles te plaisent ?

— Deepak a fait un bon boulot.

— A ce propos, tu as vu le portrait de l'Indienne ?

— Quelle Indienne ? Il y en a une flopée !

Pendant qu'il parlait, Thibault cliqua sur son écran jusqu'à ce qu'il trouvât le fichier. Ensuite, il fit défiler les clichés.

— Celle-ci, indiqua Valentine en désignant Dipa.

— Les couleurs sont belles...

— J'avais pensé que pour la couverture...

— La voici, la couverture...

Il lui montra un montage avec un éléphant, le visage de Gandhi, un graffiti d'affiche de cinéma...

— Tu plaisantes !

— Elle ne te plaît pas ?

— Tu as fait des tests ?

— Evidemment ! Tout le monde la trouve efficace...

Valentine pointa de nouveau le visage de Dipa.

— Ne penses-tu pas que cette Indienne séduirait ton lectorat ?

— Pas plus qu'une autre.

Percevant la colère de la journaliste, Thibault temporisa :

— On lui donnera un huitième de page.

— Je veux qu'elle ouvre mon dossier sur Bombay.

— Tu es folle…

Après dix minutes d'un marchandage serré, Valentine obtint presque ce qu'elle voulait : une pleine page.

— Je ne comprends pas pourquoi j'ai cédé, lui lança Thibault avant qu'elle ne franchisse la porte.

Pour se calmer, elle choisit de marcher. Quittant la rue Drouot, elle longea le boulevard de Montmartre jusqu'au passage Jouffroy : une galerie couverte dont elle aimait l'atmosphère et les boutiques au charme désuet. Chez Pain d'Epice, elle s'attarda devant les maisons de poupée et les meubles miniatures. En regardant un petit lit, elle se souvint du présent qu'Alfred de Musset avait envoyé à l'une de ses maîtresses. Sous la courtepointe d'un lit en acajou qui ne devait pas mesurer plus de quinze centimètres, il avait glissé un poème qui commençait par :

Sur votre lit de grande dame
Pendant les chaleurs de l'été
Nous avons parcouru la gamme
Des plaisirs de la volupté…

Aujourd'hui, un homme aurait-il suffisamment d'esprit pour imaginer un tel cadeau ? Sans se presser, elle poursuivit sa flânerie, mangea une tranche de kouglof et but un thé à la Tour des Délices. Peu à peu, son énervement tombait. Elle en profita pour écrire de jolies cartes de vœux à Cécile, Amita et Oxana. Avec le décalage horaire, la soirée commençait à Bombay ! Pour rester en leur compagnie, elle se dirigea vers la librairie CineDoc, où, au milieu de trésors, elle trouverait des films indiens en DVD. Plongée dans ses découvertes, elle ne se rendit pas compte que l'heure de la fermeture approchait. *Le Mariage des moussons* et *Joue-la comme Beckham* achetés, elle ressortit dans le passage, qui avait revêtu un aspect nocturne et théâtral. Que se passait-il derrière ces vitrines dont on n'apercevait jamais le ciel ? Des comédiens allaient-ils apparaître sur les balcons des immeubles ? En revenant sur ses pas, elle vit un couple sortir de l'hôtel Chopin, dont la porte vitrée laissait filtrer des éclairages tamisés. Un escalier menait aux chambres dont certaines ouvraient sur les ateliers du musée Grévin. L'idée d'y entraîner un jour Guillaume lui traversa l'esprit. Des heures durant, ils s'enfermeraient dans une pièce où les échos du monde ne les atteindraient pas…

30

En rentrant chez elle, Valentine appela Olivier.

— Salut !

— Est-ce que je te dérange ? demanda-t-elle.

— Je suis à Disneyland Paris. J'avais promis à ma fille...

— Alors, je te rappelle.

— Non, non... Elle est dans une soucoupe volante. J'ai la paix pour un moment...

— Je sors de chez Thibault...

— Il t'a coupé tes papiers au sécateur ?

— Toi aussi...

— Je n'ai plus d'états d'âme...

— Tu as avancé pour le reste ?

— On repart le 10 ! A Bombay.

— Veinard !

— DAVANTHARI serait encore plus mouillé que je ne le pensais... Tu n'en as parlé à personne ?

— Tu veux me vexer...

— Je te tiendrai au courant...

En faisant les corrections réclamées par le rédacteur, Valentine se demandait ce que Guillaume savait à propos des médicaments contrefaits. Travaillant en Afrique, il ne pouvait ignorer cette situation. Seulement, appartenir à une ONG l'empêchait de prendre position. Tandis qu'elle effaçait du texte, elle ne décolérait pas. Qu'allaient penser les gens en découvrant leurs réponses tronquées ? Olivier avait raison de quitter le navire… Pour la première fois, elle envisagea une porte de sortie. Pourquoi ne pas concevoir un album sur la mutation de la femme en Inde ? Quelques mois auparavant, un éditeur l'avait encouragée à lui proposer des sujets.

Avant de s'endormir, elle regarda *Le Mariage des moussons*, de Mira Nair. En voyant les images défiler, en écoutant les chansons, elle s'ancra dans son projet. Il y avait beaucoup à raconter sur les femmes qui prenaient le pouvoir, dirigeaient des entreprises, menaient des carrières artistiques, travaillaient comme médecins dans les hôpitaux. Mais aussi sur celles qui, n'ayant ni la chance ni l'opportunité d'accomplir des études, tombaient sous le joug de maris et de belles-mères mal intentionnés. Avec la mondialisation, les unes et les autres se trouvaient écartelées entre des traditions millénaires et l'émergence d'un mode de vie occidental. Un ravin se creusait entre les habitantes des campagnes reculées et les citadines fortunées. S'affranchissant du rôle de mère nourricière, l'Indienne commençait à revendiquer sa propre identité. Une foisonnante iconographie permettrait à Valentine d'illustrer son propos…

Le 31 décembre, elle déposa Octave chez son père puis elle retrouva Christelle dans son atelier cuisine. Situé au fond d'une cour pavée de la rue Saint-Honoré, l'endroit donnait une impression de campagne. La porte franchie, Valentine traversa une vaste pièce carrelée de vert et de blanc pour embrasser sa sœur.

— Il reste à préparer la crème anglaise. Prends un tablier dans le placard ! l'interpella celle-ci.

Christelle et son mari Didier avaient choisi de fêter le 31 décembre autour de la table réservée aux élèves. Ils avaient invité une vingtaine d'amis. Pendant qu'elle fendait les gousses de vanille, Valentine posa son regard sur les corbeilles de fruits confits, la boule de gui qui pendait au plafond. En sourdine, elle reconnut la voix de Sarah Vaughan à la radio. Sa sœur avait un don pour créer des atmosphères où l'on se sentait bien.

— Tu aurais pu inviter ton copain ! remarqua-t-elle.

— Quel copain ?

— L'ornithologue…

— Cédric…

— Oui. Cédric. Qu'est-ce qu'il devient ?

— Il m'a téléphoné deux fois depuis mon retour.

— Et alors ?

— Je n'avais pas envie de le voir.

— Tout à l'heure, nous aurons deux célibataires.

— Christelle, arrête de vouloir me caser à tout prix…

— Je ne cherche pas à te caser. Mais ce n'est pas bon de vivre en recluse.

— Qui te dit que je ne rencontre personne ?

— Ah ! Tu me rassures !

Valentine venait de tomber dans le piège que lui avait tendu Christelle. Mais il était trop tard pour revenir en arrière.

— Raconte… l'encouragea celle-ci.

C'était sans doute le bon moment. Assise sur un tabouret, Valentine évoqua Guillaume. Sa sœur, qui l'observait avec attention, vit son regard s'éclairer, perçut de la joie dans sa voix…

— S'il continue à me donner des nouvelles, j'irai à Goa, annonça-t-elle. Et je m'arrêterai à Bombay…

A partir du 4 janvier, Valentine attendit des nouvelles d'Oxana. Dans un premier mail, la biologiste l'avertit qu'elle avait obtenu un rendez-vous avec le chirurgien pour le 9. Dans le suivant, elle lui résuma leur entretien. Le docteur Sooni Sidhwa lui avait consacré quarante minutes et il acceptait d'examiner Anil. Il le recevrait le 16 janvier. S'il prenait la décision de l'opérer, tout s'accélérerait. Après les examens préliminaires, l'intervention se déroulerait probablement début février. Le docteur Sidhwa ayant créé une fondation avec plusieurs confrères, celle-ci pourrait prendre en charge la quasi-totalité des frais médicaux. Au travers d'Internet, Valentine chercha à en savoir davantage sur le praticien. Grâce à plusieurs sites anglophones, elle découvrit qu'il avait quitté l'Inde pour faire des études de médecine à New York. Ses diplômes obtenus, il avait rallié un hôpital de Philadelphie. Cinq ans auparavant, il avait tourné le dos à une carrière en pleine ascension pour ouvrir une clinique de cardiologie pédiatrique à Bombay, sa ville natale. Elle aurait voulu communiquer ces nouvelles à Guillaume, mais il avait quitté Madagascar pour le Darfour. Dès qu'il en aurait l'opportunité, il lui ferait signe… Connaissant la situation explosive de cette région, elle mesurait les dangers de son déplacement. Comment les communautés internationales pouvaient-elles fermer les yeux alors que des milices islamistes pourchassaient et exterminaient les populations ?

Pour un prochain numéro, Thibault lui commanda une enquête d'opinion sur les femmes de pouvoir. Présidentes, ministres, éminences grises…

— On fait dans la nouveauté ! ironisa Valentine.

— Chaque fois qu'on aborde le sujet, on a de bons retours.

Voyant qu'elle levait les yeux au ciel, il ajouta :

— Je ne peux pas t'envoyer sans arrêt à l'autre bout du monde ! On m'a déjà accusé de te favoriser !

Au sein de la rédaction, l'atmosphère était viciée. C'était la raison pour laquelle Valentine n'entretenait aucun lien d'amitié avec ses confrères et consœurs. Lorsqu'elle n'était pas sur le terrain, elle n'utilisait les locaux que pour passer des coups de téléphone. Sinon, elle écrivait ses articles chez elle.

Son appartement ayant gagné en agrément, elle s'y attardait volontiers. Dans le salon, des tubéreuses fleurissaient, des sièges confortables invitaient à la rêverie ou à la lecture. Chaque début d'après-midi, le chat des voisins grattait à la porte et s'allongeait sur un coussin devant la flambée qui crépitait dans la cheminée.

Anne Lise fit la connaissance du félin lorsqu'elle rendit visite à Valentine. Depuis leur retour de Bombay, elles n'avaient pas perdu le contact. Mieux, elles se téléphonaient régulièrement.

— Bienvenue dans ma tanière, l'accueillit la jeune femme.

Dans les yeux de son invitée, elle perçut de la nostalgie. Anne Lise avait probablement vécu dans un lieu modeste avant de rencontrer son époux. Lui arrivait-il de regretter cette époque lorsqu'elle déambulait dans trois cents mètres carrés sans âme ? Avant de s'asseoir sur le canapé rouge, elle regarda les tableaux et les objets que Valentine avait chinés dans des brocantes ou durant ses voyages. Lampes d'architecte, escabeau de bibliothèque, gravures indiennes, statuettes…

— Ce joli chat… Vous ne m'en aviez pas parlé, dit-elle en s'approchant de l'animal, qui entrouvrit les paupières.

— Il squatte chez moi en attendant l'arrivée de ses maîtres.

Anne Lise s'installa dans un fauteuil bas, puis elle sortit de son sac des photographies prises à Bombay.

— Regardez… Combien vous sembliez joyeuse ! fit-elle remarquer à Valentine.

— Vous aussi !

— C'est vrai.

Après un silence, Anne Lise ajouta :

— Je ne vous remercierai jamais assez ! Quand j'ai pris l'avion, j'étais perdue. Vous m'avez prêté de l'attention... Vous avez partagé des repas avec moi... Vous m'avez présentée à vos amis...

— Je ne me suis pas forcée.

Valentine était sincère. Anne Lise faisait partie des personnes qui lui inspiraient de la tendresse. Pour atteindre un certain statut social, elle avait sacrifié une liberté, des goûts personnels... Mais elle était en train de se détacher. Fine mouche, elle saurait naviguer entre ce qui ne la satisfaisait plus et ses nouveaux centres d'intérêt. Pour l'instant, elle se réjouissait de l'arrivée prochaine de son fils et de sa belle-fille, qui avaient prévu de quitter Montréal pendant trois semaines.

— Je serai à leur disposition quand ils auront besoin de moi. Sinon, je les laisserai tranquilles.

Valentine souligna que ses parents avaient adopté la même attitude envers leurs filles.

— De notre côté, nous essayons de ne pas trop les envahir.

— Ils sont à la retraite ?

— Depuis quelques mois ! Et ils en profitent ! Voyages, tennis, expositions...

— Ensemble ou séparément ?

— Ensemble.

— Ils ont de la chance... Avec mon mari, nous partageons peu de loisirs.

— Vous le saviez en l'épousant ?

— J'ai fermé les yeux. Il me faisait une cour assidue, me proposait une vie agréable. Je sortais d'une sale histoire... Notre fils est né... A ce moment-là, je pensais avoir obtenu tout ce que je souhaitais...

Un nouveau mail d'Oxana bouleversa Valentine. Le docteur Sidhwa venait d'examiner Anil. L'enfant se trouvait dans un état plus critique que ce qui lui avait été annoncé. Face à ces données, l'opération comportait des risques majeurs.

Le soir même, Valentine téléphona à la biologiste.

— Nous sommes tombés sur un type bien, lui déclara celle-ci. Il ne cherche ni la publicité ni l'esbroufe. Mais son pronostic est très réservé.

— Comment ont réagi les parents ?

— Depuis qu'ils l'ont rencontré, ils ne jouent plus aux malins !

Oxana indiqua que l'opération se déroulerait plus rapidement que prévu. Aux alentours du 25 janvier.

— Et les frais ?

— La fondation les prendra à sa charge.

— Oxana... Je suis désolée de t'avoir...

— J'avais le choix de refuser.

Après un silencc, clle ajouta :

— Quoi qu'il advienne, nous aurons tous tenu nos engagements...

Dès qu'elle eut raccroché, Valentine fut envahie par la culpabilité. Pendant qu'elle se trouvait à des milliers de kilomètres, Oxana et Amita se démenaient ! Elle n'était plus sûre de rien, sinon d'avoir impliqué dans une histoire complexe des personnes qui avaient déjà leur lot de soucis. Ces pensées l'empêchaient de se concentrer. Il lui fallait pourtant préparer un synopsis détaillé pour l'éditeur auquel elle avait proposé son projet sur la femme indienne. Alors qu'elle terminait un paragraphe, elle ne se sentit pas comme d'habitude. Sa tête pesait des tonnes et sa gorge la brûlait. Le thermomètre indiqua 38,7 °C.

— C'est une angine, déclara le médecin qu'elle était allée consulter.

Après un passage chez le pharmacien, elle se traîna jusqu'à son domicile Dans l'incapacité de s'occuper d'Octave, elle demanda à sa mère de le garder pendant deux ou trois jours. Grelottante, elle monta dans la mezzanine, avala ses médicaments et tenta de s'endormir. A travers les fenêtres, la nuit de janvier tombait. Son mal de gorge avait empiré et ses yeux la brûlaient.

— Quelle saloperie, murmura-t-elle.

Immobile sous un drap à demi rejeté, elle attendit un sommeil qui ne venait pas. En temps normal, elle aurait allumé la radio ! Posé sur sa table de chevet, son téléphone vibra. Mais elle ne trouva pas la force de décrocher.

Il était tard lorsque la soif la sortit de sa somnolence. Elle reprenait des cachets quand le téléphone vibra de nouveau.

— Allô, prononça-t-elle d'une voix à peine audible.

— Valentine.

Stupéfaite, elle entendit :

— Valentine ? C'est bien toi ?

— Où es-tu ?

— A Paris. J'ai essayé de te joindre plusieurs fois...

— Je suis malade...

— C'est grave ?

— Une angine.

— Tu as besoin de quelque chose ?

— Merci, Guillaume... J'ai tout ce qu'il me faut.

— J'avais envie de te voir...

Elle se mordit les lèvres. C'était trop de malchance !

— Je suis désolée d'être si peu en forme.

— Tu accepterais une visite... Demain...

— Je suis contagieuse.

— Ne t'inquiète pas. Je n'attrape jamais rien...

— Et hideuse !

— C'est impossible !

31

Jusqu'à la venue de Guillaume, Valentine tenta de se reposer. La fièvre ayant légèrement baissé, elle descendit avec précaution au rez-de-chaussée et gagna la salle de bains. Dans le miroir, elle découvrit un visage blême, des yeux rougis par le manque de sommeil et des lèvres gercées. Avec difficulté, elle parvint à se laver. Au moindre mouvement, ses membres courbatus la faisaient souffrir. Elle revêtit un pull en mohair et un pantalon de velours, enroula un foulard autour de son cou. Lorsqu'elle sentit monter un vertige, elle s'allongea sur le canapé. L'appel de Guillaume l'avait prise au dépourvu. Au milieu de la nuit, elle s'était même imaginé l'avoir rêvé ! Mais non... Il allait bientôt découvrir son univers ! Un mélange d'excitation et de crainte l'habitait tandis qu'elle l'attendait. Avec la prise d'antibiotiques, sa migraine s'était dissipée. Mais sa gorge continuait de la faire souffrir et elle ne cessait de se moucher.

Enveloppée dans un plaid, elle lui ouvrit la porte. Ses cheveux et sa parka ruisselaient de pluie.

— Entre vite.

Face à face, ils se regardèrent. Puis ils éclatèrent de rire.

— Nous sommes au meilleur de notre forme, ironisa Guillaume.

En dépit de ses efforts pour se montrer vaillante, Valentine ne parvenait pas à rester debout plus de quelques minutes.

— Excuse-moi. Il faut que je m'allonge.

Dans le petit vestibule, il se débarrassa de sa parka. Puis il la suivit.

— C'est charmant, constata-t-il en découvrant le salon. Et pas différent de ce que j'imaginais.

— Assieds-toi, proposa-t-elle avant d'éternuer.

Il attira un siège près du canapé où elle s'était installée. Puis il posa une main sur son front.

— Je dirais 38°2.

— 38°1, rectifia-t-elle.

Son visage bronzé lui parut amaigri et fatigué. Mais son regard était intensément vivant.

— Tu vas rester à Paris longtemps ? s'inquiéta-t-elle.

— Demain matin, je repars pour Bordeaux. La visite de nos entrepôts ! Mais je reviendrai samedi pour une semaine...

— Ce n'était pas prévu.

— J'ai changé mon emploi du temps.

Voyant qu'elle essayait de se lever, il lui demanda ce qu'elle cherchait.

— Je voulais nous préparer du thé.

— Je vais le faire.

Il se dirigeait déjà vers la cuisine américaine. Par-dessus le comptoir, elle le vit emplir d'eau la bouilloire électrique, la brancher...

— Le thé se trouve dans le placard à côté du four, indiqua-t-elle.

Pendant qu'il s'activait, elle s'étonnait de la simplicité avec laquelle ils avaient renoué leurs liens. Dans un cliquetis de vaisselle, il prépara un plateau puis le déposa à côté d'elle. Lui-même ne se sentait pas étranger dans ce lieu où évoluait Valentine. Sur un secrétaire, il découvrit les photographies de sa famille. Un petit garçon souriait, une épuisette à la main. A côté, figurait un dessin représentant une navette spatiale… « Pour Maman » se détachait en lettres appliquées. Après ce que Guillaume venait de traverser, ce calme lui paraissait presque irréel. Tant d'événements s'étaient produits…

Il revint près d'elle, lui versa le breuvage infusé.

— Tu m'as prise au dépourvu, reconnut-elle.

— J'aurais pu te prévenir de mon retour. Mais j'ai préféré créer la surprise.

— Raconte-moi… Si tu en as envie…

Peu à peu, il formula avec des mots ce qu'il avait vécu et ressenti. Après les journées à Tuléar, où il avait eu l'impression de participer à un effort collectif qui portait ses fruits, il avait basculé dans l'horreur.

— Personne n'imagine ce qui se passe au Darfour. Plutôt, tout le monde s'en fout.

— J'ai essayé d'en parler à notre rédacteur.

— Et alors ?

Elle n'osa pas lui répéter les objections de Thibault.

— Je n'ai pas réussi à l'influencer, se contenta-t-elle de répondre.

Guillaume évoqua les femmes qui, affolées, harassées, parvenaient au camp de réfugiés qu'Urgence Santé parvenait à maintenir. La majorité avaient perdu leurs maris. Enlevés ou abattus sous leurs yeux. Pareil pour les fils aînés ! A bout de forces, elles traînaient ou portaient des enfants en bas âge vers un filet de vie. Les médecins et les infirmiers étaient débordés. On soignait dans la précipitation, avec les moyens du bord. Beaucoup mouraient d'épuisement, de malnutrition, de dénuement. Combien de regards vidés de tout espoir avait-il croisés ? Avec d'autres logisticiens d'ONG implantées dans la région, il s'était préoccupé de leurs interventions futures. Un jour prochain, ils se trouveraient dans l'impossibilité d'accomplir leur travail. Lorsque les milices islamistes les auraient empêchés d'acheminer les vivres et le matériel de survie, elles s'attaqueraient physiquement aux humanitaires.

— Nous ne pouvons pas les mettre en péril. Il faudra les rapatrier.

A Paris, il examinerait et soupèserait diverses solutions avec ses dirigeants. L'acheminement, les denrées à envoyer, les médicaments... Tout cela avait un coût. Guillaume n'évoqua pas son rôle de conseiller, mais dans une situation aussi dramatique que celle-ci, il ne pouvait se permettre aucune erreur de manœuvre, aucune sous-estimation du danger. En dépit de sa discrétion, elle le sentit préoccupé.

— Tu penses qu'il n'y aura pas de réaction internationale dans les mois à venir ?

— La Chine refuse d'intervenir auprès du gouvernement de Khartoum. Pétrole oblige ! L'Amérique a d'autres chats à fouetter avec l'Irak... L'Europe reste le seul espoir... Mais je ne suis pas ici pour te fatiguer avec mes problèmes. Et-ce que ton retour s'est bien passé ?

— Plutôt bien. Sinon que mes articles ont été tronqués. Y compris ton interview.

— Mon ego va en prendre un sacré coup, plaisanta-t-il.

Redevenu sérieux, il lui demanda les dernières nouvelles de Bombay.

— Elles ne sont guère brillantes.

Il l'écouta sans l'interrompre tandis qu'elle évoquait Anil.

— Il y a un moment où il faut admettre que tout ce qui était en notre pouvoir a été fait, souligna-t-il. Le reste ne nous appartient plus.

— Tu parles comme Oxana !

— Et toi, tu parles trop ! C'est ma faute. J'ai peur que la fièvre ne soit remontée, dit-il en constatant que ses pommettes viraient au rouge.

— Tant pis !

Pour la première fois depuis son arrivée, il prit ses doigts entre les siens puis les porta à ses lèvres, les mordilla.

— Un pouls très rapide, constata-t-il en embrassant la saignée du poignet.

Elle posa son front contre le sien, chercha son regard. En dépit de sa faiblesse, elle se sentait renaître.

— Il est temps que je file, dit-il en se relevant. Sinon... Je ne réponds plus de rien.

Au bout de trois jours, Valentine fut rétablie. De Bordeaux, Guillaume lui téléphonait quotidiennement.

— Je n'ai pas oublié que tu détestais la campagne... Mais un petit tour en Bourgogne ne te ferait pas de mal. Réfléchis à ma proposition. On partirait samedi après-midi. Jusqu'à lundi matin.

— Je n'ai pas besoin de réfléchir. C'est d'accord !

Une allégresse l'envahit. En un temps record, elle boucla son synopsis pour l'éditeur. Puis elle mena tambour battant « Les femmes au pouvoir », l'enquête que lui avait réclamée Thibault.

Dans le hall du magazine, elle tomba sur Olivier.

— Tu es rentré !

— J'ai débarqué ce matin. On prend un café ?

Sous une bruine, ils se dirigèrent vers un établissement voisin où régnait l'odeur du tabac. Olivier alluma une Chesterfield, aspira longuement la fumée.

— J'ai annoncé à Thibault que je me tirais.

— Il a piqué une crise ?

— Pas vraiment !

— Il s'améliore.

— J'ai expliqué que je voulais faire des docs de choc.

— C'est mieux que d'écrire pour un canard concurrent.

— Il voudrait me garder comme pigiste.

— Tu vas accepter ?

— Si c'est pour donner dans la guimauve... Certainement pas !

A Bombay, Olivier et son associé avaient mené leur enquête sans trop de tracas. A l'aide d'une caméra cachée, ils avaient filmé les différentes phases d'une commande de médicaments contrefaits.

— Les types ont répété ce qu'ils m'avaient déjà annoncé.

— Ils ne se sont pas méfiés ?

— On leur a bien joué la comédie. De toutes les façons, ils ne risquent rien ! Ils changent de nom, déménagent sans arrêt...

— Et DAVANTHARI ?

— Impossible de les coincer ! Mais ils sont impliqués... C'est sûr !

Olivier avait débusqué une seconde filière qui menait vers le port d'Anvers.

— Il n'y a pas que l'Afrique qui écope de faux médicaments ! Dans les cargaisons, au milieu de divers objets, on trouve du Viagra falsifié qui sera revendu sur Internet et ailleurs.

— Le Viagra... C'est moins grave que de faux antirétroviraux !

— Il y en a aussi ! En Europe, tous les pays ne possèdent pas notre système de santé. On dit que cinq pour cent des médicaments achetés en Angleterre ne correspondraient pas aux normes.

Olivier écrasa son mégot avant d'ajouter :

— Dans quelques jours, je pourrai te montrer les premiers rushes. C'est plus qu'édifiant.

32

Alors qu'ils roulaient sur l'autoroute du Sud, Valentine s'abandonna à la quiétude. La circulation était fluide... Octave passait le week-end chez son père... Rien, décidément, n'entravait leur escapade.

Guillaume conduisant à une vitesse normale, ils arrivèrent à destination en milieu d'après-midi. La grange se situait au bout d'un chemin creux, dans un paysage vallonné. De taille modeste, elle bénéficiait d'une vue sur les champs et sur les toits de tuile d'une bâtisse lointaine.

— Pas un centimètre de macadam ! se moqua gentiment Guillaume.

En croassant, des corbeaux traversèrent un ciel annonciateur de pluie. Après Bombay, on ne pouvait créer plus grand contraste. Valentine le suivit jusqu'à la porte d'entrée, qui s'ouvrit sur la pièce principale.

— C'est chauffé ! s'étonna-t-elle.

— J'ai demandé qu'on mette les poêles en marche.

Elle s'approcha d'une longue table.

— Et les courses sont faites...

— La plupart des produits viennent de la ferme. Tu m'en diras des nouvelles.

En regardant autour d'elle, elle eut l'impression de se trouver dans un décor fruste et néanmoins théâtral. Des étoffes en velours vert mousse recouvraient des sièges.

Des caisses en bois empilées les unes sur les autres accueillaient des ouvrages de Jules Verne ! Ils voisinaient avec de vieux Tintin, des puzzles et des maquettes d'avion datant de 14-18.

— Mes vestiges, dit-il. J'avais interdit à ma mère de les donner ! Quand je me suis installé ici, elle s'est empressée de me les apporter...

Des lampes recouvertes d'abat-jour désuets, des bougies dans de lourds candélabres éclairaient un mobilier composé de malles anciennes, de chaises paillées et de casiers à bouteilles. Pendant qu'elle s'habituait au lieu, il entassa journaux, petit bois et bûches dans la cheminée. Puis il frotta une allumette, s'agenouilla devant l'âtre et, attrapant un soufflet, activa le feu. Elle se rapprocha de lui, mêla ses doigts à ses cheveux.

— Maintenant que tu n'es plus malade, j'ai le droit de t'embrasser.

Pendant qu'il prononçait ces paroles, il s'était redressé. Puis il l'avait serrée contre lui...

Dans la chambre, il n'y avait qu'un lit recouvert d'un énorme édredon de plumes. Blottis entre les draps de lin blanc, ils n'avaient pas envie de bouger. La nuit s'était installée dans la maison. Sans le ronflement du poêle, le silence aurait été total. Pendant que Valentine sommeillait, Guillaume s'étonnait de l'avoir emmenée si vite dans sa tour d'ivoire. Hormis Aurélie, aucune femme ne l'y avait accompagné. Depuis son adolescence, il avait privilégié les lieux de « solitude choisie ». Des endroits où personne ne viendrait le déranger. C'était sa façon de retrouver son énergie, de digérer des émotions ou des révoltes. Guillaume détestait la futilité, le temps perdu, les décisions hâtives. Lorsqu'il avait rencontré Aurélie, il avait attendu plusieurs mois avant de lui faire découvrir son monde secret. Ils étaient venus trois fois, mais leurs fugues l'avaient obligée à raconter des mensonges à son mari : ce qui avait engendré des disputes dont ils n'étaient pas sortis indemnes. Jusqu'à la semaine dernière, il ne s'était pas cru capable de revenir avec quelqu'un d'autre... Pourtant, Valentine était là, si proche...

Lorsqu'elle l'avait rejoint juste avant qu'il ne quittât Bombay, ses défenses étaient tombées. Depuis, elle habitait ses pensées. Sans chercher à savoir ce qu'il adviendrait de leur relation, il aimait prendre soin d'elle et la rendre joyeuse. Avec précaution, il se leva. Dans la salle, il ranima le feu, ouvrit une bouteille de nuits-saint-georges. Puis il mit le couvert. Dès qu'elle apparut drapée dans un plaid et les cheveux emmêlés, il lui tendit un verre.

— A ta venue.

Après en avoir bu une gorgée, elle s'éclipsa pour s'habiller. La salle de bains était rudimentaire, mais il ne fallait pas attendre pour obtenir de l'eau bien chaude. Dans l'armoire de toilette, elle trouva des savons dans leurs emballages, un produit contre les piqûres d'insectes, un désinfectant, de l'aspirine, des brosses à dents neuves et du dentifrice.

Pendant qu'elle vocalisait en se préparant, il coupa des tranches de jambon cru, battit des œufs pour l'omelette, disposa des fromages sur une assette de faïence fleurie. Après ses périples lointains, il éprouvait un réel plaisir à retrouver les odeurs et les senteurs de sa jeunesse. Choisissant d'utiliser l'éclairage des bougies et la lueur du feu, il éteignit les lampes. Sans qu'il fût délibéré, son choix favorisa les confidences. Guillaume apprit que Valentine détestait son prénom lorsqu'elle était petite :

— J'avais l'impression d'être un pot de peinture.

— Et maintenant ?

— Je m'y suis habituée.

Il découvrit qu'elle avait craint l'obscurité jusqu'à la naissance de son fils.

— Dès que nous sommes sortis de la maternité, je n'ai plus connu les peurs irraisonnées.

Le repas terminé, ils s'installèrent tête-bêche sur le canapé pour partager un verre de marc. A son tour, Guillaume raconta qu'il aurait voulu devenir archéologue.

— Spécialisé dans la recherche d'épaves. L'influence de Jules Verne, dit-il en désignant les volumes.

— Et alors ?

— Très vite, j'ai compris que je ne supportais pas les profondeurs marines...

Ils se levèrent tard. En ouvrant les volets, Guillaume constata que le temps avait changé. Des pans de ciel bleu apparaissaient entre les nuages.

— Je t'emmène à Vézelay.

En cette période de l'année, la bourgade n'était pas envahie par les touristes. Dans la rue principale, ils passèrent devant le futur musée Zervos. Créé dans l'ancienne maison de Romain Rolland, il serait bientôt inauguré. En haut de la colline, ils pénétrèrent dans la basilique, où la messe venait d'être célébrée. Valentine, qui découvrait l'édifice, fut émerveillée par le tympan, les bas-reliefs, la simplicité de la nef. Quelques promeneurs emmitouflés lisaient à voix basse leur guide avant de lever les yeux vers les vitraux ou les grandes orgues.

Après un déjeuner aux Glycines, dont l'atmosphère surannée les ramena cent ans en arrière, ils prirent le chemin du retour. Avant d'arriver, Guillaume fit un détour par la ferme de ses grands-parents. Autour d'un bâtiment central qui bénéficiait d'une tour carrée se déployaient les granges et les remises.

— L'aîné de mes cousins en a repris les rênes après la mort de mon grand-père.

Depuis, le lieu avait changé. Il n'y avait plus la grosse horloge qui sonnait les heures. Ni le buffet où sa grand-mère rangeait les pots de confiture et de cornichons. Ikea était passé par là. En les entendant, l'un des employés sortit d'une dépendance.

— Ils sont tous partis pour la journée !

— Vous leur direz que je suis passé.

— Rien d'autre ?

— Je leur téléphonerai de Paris.

Les jours suivants, Guillaume et Valentine s'arrangèrent pour se rencontrer régulièrement. En dépit de son travail, il parvenait à se rendre libre pour de courts moments. Quand Octave dormait chez son père, il passait la nuit rue Censier. Valentine ne souhaitant rien précipiter, son amant et son fils ne se connaissaient pas ! Un tracas assombrissait néanmoins ces moments privilégiés : l'opération d'Anil devenait imminente. Un mail d'Oxana lui confirma que l'enfant était entré en clinique pour y subir une batterie d'examens. Le chirurgien l'avait pris sous sa protection et tenait à distance les parents qui ne songeaient qu'à investir sa chambre. Amita se chargeait, elle aussi, de les circonvenir ! L'assistante sociale avait fort à faire, ces temps-ci. Une jeune femme dont elle s'occupait venait d'accoucher. Valentine pensa immédiatement à Dipa. Pour en avoir le cœur net, elle appela Mira.

— Comme d'habitude, elle est venue à l'atelier, lui expliqua la styliste…

En fin de matinée, Dipa avait perdu les eaux. Au lieu de le dire, elle s'était enfermée dans le cabinet de toilette. Ne la voyant pas revenir, Aparna s'était inquiétée. Elle l'avait obligée à sortir du réduit. Avertie par la couturière, Mira s'était empressée de réagir. D'autant que les contractions avaient commencé.

« A quel hôpital devez-vous accoucher ? » avait-elle demandé à Dipa.

L'établissement se situant au nord-ouest de Dharavi, il n'était pas envisageable d'y parvenir à temps. Affolée, Mira avait appelé le pédiatre de ses enfants. Il avait obtenu une admission dans une maternité proche de Crawford Market. Le bébé se présentant par le siège, une césarienne fut pratiquée dès l'arrivée de l'ambulance. Lorsque Dipa s'était réveillée, les infirmières l'avaient félicitée pour le joli poupon. Une petite fille de 3,2 kilos.

« Laissez-nous », leur avait demandé Mira.

Elle s'était approchée de la jeune femme :

« Dipa... Est-ce que vous voudriez me parler de quelque chose ? »

L'esprit embrumé par l'anesthésie, celle-ci n'avait pas répondu.

« Est-ce que je dois prévenir quelqu'un ? » insista Mira.

Dipa finit par prononcer le nom d'Amita et donna son numéro de téléphone. Deux heures plus tard, l'assistante sociale se présentait à la maternité.

« Elle n'a donné aucune consigne, lui confia Mira en aparté.

— Devant vous, elle n'a pas osé... »

En entrant dans la chambre, Amita découvrit l'enfant dans son berceau. Rien ne s'était déroulé comme prévu ! La mère n'aurait pas dû voir la petite. Tandis que là... Elle l'avait à côté d'elle. Lorsqu'elle entendit prononcer son nom, Dipa souleva avec lassitude ses paupières.

« Elles étaient toutes autour de moi. J'avais honte. »

Des larmes coulaient le long de ses joues.

Comment aurait-elle pu révéler à ces femmes, qui l'avaient entourée de sollicitude, qu'elle refusait le statut de mère ? Qu'aurait-elle lu dans leurs regards ? Aujourd'hui, elle se trouvait dans une situation inextricable ! Certes, elle pouvait encore confier le bébé à l'orphelinat. Seulement, il faudrait fournir des explications !

Pour la première fois, elle regarda l'enfant qui sortait de son ventre. Une touffe de cheveux noirs, un visage fripé, des mains trop grandes et rouges… Comme elle n'avait jamais envisagé de lui acheter quoi que ce soit, la petite était emmaillotée dans un lange rudimentaire. Dipa se souleva, mais la perfusion l'empêchait de se mouvoir…

En écoutant Mira lui relater les événements, Valentine ne savait que penser. Deux solutions se présentaient : soit Dipa persistait dans sa première décision et abandonnait sa fille, soit elle la gardait… Avec tous les soucis que ce choix engendrerait.

33

Ebranlée par les nouvelles des uns et des autres, Valentine descendit de son petit nuage. Le jour de l'opération d'Anil, elle ne quitta pas son appartement. Incapable de s'occuper, elle attendit. Plusieurs fois, le téléphone sonna. Parmi les appels, elle reçut la proposition d'Olivier :

— On peut te montrer un premier montage. Tu serais libre demain soir ?

— Oui.

Valentine hésita avant de poursuivre.

— Tu m'avais demandé d'être discrète... Je t'ai obéi... Mais Guillaume est à Paris...

— Tu penses qu'on devrait le mettre au courant ?

— Ce n'est qu'une suggestion.

— Pourquoi pas !

Au milieu de l'après-midi, Oxana se manifesta. Anil avait été opéré dans la matinée. L'intervention s'était passée correctement. Il fallait attendre les réactions post-opératoires.

— Le médecin ne se prononcera pas avant d'avoir passé un certain cap.

La nuit suivante, Valentine ne trouva pas le sommeil. Ni les infusions, ni les musiques planantes n'y changèrent quelque chose. Dans sa chambre, Octave dormait. Elle alla le voir plusieurs fois, écouta sa respiration, remonta la couette sur ses épaules. Le destin lui avait donné un fils en bonne santé, les moyens de l'héberger, de le scolariser, de lui consacrer du temps et de l'attention !

Guillaume l'accompagna chez Docs en vrac. Enfermés avec Olivier dans une petite salle, ils visionnèrent les pellicules rapportées de Bombay. Tout ce que son confrère lui avait raconté y figurait : les cachets ne contenant que de la poudre de perlimpinpin, les paiements par des filières véreuses... Sans montrer leurs visages, les intermédiaires égrenaient leurs propositions. En revanche, il était impossible d'identifier les laboratoires qui leur fournissaient la marchandise.

— Tu connaissais toutes ces combines ? demanda-t-elle à Guillaume.

— Bien entendu !

— Et tu ne peux pas intervenir ?

— J'alerte en Afrique ! Mais je ne peux pas m'interposer à la source... Trop de gens sont mouillés. Les politiciens, les industriels, la police, les douanes. On ne me laissera plus entrer en Inde ou en Thaïlande si je dénonce leurs trafics. Et je ne pourrai plus me fournir à des tarifs compétitifs.

— Tu soupçonnes certains labos ?

— Les plus célèbres sont, de façon certaine, hors de cause.

— Et DAVANTHARI ?

— Rien ne me permet de les accuser...

Si Guillaume ne pouvait pas intervenir officiellement, rien ne l'empêchait d'aider Olivier en lui fournissant une liste de pharmaciens véreux en Tanzanie et au Mozambique.

— Je compte sur ta discrétion.

— Parole donnée, le rassura le journaliste.

Guillaume allait bientôt s'envoler pour le Sri Lanka. En attendant, il tentait de régler les situations de crise avec ses collaborateurs. Ce qui occasionnait des algarades. Certains étaient partisans d'interrompre leur action au Darfour. D'autres défendaient sa thèse : tenir le plus longtemps possible.

— Des largages nous coûteraient une fortune. Nous n'avons pas les moyens, martelait le trésorier.

— Organisons une collecte, répliqua Guillaume.

— On ne récupérera rien ! Les gens ne savent même pas où se situe le Darfour. Pour qu'ils mettent la main à la poche, il faut une catastrophe !

— Parce que le Darfour... ce n'est pas une catastrophe ?

— Je parle d'une catastrophe naturelle !

Guillaume sortait laminé de ces réunions.

— J'espère ne jamais leur ressembler, confia-t-il à Valentine.

— Quelle idée !

— La plupart ont connu le Cambodge, le Rwanda, la Bosnie. Maintenant, ils font de l'humanitaire dans leur bureau ! Et leur vision des événements a changé. Ils sont devenus des hommes d'affaires.

Oxana envoya plusieurs bulletins de santé. Toujours en soins intensifs, Anil ne présentait pas de complications. S'il persistait sur la voie de la guérison, une longue convalescence était prévue dans un établissement pédiatrique. Le docteur Sidhwa avait lui-même veillé à son inscription.

— Tout est chapeauté par la fondation, expliqua Valentine à Guillaume.

Le mois de février ayant commencé, le numéro spécial sur l'Inde était en vente dans les kiosques. Thibault ne s'était pas trompé. La couverture plaisait aux gens ! En lisant avec attention les articles, Valentine émit des critiques. On passait trop vite des sujets politiques et économiques à une approche sociale et artistique.

Son entourage ne partagea pas cet avis. Sa mère apprécia les interviews d'Amita et de Mira. Christelle s'attarda sur le cinéma et les salles mythiques des années 1930. Dans un encadré, Valentine avait évoqué le Regal, l'Eros et le Metro, où des générations avaient vibré en compagnie de leurs stars préférées. Son père, quant à lui, s'était penché sur les articles d'Olivier.

— Vous vous complétez bien, remarqua-t-il.

En salle de rédaction, on décida d'inaugurer le « magazine en ligne » par des extraits du numéro spécial. Valentine fut chargée de leur choix. Non seulement elle bouscula le déroulement des chroniques, mais elle plaça la photographie de Dipa en page d'accueil. Ainsi, la jeune femme serait vue par de nombreux internautes. Une revanche sur des années d'anonymat, de luttes et de malheur !

Avec le prochain voyage du président Chirac en Inde, les médias rivalisaient d'informations. Valentine fut invitée à des émissions de radio. Avec d'autres participants, elle déclina sa vision d'un pays que personne ne connaissait pour les bonnes raisons. Fatiguée par ce tintamarre, elle n'aspirait plus qu'à écrire son livre dans le silence de son appartement.

La veille du départ de Guillaume, ils avaient choisi de se rencontrer chez Valentine. En descendant de sa voiture, il la vit sortir de chez elle. Chargé d'un sac à dos, son fils l'accompagnait. Un homme s'extirpa d'un véhicule garé en double file. La lumière du réverbère lui permit de voir que celui-ci se penchait vers le garçon pour l'embrasser. Puis il le fit grimper sur la banquette arrière. La scène n'avait pas duré plus de trois minutes.

Avant de retrouver Valentine, Guillaume laissa s'écouler un peu de temps. Par discrétion, il l'avait peu interrogée sur sa vie passée… Ce soir, il se posait des questions. A quel genre appartenait son ex-mari ? Après son divorce, avait-elle collectionné les amants ? N'était-il pas le mieux placé pour savoir qu'elle plaisait ?

Tard dans la soirée, il lui posa la question.

— Tu es jaloux ? s'étonna-t-elle.

— Peut-être.

— Sois tranquille ! Je ne cumule pas les relations.

Après un silence, elle ajouta :

— Et toi ?

— Je ne les cumule pas dans un même lieu… Mais je voyage et…

— Et…

— Il m'est arrivé de mener de front plusieurs aventures ! Tu es jalouse ? reprit-il en l'imitant.

— Pas du tout !

— Menteuse.

En réponse, il reçut un oreiller qu'il lui renvoya aussitôt.

— Pas du tout, répéta-t-elle.

— Jure que tu dis la vérité, insista-t-il en la renversant sur le dos.

Sans attendre, il l'embrassa, puis relâcha son étreinte pour murmurer :

— Un baiser vaut mieux qu'un parjure.

Redevenu sérieux, il ajouta :

— Depuis Bombay, il n'y a eu personne d'autre que toi.

L'absence de Guillaume créa un grand vide. Plus de trois semaines s'écouleraient avant leurs retrouvailles à Goa. Auparavant, Valentine emmènerait Octave aux sports d'hiver. Puis elle se rendrait à Bombay. Oxana l'avait invitée à séjourner chez elle. Via Internet, elle venait de lui envoyer des photos d'Anil. Allongé sur son lit, l'enfant fixait l'objectif d'un regard grave. Dans son visage, les yeux paraissaient immenses...

— C'est qui ? demanda Octave, qui s'était approché.

Pour la première fois, elle lui raconta l'histoire d'Anil. A l'inverse de ses habitudes, il ne l'interrompit pas, mais l'écouta avec attention. Dès qu'elle eut terminé, il alla dans sa chambre. Elle entendit qu'il fouillait dans ses affaires. Quelques instants plus tard, il revint en brandissant l'un de ses jouets préférés. Un robot ultraperfectionné qu'il montrait avec fierté à ses copains.

— C'est pour lui, annonça-t-il en le déposant sur les genoux de sa mère.

34

La chaleur était déjà forte quand Valentine sonna chez Oxana. Le serviteur habituel s'empara de sa valise et la précéda jusqu'à sa chambre. Elle s'approcha du balcon qui longeait l'appartement. Chowpatty entamait le week-end. On installait les étals, déroulait des tapis de paille pour y installer divers matériels et marchandises.

— Tu as fait bon voyage ?

Valentine se retourna. Sur le seuil de la porte, Oxana lui souriait.

— Le petit déjeuner nous attend.

Elles s'installèrent sur la terrasse. Après deux mois passés au loin, Valentine renouait avec une atmosphère qui lui avait manqué. Abritée derrière ses lunettes de soleil, elle contemplait la mer.

— J'ai l'impression d'être déjà en vacances !

— Vacances ! Ce mot m'obsède... Je ne pense plus qu'à dormir sous les cocotiers, avoua Oxana.

Depuis l'été précédent, elle n'avait pas quitté le labo. Il était grand temps de faire une coupure ! Govind s'était inquiété de savoir où elle se rendrait.

— A Goa. Comme d'habitude.

Il rêvait d'y aller. En famille ! Afin qu'il ne décelât pas de méfiance à son égard, Oxana le renseigna sur son lieu de séjour, la possibilité d'y louer des bungalows.

« On raconte que les baignades sont dangereuses.

— Il faut faire attention aux courants », avait-elle répliqué.

Jusqu'au milieu de la matinée, elle discuta avec Valentine. Tout à l'heure, elles se rendraient dans le centre de convalescence où Anil recouvrait des forces.

— Ses parents viennent le voir ?

— De temps en temps. A cause de sa nouvelle grossesse, la mère a des nausées. Quant au père, il est claqué par son travail.

— Et Amita ?

— Elle ne m'a jamais laissée tomber. C'est une femme admirable. Je l'ai présentée au docteur Sidhwa. Elle pourra se tourner vers lui en cas de besoin.

— A propos de besoin… Qu'avez-vous prévu pour Anil ? De mon côté, j'ai récolté de l'argent pour sa future scolarité. Avec ma sœur et mon amie Anne Lise, nous voudrions organiser un parrainage.

— Il faudra voir avec Amita.

Le centre de convalescence se situait à Breach Candy. Proche de la côte, l'édifice était entouré de palmiers. Destiné aux enfants et aux jeunes adolescents, le lieu existait grâce à des donateurs qui appartenaient à la communauté parsi. Oxana entraîna Valentine dans le couloir menant aux ascenseurs. La chambre d'Anil se trouvait au troisième étage. Il la partageait avec deux autres enfants. Allongé dans un lit à barreaux, le petit terminait sa sieste. En le découvrant, si tranquille dans ce décor apaisant, Valentine fut bouleversée. La volonté de plusieurs personnes avait suffi pour repousser les ombres néfastes.

— Il a changé, constata-t-elle.

A son réveil, la transformation se révéla encore plus évidente. Reconnaissant Oxana, Anil lui sourit et s'assit. Puis il lui tendit les bras. Avec l'accord de l'aide-soignante, elle le prit sur ses genoux et lui désigna Valentine. L'enfant sourit à nouveau.

— Tu veux bien aller avec elle ?

Sans pleurer, il changea de bras. A travers son justaucorps en coton, Valentine sentit la chaleur de son corps.

— Bien sûr, tu ne me reconnais pas. Mais j'ai beaucoup pensé à toi.

Mis en confiance, Anil poussa des petits cris et désigna du bras ses autres compagnons qui s'étaient à leur tour réveillés. Pendant que l'aide-soignante changeait la couche de la petite fille, Oxana se dirigea vers un garçonnet allongé.

— Il s'est fait renverser par une moto... On a pu sauver sa jambe.

A mi-voix, elle ajouta :

— Tous les deux viennent des slums. Dans leur malheur, ils ont eu de la chance. En sortant d'ici, ils seront pris en charge.

Valentine retint un « aïe ». Anil lui tirait les cheveux avec vigueur. Puis il s'attaqua à sa montre, approcha sa bouche pour en mordre le cadran.

— Il va prendre son biberon, annonça l'aide-soignante.

Pendant qu'il buvait, Valentine songea à ces enfants qui, dans cet établissement, demeuraient éloignés de leurs parents. Certes, ils bénéficiaient d'hygiène et de confort, mais ils étaient privés de l'odeur de la mère, de la voix du père, du brouhaha familial. A côté, le garçonnet mangeait des biscuits en discutant avec Oxana. Il avait six ans et comptait les jours le séparant de sa sortie. Ses copains lui manquaient... Plus sauvage, la petite fille se repliait sur elle-même dès qu'on lui adressait la parole. Mais elle finit par se laisser apprivoiser...

En quittant les lieux, Valentine se sentit régénérée. Elle avait joué avec Anil, chanté, mimé des animaux... Il avait gazouillé et ri...

— Je ne pensais pas le trouver dans cette forme, avoua-t-elle à Oxana.

Avant de rentrer, elles firent un détour par Crawford Market. Dès qu'elles s'approchèrent du marché couvert, des porteurs proposèrent leurs services. Oxana engagea un homme entre deux âges qui les suivit avec son chariot. Au gré des traverses éclairées par des néons et des lampions, la cohue était indescriptible. En hindi, en marathi, les gens s'interpellaient. C'était l'heure des achats pour les habitants de la ville et des alentours. Assourdie par le vacarme, Valentine emboîta le pas à son amie et contourna une fontaine. Une odeur de fruits monta à ses narines. Autour d'elles, des étals proposaient des pyramides de bananes, de mangues, d'oranges, de poires. Oxana choisit des citrons et un ananas. Puis elles se dirigèrent vers les légumes secs et les épices. Assis sur des sacs de jute, les marchands vantaient leur choix de lentilles, pois chiches, raisins, amandes, noisettes. Leurs enfants dans les bras, des clientes se courbaient pour déposer des sachets de curcuma et de curry au fond de leurs cabas. Ne pouvant résister à la tentation, Valentine acheta des dattes et des pistaches qu'on lui pesa sur une balance d'un autre âge. D'allée en allée, elles arrivèrent dans le quartier des fleuristes. Dans des seaux, les tulipes, les chrysanthèmes, les zinnias, les mufliers embaumaient. Valentine opta pour des roses et des dahlias. Avant de sortir, elles passèrent devant des volières. Aux cris des chalands s'ajouta le pépiement d'oiseaux multicolores. Se faufilant à travers les clients, des portefaix charriaient d'énormes ballots sur leur tête. Depuis l'ouverture, ils allaient et venaient pour gagner quelques roupies. A l'extérieur, la chaleur reprit ses droits. En deux mois, la température avait augmenté. Dans la voiture,

Oxana mit l'air conditionné. Puis elles reprirent le chemin de Chowpatty.

— Tu auras le temps de te reposer avant l'arrivée du docteur Sidhwa.

Tandis que le chirurgien s'asseyait sur le canapé, Valentine l'observa. Derrière les lunettes, le regard était calme et réfléchi. D'une voix basse, il s'exprimait dans un anglais sans accent.

— Alors, c'est vous qui avez intercédé en faveur d'Anil ? lui dit-il.

— C'est moi, répondit-elle platement.

En dépit de son visage ouvert, de son sourire juvénile, le docteur Sooni Sidhwa était intimidant. Toutefois, cette impression s'atténua au fil de la conversation.

— Je ne pensais pas que nous obtiendrions d'aussi bons résultats, reconnut-il.

— Vous nous aviez laissé peu d'espoir, renchérit Oxana.

Après avoir évoqué certains détails concernant l'intervention, ils passèrent à d'autres sujets. Ayant séjourné deux fois à Paris, le docteur Sidhwa ne réfréna pas son enthousiasme. Fou d'opéras et de musique, il avait partagé ses soirées entre l'Opéra Bastille, le Châtelet et le théâtre des Champs-Elysées. Lui-même jouait du violon. Le premier samedi de chaque mois, il donnait un récital à la clinique. Les recettes allaient à la fondation. Oxana avait assisté à celui de février. En les écoutant parler, Valentine comprit qu'ils se voyaient fréquemment. Il était même question que Sooni les rejoignît trois ou quatre jours à Goa, au cas où son emploi du temps le lui permettrait. Etonnée par ce qu'elle découvrait, elle prêta davantage d'attention à leur relation. Ils partageaient de nombreux terrains d'entente. En premier, le secteur médical. Mais ce n'était pas tout ! L'un et l'autre avaient connu l'exil. Depuis l'adolescence, Sooni avait décidé de devenir chirurgien. A l'inverse de ses jeunes amis qui se gargarisaient de leurs privilèges, il voulait se rendre utile. Opérer, soigner. En particulier, les enfants ! Durant son internat aux Etats-Unis, il avait rencontré une Bostonienne qui se préparait à devenir ophtalmologue. Pour qu'elle acceptât de l'épouser, il lui fallait rester en Amérique. Lorsqu'il fut admis dans un service de cardiologie pédiatrique à Philadelphie, il la demanda en mariage. Les premières années de vie commune se déroulèrent sous de bons auspices. Passionnés par leur métier, ambitieux, ils déclenchaient la jalousie de leurs confrères. Après la naissance de leur fille, les choses changèrent. Calendriers surchargés, fatigue, ils n'avaient plus trouvé d'énergie pour protéger leur union. Après leur divorce, Sooni était rentré à Bombay.

Pour une fois, Oxana n'avait pas donné congé au personnel. Renouant avec d'anciennes habitudes, elle avait choisi elle-même la nappe et la vaisselle, sélectionné avec soin le vin qui accompagnerait les mets préparés par la cuisinière. Pendant trop longtemps, sa liaison avec Karan l'avait coupée d'une vie sociale. Ce soir, elle était heureuse d'avoir des convives à sa table. La venue de Valentine lui avait fourni l'occasion d'inviter le praticien. Dès qu'il avait passé le seuil, elle s'était félicitée de cette décision. En sa compagnie, elle retrouvait sa vivacité et son envie de plaire. C'était lui qui avait fait les premiers pas. Après l'opération d'Anil, il l'avait invitée à dîner dans un restaurant qu'ils avaient quitté à la fermeture. Son mélange de culture orientale et occidentale faisait de Sooni un interlocuteur recherché.

Valentine fut à son tour captivée par ses connaissances et son ouverture d'esprit. Comme de nombreux Parsis, Sooni avait voyagé à travers la planète. Pour son travail et pour son plaisir ! Depuis son installation à Bombay, il tentait dans la mesure des opportunités de bousculer les mentalités. Un défi qu'il n'était pas certain de relever. En attendant, il pratiquait des tarifs onéreux pour ceux qui pouvaient payer… Un tiers de ses honoraires allait à la fondation et lui permettait d'opérer gratuitement les enfants démunis.

— Sans ce système, Anil aurait connu de grosses difficultés.

En se tournant vers Oxana, il ajouta :

— Le docteur Pandit, qui nous a mis en relation, agit de même à Bangalore.

Oxana lui avait avoué ses tentatives pour trouver un vaccin contre la malaria. Connaissant les enjeux, il ne l'avait pas assaillie de questions. Non seulement cette discrétion lui avait plu, mais elle l'avait mise en confiance. Depuis qu'elle s'était séparée de Karan, Oxana s'était imaginé que les hommes fiables ne lui étaient pas destinés… Etrange tour du destin ! En un temps record, elle avait croisé Sooni Sidhwa.

A la fin du repas, ils burent un café sur la terrasse. Différentes musiques montaient de la plage. Fatiguée par son voyage et par le décalage horaire, Valentine ne se sentit bientôt plus capable de participer à la conversation.

— Excusez-moi de vous abandonner. Mais…

— Tu as sommeil… C'est compréhensible, la déculpabilisa Oxana.

35

Chez Mira, l'atelier se remettait du dernier défilé. La collection avait plu aux journalistes et aux clientes.

— Deepak a fait d'excellentes photos, annonça la styliste à Valentine. Tu veux les voir ?

Elles se rendirent dans le bureau adjacent. A l'entrée de Valentine, Dipa se leva. Les cheveux tirés en chignon, le visage exempt de maquillage, elle portait un salwar kameez de couleur bronze qui mettait en valeur sa silhouette menue.

— Namaste Dipa, la salua Valentine en souriant.

— Namaste.

Pendant que Mira recevait une acheteuse allemande, Dipa prit un « book », le déposa sur une table, approcha une chaise.

— Si vous souhaitez vous asseoir...

Alors que Valentine hésitait à lui demander des nouvelles, Dipa déclara :

— Je voulais vous écrire pour vous remercier... Mais Amita m'a dit que vous reveniez.

— On vous a donné le magazine ?

A sa sortie de la maternité, Dipa avait découvert son image sur une pleine page. En regardant le cliché avec davantage d'attention, elle avait retrouvé sa dignité d'autrefois.

— Vous êtes aussi sur notre site Internet, précisa Valentine.

La jeune Indienne acquiesça.

— Madame Chadha m'a montré.

Tant d'événements s'étaient déroulés dans l'existence de Dipa qu'il lui arrivait de remettre en doute leur réalité. Sa rencontre avec la journaliste alors qu'elle se trouvait au fond du gouffre. La proposition de poser pour un photographe reconnu. Une embauche à l'essai dans un atelier de couture. La fréquentation de personnes bien intentionnées... Rien dans son existence n'obéissait plus à une logique d'échec ! Deux jours après la naissance, sa petite fille s'était mise à pleurer dans son berceau. Jusque-là, Dipa ne l'avait pas touchée. Ayant refusé de l'allaiter, elle avait prétexté des maux de ventre pour la maintenir à distance. Les hurlements redoublant, ses voisines de chambre lui demandèrent d'intervenir. Elle se pencha sur le berceau. Poings serrés, l'enfant était écarlate. Sans tergiverser, elle la souleva puis l'allongea à côté d'elle. Comment une minuscule créature pouvait-elle crier avec autant de virulence ? Pour l'apaiser, elle la berça. Fatigue ou contentement que l'on se préoccupât d'elle, le bébé recouvra peu à peu son calme. Pour la première fois, Dipa la contempla avec attention. Dans le visage chiffonné, les sourcils étaient à peine esquissés, le nez un peu large, le menton creusé d'une fossette. Elle remarqua les oreilles bien collées... Quand il avait fallu lui donner un prénom, elle avait choisi Geeta. A voix basse, elle en prononça les deux syllabes.

— Ma fille est née, dit-elle à Valentine. Et je ne l'ai pas abandonnée. Amita lui a trouvé une nourrice. Grâce à ce que vous m'aviez versé pour la photo, j'ai pu payer les trois premiers mois.

Emue, Valentine apprit que Dipa ne se séparerait pas de Geeta. Les journées à la maternité lui avaient permis de devenir mère. Ce qu'elle s'était, jusque-là, interdit. A la troisième visite d'Amita, elle avait demandé si Geeta pourrait être prise en charge pendant qu'elle travaillerait.

— Le destin m'a placée devant mes responsabilités. Si j'avais accouché normalement, j'aurais refusé de la voir et signé des papiers pour l'abandonner, confia-t-elle à Valentine.

Amita avait fini par trouver une voisine qui, pour une somme correcte, prendrait Geeta en pension. Elle vivait avec son mari et ses trois enfants dans un modeste logement. Ce serait mieux qu'une cahute insalubre ! Dès sa sortie, Dipa lui rendit visite. Les deux pièces étaient vétustes, mais propres. La femme lui sembla sympathique. Après avoir conclu un accord, elle se rendit avec Amita dans un centre discount pour y acheter le linge et les biberons nécessaires. Sur le trajet, elles firent un détour par le temple de Mahalaxmi, dédié à la déesse de la prospérité. Après un passage devant des échoppes qui proposaient bracelets, fleurs en plastique, guirlandes, statuettes de divinités, elles pénétrèrent dans le sanctuaire pour accomplir leur offrande. En revenant sur ses pas, Dipa avait senti qu'une nouvelle vie commençait avec des sacrifices, des difficultés et de l'amour.

— Vous habitez toujours à Dharavi ? lui demanda Valentine.

— Toujours. Mais madame Chadha m'autorise à me laver en arrivant à l'atelier. J'ai aussi ma penderie avec les vêtements que je porte pendant la journée.

Depuis son embauche, la jeune femme avait trouvé des alliées chez les couturières. Pendant leur temps de repos, toutes avaient confectionné des habits pour Geeta. Un véritable trousseau ! Ces marques d'attention l'aidaient à affronter les derniers liens avec le passé. Lorsqu'elle se retrouvait avec ses deux colocataires dans sa cabane de Dharavi, elle s'évadait en pensée. Pour oublier la promiscuité, les disputes, les galopins qui se battaient à l'extérieur, le son des téléviseurs, elle se fixait sur son nouveau travail. Mira Chadha privilégiant le calme et la discrétion, l'atelier ne ressemblait pas à une volière. On ne discutait pas à tout va ! Il en résultait une atmosphère bénéfique. Sans ragots, sans calomnies, sans jalousies.

Valentine avait regardé les pages du book lorsque la styliste revint dans la pièce.

— Ce n'était qu'un prélude, lui dit celle-ci. Je t'ai gardé un DVD du défilé.

Comme tous les créateurs, Mira ne pensait plus qu'à sa nouvelle collection et elle en détailla les principaux thèmes. Néanmoins, pendant une éclipse de Dipa, elle murmura :

— Elle se donne beaucoup de mal pour me satisfaire. Dans quelques mois, elle saura me seconder.

— Tu as décidé de la garder ?

— Je l'en avertirai avant que la période d'essai ne soit terminée.

L'avenir de Dipa revint dans la conversation que Valentine eut avec Amita. L'assistante sociale la reçut chez elle. Sa mère ayant rendu visite à un membre de la famille, le téléviseur était éteint. Pour la circonstance, elle avait sorti un service à thé en faïence et préparé des beignets. Assise sur un coussin, Valentine attendait qu'elle eût terminé de s'activer. Les moments de repos devaient s'avérer rares dans ses journées !

— Quand on obtient des résultats, on oublie la fatigue et les désillusions.

Cette confidence était venue plus tard. Après qu'Amita eut avoué à sa visiteuse qu'elle prêtait peu d'intérêt aux paroles.

— Si vous saviez combien j'ai entendu de fausses promesses ! Des étrangers qui, comme vous, s'engageaient à nous verser avec régularité de l'argent ! Dès qu'ils reprenaient l'avion, ils nous oubliaient. Au début, j'ai pensé que vous feriez la même chose. La recherche du chirurgien... Je n'y croyais pas !

— Je l'ai bien senti.

— J'en ai parlé à mon mari. C'est lui qui m'a conseillé de ne pas vous envoyer promener. A force d'écouter les problèmes de chacun, je finis par ne plus être objective.

L'objectivité. Depuis longtemps, Valentine tentait de cerner les contours de ce mot. Pouvait-on l'être ? En ce qui concernait Amita, certains êtres, certains cas devaient la toucher plus que d'autres... Comment se montrer impartiale ? Un solide équilibre familial, des croyances religieuses et la sensation d'être utile devaient l'aider à ne pas baisser les bras !

— Je suis désolée d'avoir douté...

— Parlons plutôt de l'avenir, renchérit Valentine. Pour Dipa, tout semble s'organiser dans le bon sens. Elle n'a pas eu à subir trop de questions après son accouchement ?

— Personne ne sait qu'elle travaille chez madame Chadha. Et la petite fille est à l'abri... C'était le plus urgent. Mais je vais chercher à loger Dipa en dehors de Dharavi. On m'a indiqué une dame âgée qui aurait des chambres à louer à Tardeo...

Un sourire éclaira le visage d'Amita. Jusqu'au bout, elle avait espéré que sa protégée se laisserait attendrir par son bébé. Combien de fois n'avait-elle pas prié devant l'autel familial ! Les dieux l'avaient entendue. Geeta ne grossirait pas le lot des orphelins qui attendaient une hypothétique adoption. Certes, elle n'avait pas de père. Mais les mentalités étaient en train de changer. Socialement, elle aurait moins à souffrir de cette situation que par le passé.

Avant de prendre congé, Valentine mit au point la situation financière d'Anil.

— Dans mon entourage, plusieurs personnes ont décidé de lui payer ses études jusqu'à ce qu'il obtienne un métier. Comment faire pour que sa famille n'utilise pas ces sommes à d'autres fins ?

Amita s'engagea à étudier la meilleure solution. En raccompagnant sa visiteuse jusqu'à la porte, elle laissa échapper un soupir de soulagement. Dans la fourmilière de malheureux sur lesquels elle veillait… trois d'entre eux voyaient le bout du tunnel.

Jusqu'au départ pour Goa, Valentine alla voir quotidiennement Anil. Après avoir obtenu la permission d'Octave, elle avait offert le robot au garçon de six ans qui partageait la chambre de l'enfant. Pour la petite fille, elle apporta une peluche. Le dernier soir, alors qu'elle reprenait le chemin de Chowpatty, elle se sentit légère. Guillaume était arrivé à Goa. Impatiente de le retrouver, elle comptait les heures. Depuis qu'ils s'étaient quittés, elle le « transportait » où elle allait, lui demandait son avis, imaginait ses réponses.

Dans l'appartement, Oxana venait d'arriver.

— Chaque fois que je prends des vacances, ils me bombardent de travail. Sooni voulait nous inviter à dîner. Mais j'ai trop de choses à faire ! Mon courrier est en retard… Ma valise n'est pas commencée.

Alors qu'elle allumait son ordinateur personnel, un souvenir s'imposa. Au labo, elle avait été appelée par le directeur qui passait en coup de vent. Oubliant les précautions habituelles, elle s'était éloignée de son écran sans mettre en place les barrages et mots de passe habituels. En revenant de l'entretien, elle avait immédiatement contrôlé ce que faisait Govind. Devant ses éprouvettes, le chercheur ne semblait pas avoir remarqué son absence…

36

Empruntant une route bordée d'arbres luxuriants, la voiture se dirigea vers le nord du territoire goannais. Depuis quelques années, Cécile et son compagnon Johann avaient quitté la bourgade trop fréquentée de Candolim pour s'installer dans un lieu plus tranquille. La vitre ouverte, Valentine contemplait le paysage. Après l'effervescence de Bombay, les champs de canne à sucre et les rizières, les buffles, les charrettes surchargées d'enfants rieurs la projetaient dans un autre monde. Oxana se laissait, elle aussi, griser par le calme de la campagne. Au détour d'un virage, elles croisèrent des collégiennes en uniforme gris et bleu. Le chauffeur klaxonna. Ce qui entraîna de grands sourires et des signes de la main.

De part et d'autre du chemin, des maisons coloniales rappelaient que Goa avait été portugaise jusqu'en 1961. Couleurs éclatantes, balcons ouvragés, jardins et vérandas fleuris... A Panaji, la capitale, le véhicule s'engagea sur un pont pour traverser la rivière Mandowi. Puis il longerait les plages qui avaient connu la célébrité avec l'arrivée des premiers hippies. Trente-cinq ans auparavant, des jeunes venus du monde entier avaient jeté leur dévolu sur ce rivage aux allures d'éden. C'était l'époque des Who, du cannabis, de la liberté sexuelle, du rejet des conventions. On grattait la guitare, fumait, profitait du soleil et de la mer ! Laissant derrière eux Calangute, Baga, Vagator, le chauffeur poursuivit sa course vers Arambol. A mesure que défilaient les kilomètres, Valentine sentait son impatience grandir. Dans moins d'une demi-heure, Guillaume la serrerait contre lui...

Pour parvenir à destination, il fallait emprunter un dernier chemin de sable. Au bout, une rangée de cocotiers frangeait le rivage. A première vue, on avait l'impression que l'endroit était désert.

— Les bungalows se confondent avec le paysage, indiqua Oxana.

Noyées dans la végétation, plusieurs habitations rudimentaires surplombaient la plage. Alerté par le bruit du moteur, Guillaume apparut. La chemise entrouverte, en bermuda et pieds nus, il tenait un livre à la main.

— Tout s'est bien passé ? leur demanda-t-il.

Pendant qu'Oxana ne cachait pas sa joie de retrouver son lieu de vacances favori, il s'approcha de Valentine et déposa un baiser sur son épaule nue. Puis il passa un bras autour de sa taille et l'entraîna vers leur cabanon, qui se composait de deux chambres, d'une salle d'eau et d'un coin cuisine.

— Notre suite, annonça-t-il.

Un jeune garçon déposa les bagages dans la première pièce.

— Voici Aniwan, qui s'occupe du ménage.

Dès qu'ils furent seuls, il attira Valentine contre lui. Renouant avec des gestes familiers, il l'embrassa avec lenteur, murmura des mots à son oreille qui la firent frissonner. Bientôt, on frappa à la porte. C'était Cécile.

— Je vous dérange ? s'inquiéta-t-elle en leur adressant un clin d'œil.

En paréo, le corps bronzé, des bangles autour des poignets, elle avait quitté temporairement le métier de galeriste pour vivre selon ses envies.

— Les draps et les serviettes sont changés tous les trois jours. Guillaume t'indiquera la réserve d'eau minérale. Nous t'avons mis de la citronnelle dans la chambre, expliqua-t-elle à Valentine.

Lorsqu'elle eut tourné les talons, Guillaume proposa une baignade. Oxana nageait déjà loin quand ils abordèrent les premières vagues. Après les journées hivernales, cette récréation gomma les dernières tensions de Valentine. En faisant la planche, elle observa le vol des oiseaux.

— Ce sont des vautours, indiqua Guillaume lorsqu'ils reprirent pied.

Avant de s'asseoir sur leurs draps en éponge, elle essora ses cheveux. Puis elle s'installa à côté de son amant pour contempler le ciel qui s'enflammait. Personne d'autre qu'eux n'occupait l'espace entre les bungalows et l'océan.

— A sept cents mètres, il y a un village de pêcheurs. Ce sont nos plus proches voisins.

Johann et Cécile avaient cherché de longs mois avant de dénicher cette enclave qui n'avait pas été colonisée par les touristes et les adeptes de la « transe ». Loin des « full moon parties » et des « raves », ils accueillaient les locataires qui leur convenaient. Pour ceux qui avaient goûté aux charmes de cette « robinsonnade », il n'existait plus d'alternative. Chaque hiver, ils revenaient. Guillaume espérait convertir Valentine à cette habitude ! Il la regarda scruter les flots où apparaissait et disparaissait la tête d'Oxana.

— Elle est infatigable, remarqua-t-elle.

— De temps en temps, on s'inquiète. Mais c'est une sirène. Elle pourrait parcourir des kilomètres pour rencontrer des dauphins...

Avant la tombée de la nuit, Guillaume et Valentine regagnèrent le bungalow. Leurs deux portes-fenêtres ouvraient sur une véranda où une table et des chaises permettaient de prendre le petit déjeuner. Spontanément, Valentine attira Guillaume dans sa chambre. Il posa sa main sur son bras, où s'étaient collés des grains de sable. Puis il approcha son visage du sien. Sa bouche avait un goût de sel. Pendant qu'elle répondait à son baiser, elle l'enveloppa de gestes circulaires. Ses bras se coulèrent autour de son cou, une jambe entoura ses reins. Bientôt, elle fut nue. Sa peau sentait l'air iodé et la mer. Il la souleva à la hauteur de sa taille, affermit son étreinte puis l'emporta vers le lit, dont il écarta la moustiquaire. Lorsqu'il la sentit à bout de patience, il la serra plus fortement contre lui...

Quand il se releva pour allumer une lampe à pétrole et chercher une bouteille d'eau, Valentine s'étira. Pendant une succession de journées et de nuits, ils apprendraient à se connaître. Ses expériences passées l'avaient rendue méfiante. Au début d'une relation, chacun se montrait sous son meilleur jour ! Mais trop de prudence ne risquait-elle pas de freiner la spontanéité ?

Le cabinet de toilette ne possédant pas de toit, on se lavait à ciel ouvert. En levant la tête vers le pommeau de douche, Valentine découvrit des étoiles. Pour ne pas utiliser trop d'eau, elle bouscula ses habitudes et ne s'attarda pas sous le jet. Revenue dans sa chambre, elle chercha dans son sac de voyage ce qu'elle porterait pour la soirée. Bientôt, elle fut prête...

Chaque soir, Cécile et Johann dînaient dans l'une des paillotes qui fleurissaient sur les plages. Pour s'y rendre, il suffisait d'enfourcher un scooter. A califourchon derrière Cécile, Oxana plaisantait avec Guillaume, qui n'arrivait pas à faire démarrer le sien. Chaque année, les loueurs de deux-roues essayaient de leur fourguer des engins approximatifs. Après plusieurs essais, le moteur daigna tourner. Valentine se hissa derrière son chauffeur et ils prirent la direction d'Aswen, où les attendait Johann.

Si l'on avait demandé à Valentine de décrire un vieux hippy, le Hollandais en était une parfaite incarnation. Sans âge, le visage buriné, les cheveux atteignant les épaules, il semblait chez lui dans le restaurant qui proposait les produits de la pêche.

— Salut, dit-il à Valentine en s'attardant sur sa silhouette.

Puis il serra Oxana contre lui.

— Est-ce que tu nous apportes de nouvelles substances ? lui demanda-t-il.

— Compte sur moi !

A la cantonade, il expliqua qu'Oxana travaillait dans un laboratoire. A côté de lui, une femme marmonna que si les gens refusaient d'absorber des médicaments, ils seraient moins malades ! Dans d'autres circonstances, la biologiste aurait répliqué vertement. Mais elle n'avait pas envie de gâcher ses vacances. Impavide, elle écouta vanter l'ouverture des chakras… Un verre de vin blanc sec l'aida à rester tolérante quand il fut question de cristaux qui avaient un pouvoir de guérison et de mixtures herbacées… Chaque fois qu'elle revenait à Goa, elle avait l'impression de s'immerger dans un monde sectaire et figé. Ce qui se déroulait sur la planète laissait de marbre tous ces nomades qui ne voyaient que leurs petites préoccupations. A l'inverse de leurs congénères, Johann et Cécile ne perdaient pas le sens des affaires. Dans la rue principale de Candolim, ils avaient conservé leur ancienne maison-galerie. Ce qui ne les empêchait pas d'avoir des stands au Flea Market d'Anjuna et au Saturday Night Bazaar d'Arpora. Lui chinait, elle vendait... Pour des toiles de jeunes peintres, des tirages photographiques limités, des bijoux sculptures, les touristes se délestaient de leurs dollars.

Tandis qu'elle commandait des crevettes balchao, Oxana observa Valentine et Guillaume. En dépit de leur discrétion en public, ils n'auraient pu tromper personne. Sans qu'ils se frôlent ou se touchent, leurs corps parlaient un même langage. Cette plénitude lui manquait d'autant que son avenir sentimental se colorait à nouveau. Avant qu'elle ne quittât Bombay, Sooni lui avait promis de la rejoindre.

« Je suis frustré de regarder tous les jours une mer où je ne peux pas me baigner », lui avait-il.

A travers les mots de circonstance, elle avait compris qu'il souhaitait la retrouver loin de leurs métiers et de leurs activités. En l'attendant, elle se lèverait avec le soleil et nagerait.

Le dîner touchait à sa fin. Fatiguée, Cécile ne souhaitait pas s'attarder.

— Je te ramène ou tu préfères attendre Johann ? demanda-t-elle à Oxana.

— Je rentre avec toi.

Guillaume et Valentine, qui en avaient entendu suffisamment sur la macrobiotique, les imitèrent. En roulant lentement, ils prirent le chemin du retour. Les phares de leurs scooters balayaient la route où à chaque seconde pouvait surgir l'imprévu. Voiture ou cycle sans éclairage, piétons noyés dans l'obscurité, vache égarée...

Bercés par le ressac, Valentine et Guillaume s'endormaient dans la chambre de l'un ou de l'autre. Respectueuses de leur intimité, Cécile et Oxana attendaient qu'ils recherchent leur compagnie pour se manifester. En fin d'après-midi, quand la chaleur diminuait, tous les quatre partaient en promenade. Leur première visite fut pour Devika. La danseuse avait préféré résider chez des amis. D'origine portugaise, Jacinto et Angela Miranda possédaient une maison de famille à quelques kilomètres de Sinquerim. Dans un parc, la villa peinte en bleu et blanc aurait pu faire croire aux visiteurs qu'ils étaient au sud de l'Europe. Attachés à leurs traditions, le couple les perpétuait en territoire indien. Les ancêtres de Jacinto avaient bâti leur fortune sur le commerce du riz. Tous avaient parlé le portugais, pratiqué la religion catholique et chanté le fado. Ayant récemment rencontré Devika à Bombay, les Miranda l'avaient invitée. Son séjour chez eux touchait à sa fin. Bientôt, il lui faudrait réintégrer la troupe.

— La scène me manque, avoua-t-elle à Guillaume.

Quotidiennement, elle s'échauffait. Dans une pièce quasi vide, devant un grand miroir, elle répétait ses chorégraphies qui réunissaient plusieurs éléments. Le nritta définissait le mouvement auquel rien ne s'ajoutait. A l'inverse, dans le nritya, le mouvement s'accompagnait de l'expression. Grâce aux rasa, les sentiments défilaient : la colère, la tristesse, le courage, la peur, la curiosité, l'empathie… Les positions de la tête, les glissements de prunelles, les gestes de la main, la position des doigts – les mudra – aidaient à conter une histoire. Tandis qu'elle évoluait au son de la musique, elle ne relâchait jamais sa concentration. Tout devait se coordonner dans une parfaite harmonie.

Intéressée par le parcours atypique de Devika, Valentine souhaitait l'évoquer dans son essai sur les femmes indiennes. Née à la campagne, privée d'instruction, elle était devenue danseuse grâce à son talent, à son travail et à la chance. Son art l'entraînant loin de son pays, comment vivait-elle cette existence de nomade ?

— Je profite de tout ce qui m'arrive ! Un jour, je n'aurai plus l'âge et la force de danser, répondit-elle à sa question. Les souvenirs deviendront mes meilleurs amis.

37

Les journées passaient vite, trop vite. En scooter ou en rickshaw, Guillaume emmenait Valentine visiter les églises catholiques, les forts de Tiracol et d'Aguada, le quartier portugais de Panaji. Parfois, ils s'arrêtaient pour acheter des babioles dans les échoppes sur roulettes. Lorsqu'ils avaient chaud, ils s'installaient le long d'une plage, commandaient un jus de papaye ou de coco et se baignaient. A cette époque, les touristes étaient un peu moins nombreux que pendant les fêtes de Noël. Le corps rougi par les coups de soleil, hommes et femmes faisaient la joie des gamins qui, à Calangute ou ailleurs, leur vendaient des canettes de Coca, des bracelets, des huiles solaires et d'autres marchandises.

Sooni Sidhwa avait confirmé son arrivée pour le samedi. Allongée dans un hamac, Oxana le guettait. Un bruit de moteur se rapprocha et une moto se profila au bout du chemin. Une vieille Enfield. En cahotant, elle alla jusqu'au rond-point. Le conducteur s'arrêta puis il scruta les alentours.

— Vous cherchez quelque chose ?

L'homme sursauta. Il n'avait pas entendu Oxana s'approcher.

— Il y a des chambres à louer ?

— Tout est plein.

— Jusqu'à quand ?

— La propriétaire est absente. Il faudrait revenir demain.

Après avoir remercié, l'homme fit demi-tour.

Vingt minutes plus tard, une Ambassador freinait à la même place. Le chauffeur en descendit pour ouvrir la portière. Sooni apparut et sortit son portefeuille de sa poche pour payer sa course. En découvrant Oxana, il alla à sa rencontre.

— C'est un paradis !

— A condition d'aimer la vie simple…

Le chirurgien regarda autour de lui. Depuis des mois, il n'avait pas pris de vrai congé ! L'idée de ne pas se pencher sur des malades, de ne pas respirer l'odeur de l'éther et des désinfectants, prit le pas sur tout le reste. Enfin, il allait s'appartenir… Aller et venir sans craindre qu'une urgence ne déclenche son « bip ». Tandis qu'Oxana lui indiquait son bungalow, il s'étonna de son changement. Bronzée, les cheveux balayant ses reins, elle semblait en vacances depuis la nuit des temps.

— Je vous laisse vous installer.

— Avant, j'ai l'intention de me baigner.

Elle éclata de rire.

— Aucun arrivant ne déroge à cette règle !

Plus tard, tous les deux partirent pour Arpora, où se tenait le Saturday Night Bazaar. Oxana abandonna la conduite de son scooter à Sooni, qui eut l'impression de redevenir étudiant. La foule n'avait pas encore investi les travées lorsqu'ils y parvinrent. A l'inverse des produits que proposaient les brocantes des environs, les marchands ne se cantonnaient pas à l'artisanat. Au fil des stands, les tentations étaient nombreuses. Néanmoins, Cécile savait maintenir sa réputation. La décoration du périmètre qui lui était imparti donnait envie de s'y attarder. Coussins, pliants, escarpolettes permettaient de s'asseoir au milieu de ses « trésors ». Guillaume et Valentine fouillaient dans des cartons lorsque Sooni et Oxana les rejoignirent. Les deux hommes furent présentés. Cécile adressa un salut discret au nouveau venu. Elle était en train de conclure une vente importante.

Sans se presser, Guillaume et Valentine chinèrent à travers le Bazaar. Un groupe de musiciens s'était installé sous un banyan et commençait à jouer de la pop. Un peu plus loin, un masseur expliquait ses techniques « révolutionnaires ». Valentine n'y prêta aucune attention. Elle avait repéré une peinture. Il s'agissait d'une évocation contemporaine de Shiva et de son épouse Parvati. Le trait était intéressant, les couleurs recherchées, volontairement délavées. Avant tout, elle était sensible à la tendresse et à la sensualité qui semblaient unir le dieu et la déesse. Guillaume se dirigea vers le marchand. Après une rapide tractation, le tableau fut enveloppé dans du journal.

— En le regardant, tu seras obligée de penser à notre promenade dans l'île d'Elephanta ! dit-il d'un ton bourru.

Tandis que Valentine dissimulait mal son émotion, il lui reprit le paquet.

— C'est trop lourd pour toi !

Ils continuèrent de flâner jusqu'à ce qu'ils trouvent Devika, qui avait sorti d'un carton un lot de photographies anciennes. Lorsqu'elle séjournait dans les environs, la danseuse ne ratait jamais ce marché nocturne.

— Mes actrices préférées, indiqua-t-elle.

Dans les décors orientalistes des années 1930, celles-ci prenaient la pose.

— J'ai commencé une collection, poursuivit-elle en triant les clichés.

— Je croyais que tu ne t'intéressais qu'à Nargis, s'étonna Guillaume.

— Elle reste mon idole.

A l'adresse de Valentine, Devika expliqua :

— En 1950, c'était LA star ! Une beauté et une grâce absolues !

Un peu partout, des bougies s'allumaient. Sur des tables de fortune, on pouvait se restaurer. Chargés de leurs emplettes, Sooni et Oxana s'étaient assis dans des fauteuils de toile pour boire du feni[1]. Alors que leurs voisins passaient leurs commandes, elle entendit qu'ils parlaient russe. Sautant sur l'occasion de pratiquer sa langue natale, elle les interpella.

Tandis qu'ils échangeaient des propos, Sooni nota une transformation chez Oxana. Huit ans en Inde et le monde figé des laboratoires n'avaient pas étouffé son âme slave. Elle surgissait dans les intonations de sa voix, dans son rire en cascade... Sans chercher à s'immiscer dans une conversation dont il ne comprenait pas un traître mot, il profita du spectacle que lui offrait la femme qu'il avait choisi de rejoindre. Rien n'avait encore été formulé ou ébauché, mais depuis leur rencontre chacun jouait avec l'attirance de l'autre. La première fois qu'Oxana avait franchi le seuil de son cabinet, il avait senti sa force et compris qu'elle ne quitterait pas la pièce avant d'obtenir ce qu'elle voulait. Aurait-il opéré Anil sans son insistance ? Pas une journée ne s'écoulait sans qu'il se trouvât en face de cas désespérés. Dans les moments difficiles, il se demandait pourquoi il s'était dirigé vers la pédiatrie. Certes, il sauvait des enfants... Mais lorsqu'il songeait à tous les autres...

En quittant la brocante, Guillaume et Sooni reprirent les scooters pour conduire leurs passagères vers une plage peu fréquentée. A la lumière des torchères, des

1. Alcool local distillé à partir de la noix de cajou.

cuisiniers s'activaient autour de braseros. Sous un auvent, des tréteaux pouvaient accueillir une quinzaine de personnes. Pendant que les poissons grillaient, ils goûtèrent le shakuti. Du poulet cuit dans une sauce où prédominait le goût de la coco. A intervalles réguliers, des habitués s'installaient autour d'eux. Il était tard lorsque Cécile arriva avec une bande d'amis.

— Johann ne l'accompagne pas ? s'étonna Valentine.

— Elle n'y tient peut-être pas, lui murmura Oxana.

Depuis l'avant-veille, la galeriste avait jeté son dévolu sur un Allemand qui ne semblait pas indifférent à ses avances. La nuit précédente, elle n'était pas rentrée. Mais Johann ne prêtait pas attention à ses incartades.

Avec la présence de Cécile, l'atmosphère s'anima. Hans, son nouvel amant, sortit sa guitare. Les vieux standards de Jimi Hendrix ou d'Eric Clapton furent applaudis par l'assemblée, qui avait décidé de s'amuser. L'air sentait le sel, le feu de bois et le cannabis. Fatigués, certains s'allongèrent sur des tapis. Cécile, qui connaissait l'engouement d'Oxana pour les poètes russes, la poussa à déclamer des vers. Mise en condition par sa conversation avec ses compatriotes, elle choisit un extrait d'Anna Akhmatova. Accompagnée par le ressac, sa voix s'éleva. Adossés à un rocher, Guillaume et Valentine se taisaient. On leur apporta un dessert local qui ressemblait à du pudding, le bebinca. Puis la musique reprit. Plus lente...

— On rentre, proposa Guillaume.

La lune éclairait la terrasse de leur bungalow. D'un commun accord, ils s'attardèrent dans les fauteuils de bambou. Aucun événement planétaire ne pouvait les atteindre en ce lieu. Pourtant, Guillaume songea que, bientôt, leurs vacances allaient se terminer. Jusque-là, il s'était empêché d'évoquer l'avenir. Cette nuit, des questions surgissaient. Quelle importance Valentine accordait-elle à leur relation ? Il fallait qu'il le sache !

— Je vais m'absenter souvent... Et je crains que...

Il s'interrompit avant de reprendre :

— Je crains que tu ne te lasses de mes départs... Un jour, j'arrêterai ces allées et venues. Mais...

— Est-ce que je t'ai demandé de le faire ?

— Tu es trop intelligente pour réclamer ce genre de choix.

Elle eut un rire léger.

— Il me serait difficile d'abandonner ce que j'ai entrepris, ajouta-t-il. Dans quelque temps, ce sera différent...

— Il y aura toujours des conflits... Des injustices...

— Je continuerai à me rendre utile. D'une autre façon...

— Tu ne supportes pas la bureaucratie.

— Il existe certainement un juste milieu.

De son côté, Valentine avait réfléchi. Elle savait que Guillaume ne pourrait jamais baisser les bras devant le malheur des autres.

— N'anticipe pas sur les événements, murmura-t-elle.

Il chercha sa main, la garda dans la sienne.

— Tu as raison. Mais je ne veux pas te perdre... Quand je t'ai rencontrée, je n'avais aucune attache sérieuse. Et je trouvais cette situation confortable. Tu as tout bousculé.

D'une voix plus basse, il avoua :

— Je t'aime. Et je ne parle pas à la légère.

Valentine demeura silencieuse. Les mots qu'il venait de prononcer avaient besoin de trouver leur chemin jusqu'à son cœur. Il se leva et demeura debout derrière elle. Surprise par l'intensité de ce qu'elle éprouvait, elle abaissa à son tour les ultimes garde-fous.

— Moi aussi, je t'aime...

38

Le bonheur étant contagieux, Sooni et Oxana contractèrent à leur tour la maladie. Bavardage ou lecture sous les parasols, siestes dans leur bungalow, parties de cartes… Il leur fallut peu de temps pour adopter un même rythme. Seule dérogation : Sooni n'avait aucune envie de se lever aux aurores pour se baigner ! En prenant garde à ne pas le réveiller, Oxana l'abandonna dans leur chambre…

Ce matin-là, le brouillard s'était dispersé plus rapidement que d'habitude. Elle plongea dans une première vague. Puis elle reprit pied et recommença le manège jusqu'à ce que le sol se dérobât. Dans un crawl parfait, elle gagna le large. Certains avaient beau la tancer contre son imprudence, elle aimait tester son endurance. Lorsqu'elle se sentait fatiguée, elle faisait la planche et regardait le ciel bleuir. A cette heure-ci, personne n'était encore debout. Cette solitude au milieu des éléments la ramenait au monde originel. L'océan était calme… Bientôt, le soleil ferait son apparition…

Elle flottait sur le dos quand un bruit de moteur se rapprocha. Agacée par cette intrusion qui gâchait sa récréation, elle changea de position afin de regarder autour d'elle. Un bateau de pêche venait dans sa direction. Deux personnes se trouvaient à son bord. Jusqu'au dernier moment, elle pensa que l'embarcation bifurquerait. Mais elle ne changea pas de cap. Pour signaler sa présence, elle leva un bras. Il était inutile de crier : on ne l'entendrait pas. Voyant la proue se rapprocher, elle choisit de s'immerger. Un bouillonnement d'eau se forma au-dessus d'elle. Elle remonta à la surface. Le bateau avait ralenti. Les pêcheurs l'avaient sans doute vue au dernier moment. Pour les rassurer, elle leur adressa un grand signe. Alors qu'elle rebroussait chemin, le bateau amorça lui aussi un virage. Pensant que ses passagers voulaient lui proposer de la ramener, elle fit du sur-place pour les avertir que tout allait bien. Elle vit que les deux hommes étaient des Indiens. L'un pilotait. L'autre tenait une gaffe entre les mains. A quelques mètres, le pilote accéléra... Oxana n'eut que le temps de plonger pour échapper au choc. Un tumulte l'envahit tandis qu'elle tentait de filer. On cherchait à attenter à sa vie ! En émergeant à une certaine distance, elle vit qu'ils scrutaient les flots. Pour qu'ils ne la repèrent pas, elle replongea. Mais elle ne pourrait pas poursuivre longtemps cette tactique. A bout de souffle, elle remonta et constata que le rivage se trouvait encore loin. Elle tenta d'étouffer sa frayeur et, après une goulée d'air, fila sous l'eau. Si seulement ses agresseurs pouvaient imaginer qu'elle avait péri ! L'épuisement la gagnait. A cette allure, ses poumons allaient éclater. En revenant à la surface, elle constata que le bateau se trouvait à une centaine de mètres. Moteur au ralenti, il tournait sur lui-même. Le désespoir lui donna la force de prendre une profonde inspiration puis de redevenir invisible. S'ils la localisaient, en quelques secondes ils la rejoindraient. Avec l'énergie du désespoir, elle puisa dans ses dernières forces...

Réveillé plus tôt que d'habitude, Guillaume s'était préparé un thé. Puis il s'était installé dans un hamac devant le bungalow pour écouter la nature. Au bout d'un moment, il fut intrigué par le manège d'un bateau de pêche qui avançait, reculait, faisait des cercles. Que signifiaient ces manœuvres ? Etait-il victime d'une avarie ? Il se leva pour prendre les jumelles restées dans la véranda. Alors qu'il les réglait, il se souvint des habitudes d'Oxana. Etait-elle en train de se baigner ? Essayait-on de lui porter secours ? Sans se poser davantage de questions, il traversa la plage en courant et atteignit les premières vaguelettes.

— Oh, oh ! cria-t-il en gesticulant des bras.

On avait dû le voir de l'embarcation, qui accéléra et s'éloigna.

En utilisant une nouvelle fois les jumelles, Guillaume discerna une tête qui avait de la difficulté à se maintenir au-dessus des flots. Quelques minutes plus tard, il nageait avec vigueur dans sa direction. L'important restait de ne pas la perdre de vue.

— Oxana ! cria-t-il. Oxana !

A une trentaine de mètres, la jeune femme n'entendait rien. De l'eau était entrée dans ses poumons et elle savait qu'elle n'atteindrait pas le rivage. Harassée, affolée, elle sentait son énergie l'abandonner. Ses mouvements n'étaient plus coordonnés… Soudain, un corps se colla contre le sien.

— C'est Guillaume. Laisse-toi faire…

Avec son bras, il cala la tête d'Oxana contre son torse puis la traîna jusqu'à ce qu'ils puissent reprendre pied. La voyant tituber, il l'aida à parcourir les derniers mètres. Ils se laissèrent tomber sur le sable, où Oxana recracha de l'eau avant de s'allonger. Agitée d'un tremblement, elle claquait des dents.

— Il faut te réchauffer. Ne restons pas là.

Alors qu'il l'exhortait à se relever, elle éclata en sanglots hystériques. Il l'attira contre lui.

— C'est fini… Tu es saine et sauve…

— Grâce à toi, hoqueta-t-elle.

Il remercia l'insomnie qui l'avait sorti du lit. Sinon... Ils se seraient tous inquiétés de ne pas voir leur amie. Mais il aurait été trop tard !

— Essayons de rentrer.

A petits pas, ils se dirigèrent vers leurs bungalows.

— Je vais te chercher une serviette et une chemise, annonça-t-il en la laissant quelques minutes dans la véranda.

Lorsqu'il revint, Oxana pleurait toujours...

— Est-ce que tu veux bien m'expliquer ?

— Ils ont voulu me tuer, finit-elle par murmurer.

— Te tuer ! Qui ?

— Les deux types qui se trouvaient dans le bateau.

— Les pêcheurs !

— Ce n'étaient pas des pêcheurs.

— Pourquoi voudrait-on te supprimer... ?

Sans répondre à sa question, elle poursuivit :

— Ils connaissaient mon emploi du temps ! Soit ils étaient informés, soit ils m'ont observée...

— Pour quelle raison quelqu'un te voudrait-il du mal ? demanda-t-il en lui frottant le dos avec vigueur.

Alertée par leur conversation, Valentine ouvrit le store de sa chambre. En découvrant l'état d'Oxana, elle s'enveloppa d'un paréo puis se précipita à l'extérieur.

— Que se passe-t-il ? demanda-t-elle à Guillaume.

En quelques phrases, il lui conta les événements.

— Elle pense qu'on a cherché à la noyer...

Assise sur un siège, Oxana continuait de trembler comme une feuille. Les images défilaient avec un réalisme insupportable. A retardement, elle pouvait se considérer comme une miraculée. Sans Guillaume, elle serait au fond de l'eau.

— C'est lié à mes recherches... J'en suis certaine ! On veut les interrompre...

Le visage de Govind se dessina. Elle se souvint de l'insistance avec laquelle il lui avait demandé des informations sur son lieu de vacances. Pour y séjourner en famille ! Sans se méfier, elle avait évoqué l'isolement, ses baignades solitaires et matinales... Un autre souvenir s'imposa. Le motard qui, l'autre jour, était venu se renseigner sur la location de chambres. L'endroit et les prestations n'étant connus que des habitués, cette démarche était pour le moins étrange.

— Je suis en avance par rapport à d'autres labos. Si je trouvais le vaccin contre la malaria... Ce serait une catastrophe pour la concurrence.

— Il faut prévenir immédiatement la police, conseilla Valentine.

— Est-ce la bonne solution ? objecta Guillaume.

Réfléchissant tout haut, il ajouta :

— En ce moment, ils pensent qu'Oxana s'est noyée. Seulement, ma présence sur la plage les a fait déguerpir avant qu'ils n'en aient eu la certitude.

— Ils sont allés dans quelle direction ? s'enquit Valentine.

— Vers le nord ! On ne retrouvera pas leur trace. Le bateau ressemblait à toutes les embarcations locales.

L'arrivée d'Awani avec le petit déjeuner les interrompit. Son visage ensommeillé prouvait qu'il venait de se réveiller. Dès qu'il s'écarta, la conversation reprit.

— Guillaume a raison. Même Johann et Cécile ne doivent pas être au courant.

Valentine n'était pas d'accord avec cette décision. Rapidement, les ennemis d'Oxana se rendraient compte qu'elle était en vie et n'en resteraient pas là.

— Je vais avancer mon retour à Bombay, disait la biologiste.

Guillaume constata qu'elle était redevenue la femme qu'il avait toujours connue. Ferme, décidée et courageuse.

— En premier lieu, j'avertirai mon directeur. Il avisera.

Cette fois-ci, elle ne tairait pas la présence de Govind chez DAVANTHARI. Une enquête discrète et privée serait menée.

Lorsque Sooni les rejoignit, il ne capta aucun signe d'émotion chez les uns ou les autres. Encore moins chez Oxana. Pour lui, une journée débutait. La dernière. Demain, il reprendrait l'avion, retrouverait les malades.

— J'ai honte d'être le dernier debout. Vous êtes levés depuis longtemps, s'inquiéta-t-il.

— Assez longtemps, répliqua Guillaume.

Le départ d'Oxana et de Sooni permit à Valentine et à Guillaume de ne plus être aux aguets. A l'affût du moindre bruit, ils avaient eu de la difficulté à s'endormir et il leur était fréquemment arrivé de scruter les alentours au cours de leurs allées et venues.

— Oxana doit être amoureuse pour avoir choisi d'écourter ses vacances, souligna Cécile.

Valentine hocha la tête. Mais elle n'ajouta aucun commentaire.

— Goa aura joué un rôle bénéfique dans leur idylle ! conclut Cécile en écrasant son mégot de cigarette. Ils en garderont un joli souvenir ! Vous aussi ?

— Excellent...

N'ayant plus à veiller sur la biologiste, Guillaume et Valentine renouèrent avec les découvertes. Délaissant la côte, ils s'enfonçaient dans les terres, traversaient des cocoteraies et des marchés, visitaient des églises catholiques dans lesquelles priaient des femmes en sari. A l'arrière du scooter, Valentine regardait les champs où s'activaient les paysans. Le long des routes, il était fréquent que des banyans abritent des divinités hindoues devant lesquelles on avait déposé des offrandes. Le visage offert au vent et au soleil, elle avait l'impression que rien ne manquait à l'ordre des choses. Fréquemment, leurs promenades étaient marquées par un arrêt devant les rizières. Dans quelques mois, la mousson et ses pluies diluviennes transformeraient le paysage, et ouvriraient un nouveau cycle…

39

En cette dernière semaine d'octobre 2006, Bombay brillait de tous ses feux. On célébrait Divali : la fête de la lumière. A travers le pays, les hindous, les sikhs et les jaïns illuminaient leurs maisons pendant cinq jours. Ils en profitaient pour resserrer les liens familiaux et sociaux. On envoyait des cartes, échangeait des cadeaux. On faisait des emplettes : affichettes, camphre, bâtons d'encens, guirlandes de fleurs. On décorait les plateaux d'offrandes qui seraient utilisées pendant la prière. A la cuisine, on confectionnait des recettes appropriées.

Valentine, qui avait rendu visite à Amita, reçut en présent une statuette de la déesse Laksmi, qui incarnait la prospérité. L'assistante sociale l'avait accueillie avec un plaisir sincère.

— Vous voilà de retour…

— Le rédacteur a décidé de me confier les reportages en Inde.

Celui-ci serait essentiellement touristique. Avec le photographe Deepak, ils iraient jusqu'aux grottes d'Ajanta et d'Ellora. Puis ils partiraient vers Hampi et descendraient jusqu'à Mysore…

— Alors, nous nous verrons régulièrement…

— Je le souhaite autant que vous, répondit Valentine.

Ensemble, elles se rendirent à Dharavi. Avec les moyens du bord, les habitants participaient au festival.

Devant le seuil de quelques cahutes se détachaient des kolams[1]. Combien de temps résisteraient-ils aux jets d'eau sale et d'urine qui coulaient entre les habitations ? Chez Anil, elles ne trouvèrent que la grand-mère, la mère, le petit frère de deux mois et leur protégé. En les voyant, Anil se précipita vers Amita et lui tendit le gâteau qu'il tenait dans sa main poisseuse.

— Donne-le à Valentine, l'encouragea l'assistante sociale.

Après avoir dévisagé celle-ci, l'enfant obéit.

— Tu viendrais dans mes bras ?

S'il ne comprit pas les mots, il perçut qu'on lui parlait avec gentillesse. Bientôt, Valentine porta le petit garçon. Un frôlement de tissu lui fit tourner la tête. La maman les avait rejoints. Avec un grand sourire, elle éleva ses deux mains jointes au niveau de son visage. Mère comblée de deux enfants bien portants, elle avait retrouvé sa fierté. La grand-mère proposa un verre de thé. Valentine s'assit sur une natte avec Anil à ses côtés.

— Elles vous remercient pour tout, traduisit Amita.

Le « tout » signifiait non seulement la guérison d'Anil, mais aussi le déménagement qui s'effectuerait dans moins d'un mois. Sooni avait trouvé un emploi de gardien à domicile pour le père. Anil et son frère seraient logés avec leurs parents au rez-de-chaussée d'un immeuble de Juhu. Ils n'auraient plus à souffrir de l'insalubrité et des inondations pendant la mousson ! Ils ne se trouveraient plus au cœur des épidémies ! Les garçons connaîtraient une existence normale et auraient droit à un avenir. Valentine réprima son émotion. Si elle n'était pas entrée dans cet abri ouvert à tous les vents, Anil ne serait peut-être déjà plus en vie... Ce qu'elle avait accompli ne représentait qu'une goutte d'eau dans un océan. Mais

1. Dessins à la craie.

elle croyait à l'accumulation des actes isolés pour repousser l'injustice et vaincre la fatalité. Lorsqu'elle reposa Anil, il s'accrocha à elle en riant aux éclats...

Les bonnes nouvelles n'étaient pas terminées ! Dipa avait su saisir sa chance. Ce soir, elle irait chercher Geeta chez sa nourrice et la ramènerait à l'atelier, où Aparna lui avait proposé de prier et de partager un repas. Au fil des semaines, la couturière s'était attachée à la jeune femme. Les jours de congé, il leur arrivait de promener ensemble la petite fille sur la plage. Veuve, privée de ses enfants qui habitaient loin, Aparna se recréait une famille de cœur. Mais Mira Chadha avait d'autres ambitions pour Dipa.

La jeune femme avait rapidement appris à la seconder. Elle recevait les clientes avec élégance et diplomatie, suivait les commandes avec précision... Il était question qu'une boutique ouvrît à Londres sous le nom de Mira Chadha. Dans les clauses du contrat, la styliste avait réclamé d'être représentée par une personne qui pratiquait son style et ses habitudes. Si Dipa acceptait, elle partirait pour l'Angleterre et prendrait la direction du magasin. Ce serait, pour elle, une excellente raison de quitter, avec sa fille, un pays où le statut de mère célibataire était mal considéré. En Occident, elle pourrait rencontrer un homme qui, conquis par ses qualités, ne craindrait pas de l'épouser.

Mise dans la confidence, Valentine objecta :

— Est-ce que cela ne risque pas d'être un trop gros choc ? A l'atelier, elle a retrouvé un foyer, de l'affection...

— Si je ne fais rien pour l'en sortir, elle finira vieille fille... Et Geeta souffrira en grandissant. La meilleure solution reste qu'elles partent toutes les deux pour l'étranger. Bien entendu, Dipa aura le choix d'accepter ou de refuser mon offre. J'espère sincèrement qu'elle prendra la bonne décision. En Grande-Bretagne, son passé ne constituera plus un obstacle... Et je connais des gens qui pourront veiller sur elles deux...

En revenant vers Chowpatty, Valentine songeait à ces dernières informations. Autour d'elle, les Bombayites se hâtaient de rentrer chez eux. Aux balcons, sur les rebords des fenêtres, des milliers de lampes à huile brûlaient. Il en était de même dans l'appartement que partageaient Sooni et Oxana. L'été dernier, ils s'étaient mariés. A Saint-Pétersbourg ! Guillaume et Valentine avaient entrepris le voyage pour assister à la cérémonie. Au son des violons et des balalaïkas, ils avaient fait la fête jusqu'à l'aube.

A son retour de Goa, Oxana avait vécu des moments éprouvants. Il lui avait fallu avertir monsieur Zafar, son directeur, dénoncer Govind et ses liens avec DAVANTHARI. Dans l'industrie pharmaceutique, on savait prendre les choses en main. Oxana et son lieu d'habitation furent mis sous protection, les faits et gestes de Govind épiés... Avec une implacable efficacité, monsieur Zafar ne mit pas longtemps à le confondre. C'était bien lui qui informait son principal concurrent des avancées d'Oxana en matière de vaccin... C'était bien lui qui avait donné des renseignements sur le lieu de vacances et les habitudes de sa consœur. En ce qui concernait la noyade, il avait juré n'y être pour rien. Sanctions et renvoi furent immédiats... Personne n'entendit plus parler de Govind jusqu'à la fin de la mousson. Un matin, pourtant, la police se présenta. On avait retrouvé le corps du chercheur dans un terrain vague. Du côté de Byculla. Etranglé ! Monsieur Zafar avait répondu aux questions posées : depuis mars dernier, la victime ne faisait plus partie de son établissement et il n'en avait pas reçu de nouvelles. Perplexe, Oxana ne savait pas qui avait payé le tueur à gages. Monsieur Zafar, pour se venger ? Le directeur de DAVANTHARI, pour n'avoir pas obtenu les résultats promis ? L'industrie pharmaceutique se refermait sur son opacité.

Alertée par les reportages d'Olivier, Valentine ne se faisait plus d'illusions quant à la déontologie de certains laboratoires. De Bombay, de l'île Maurice et du Mozambique, son confrère avait rapporté un brûlot que plusieurs chaînes de télévision diffusaient en Europe. L'opinion publique commençait à s'émouvoir de ces procédés. Mais trop d'enjeux politiques et économiques empêchaient de contrecarrer ces malversations... Guillaume savait mieux que personne que certains sujets ne pouvaient être résolus. Au Darfour, son ONG et quelques autres continuaient de se battre contre l'indifférence générale.

— Rien ne bouge dans un sens positif, lui avouait-il dans des moments de doute.

Même si Valentine partageait son pessimisme, elle essayait de ne pas le lui montrer. Avec opiniâtreté, elle essayait de forcer les défenses de Thibault. En observant que des journaux concurrents commençaient à consacrer davantage de pages au sujet, le rédacteur s'était récemment laissé convaincre. En janvier prochain, un dossier serait consacré au drame que connaissaient les populations pourchassées. Valentine ne participerait pas à l'écriture. Et c'était mieux ainsi !

Avec Guillaume, ils bâtissaient une relation d'autant plus forte qu'elle reposait sur des fondations saines. Pas de fusion étouffante, mais le respect des priorités de chacun ! Valentine chaussait plus fréquemment qu'elle ne l'aurait cru ses « bottes de sept lieues » pour la campagne bourguignonne. Ils avaient même emmené Octave à la ferme, l'été précédent. Les présentations entre son amant et son fils s'étaient faites sans hâte... Et le résultat semblait plutôt concluant !

Valentine était presque parvenue à destination. A mesure qu'elle s'approchait de la plage, des pétards éclataient. Sooni et Oxana avaient choisi de s'installer dans un immeuble proche de l'ancienne résidence de la biologiste. Après les journées à la clinique pour l'un, au laboratoire pour l'autre, ils avaient besoin de vie.

A son arrivée, le gardien l'accompagna jusqu'à l'ascenseur pour lui ouvrir la porte. La construction était de facture récente, mais n'étalait pas un luxe ostentatoire. Dans le salon refroidi par l'air conditionné, Oxana buvait un jus de fruits. Le mariage lui réussissait. Jamais elle n'avait semblé aussi radieuse... En riant, elle aimait répéter que Sooni avait fait une OPA sur sa personne. Lorsqu'elle lui avait raconté ce qui s'était produit à Goa, il était devenu livide. L'idée d'avoir pu la perdre le renseigna sur la force de ses sentiments. Il la demanda en mariage. Pour un Parsi, ce serait la seconde fois qu'il épouserait une femme n'appartenant pas à sa communauté ! Sa vie lui appartenait et il souhaitait la partager avec un être qui, comme lui, se consacrait à une vocation. Oxana poursuivait ses recherches, ce qui signifiait que le péril rôdait toujours. Sans qu'elle s'en soit encore rendu compte, il avait engagé un vigile qui surveillait ses déplacements.

— Guillaume est là ? demanda Valentine.

— Il t'a précédée de peu.

Les vêtements de Guillaume étaient déposés sur le lit. Après une journée au bureau, il se détendait sous la douche.

En attendant qu'il sorte de la salle de bains, Valentine s'attarda sur le balcon, où elle retrouva l'atmosphère chaude et humide de la ville. Des odeurs de fumée et de pot d'échappement montèrent à ses narines. A une vitesse d'escargot, les voitures et les deux-roues circulaient en ajoutant l'éclairage de leurs phares à celui des maisons. Le ciel n'était pas en reste. Précédant les feux d'artifice, les étoiles brillaient. Un peu partout, des pétards continuaient d'éclater. Sur la plage, des enfants jouaient avec de vieux pneus. Etaient-ils livrés à eux-mêmes ? Avaient-ils une famille ? Tandis qu'elle les observait, Valentine songea à tous ceux qui dans les rues avoisinantes ou lointaines n'avaient qu'un coin de trottoir pour dormir. Puis elle se reprit. Ce soir, un peuple tout entier célébrait la victoire de la lumière sur les ténèbres ! Chacune des flammes qui brûlait appelait à l'amour et à la compassion.

Remerciements

Merci à mes amis Martine et Unni, qui, entre Paris et Bombay, m'ont aidée dans ma documentation. Qu'ils soient assurés de ma gratitude.

Merci à Alain Dubos, Jean-Paul Gourévitch et Jean-Noël Liaut pour leurs informations et leurs conseils.

Merci à mon éditrice Jeannine Balland, qui, depuis dix ans, me permet d'écrire dans la sérénité.

PRODUCTION JEANNINE BALLAND

Romans « Terres de France »

Jean Anglade
Un parrain de cendre
Le Jardin de Mercure
Y a pas d'bon Dieu
La Soupe à la fourchette
Un lit d'aubépine
La Maîtresse au piquet
Le Saintier
Le Grillon vert
La Fille aux orages
Un souper de neige
Les Puysatiers
Dans le secret des roseaux
La Rose et le Lilas
Avec le temps...
L'Ecureuil des vignes
Une étrange entreprise
Le Temps et la Paille
Les Ventres jaunes
Le Semeur d'alphabets
Sylvie Anne
Mélie de Sept-Vents
Le Secret des chênes
La Couze
Ciel d'orage sur Donzenac
La Maîtresse du corroyeur
Un horloger bien tranquille
Un été à Vignols
Jean-Jacques Antier
Tempête sur Armen
Marie-Paul Armand
La Poussière des corons
Le Vent de la haine
La Courée
tome I *La Courée*
tome II *Louise*
tome III *Benoît*
La Maîtresse d'école
La Cense aux alouettes
L'Enfance perdue
Un bouquet de dentelle
Au bonheur du matin
Le Cri du héron
Le Pain rouge
Victor Bastien
Retour au Letsing
Henriette Bernier
L'Enfant de l'autre
L'Or blanc des pâturages
L'Enfant de la dernière chance
Le Choix de Pauline
Françoise Bourdon
La Forge au Loup
La Cour aux paons
Le Bois de lune
Le Maître ardoisier
Les Tisserands de la Licorne
Le Vent de l'aube
Les Chemins de garance
Patrick Breuzé
Le Silence des glaces
La Grande Avalanche
Nathalie de Broc
Le Patriarche du Bélon
La Dame des Forges
La Tresse de Jeanne
Annie Bruel
Le Mas des oliviers
Les Géants de pierre
Marie-Marseille
Michel Caffier
Le Hameau des mirabelliers
La Péniche Saint-Nicolas
Les Enfants du Flot
La Berline du roi Stanislas
La Plume d'or du drapier
L'Héritage du mirabellier
Jean-Pierre Chabrol
La Banquise
Claire Chazal
L'Institutrice
Didier Cornaille
Les Labours d'hiver
Les Terres abandonnées
Etrangers à la terre
L'Héritage de Ludovic Grollier
L'Alambic

Georges Coulonges
Les Terres gelées
La Fête des écoles
La Madelon de l'an 40
L'Enfant sous les étoiles
Les Flammes de la Liberté
Ma communale avait raison
Les blés deviennent paille
L'Eté du grand bonheur
Des amants de porcelaine
Le Pays des tomates plates
La Terre et le Moulin
Les Sabots de Paris
Les Sabots d'Angèle
La Liberté sur la montagne
Les Boulets rouges de la Commune
Anne Courtillé
Les Dames de Clermont
Florine
Dieu le veult
Les Messieurs de Clermont
L'Arbre des dames
Le Secret du chat-huant
L'Orfèvre de Saint-Séverin
Paul Couturiau
En passant par la Lorraine
Annie Degroote
La Kermesse du diable
Le Cœur en Flandre
L'Oubliée de Salperwick
Les Filles du Houtland
Le Moulin de la Dérobade
Les Silences du maître drapier
Le Colporteur d'étoiles
La Splendeur des Vaneyck
Les Amants de la petite reine
Alain Dubos
Les Seigneurs de la haute lande
La Palombe noire
La Sève et la Cendre
Le Secret du docteur Lescat
Constance et la Ville d'Hiver
Marie-Bernadette Dupuy
L'Orpheline du bois des Loups
Les Enfants du Pas du Loup
La Demoiselle des Bories
Le Chant de l'Océan
Elise Fischer
Trois Reines pour une couronne
Les Alliances de cristal
Mystérieuse Manon
Le Soleil des mineurs
Les cigognes savaient
Laurence Fritsch
La Faïencière de Saint-Jean
Alain Gandy
Adieu capitaine
Un sombre été à Chaluzac
L'Enigme de Ravejouls
Les Frères Delgayroux
Les Corneilles de Toulonjac
L'Affaire Combes
Les Polonaises de Cransa
Le Nœud d'anguilles
L'Agence Combes et Cie
Suicide sans préméditation
Fatale Randonnée
Une famille assassinée
Gérard Georges
La Promesse d'un jour d'été
Les Bœufs de la Saint-Jean
L'Ecole en héritage
Le Piocheur des terres gelées
Les Amants du chanvre
Denis Humbert
La Malvialle
Un si joli village
La Rouvraie
L'Arbre à poules
Les Demi-Frère
La Dernière Vague
Yves Jacob
Marie sans terre
Les Anges maudits de Tourlaville
Les blés seront coupés
Une mère en partage
Hervé Jaouen
Que ma terre demeure
Au-dessous du calvaire
Les Ciels de la baie d'Audierne
Michel Jeury
Au cabaret des oiseaux
Guillemette de La Borie
Les Dames de Tarnhac
Le Marchand de Bergerac
Jean-Pierre Leclerc
Les Années de pierre
La Rouge Batelière
L'Eau et les Jours
Les Sentinelles du printemps

Un amour naguère
Julien ou l'Impossible Rêve
Hélène Legrais
Le Destin des jumeaux Fabrègues
La Transbordeuse d'oranges
Les Herbes de la Saint-Jean
Les Enfants d'Elisabeth
Louis-Jacques Liandier
Les Gens de Bois-sur-Lyre
Les Racines de l'espérance
Jean-Paul Malaval
Le Domaine de Rocheveyre
Les Vignerons de Chantegrêle
Jours de colère à Malpertuis
Quai des Chartrons
Les Compagnons de Maletaverne
Le Carnaval des loups
Les Césarines
Grand-mère Antonia
Une maison dans les arbres
Une reine de trop
Une famille française
Dominique Marny
A l'ombre des amandiers
La Rose des Vents
Et tout me parle de vous
Jouez cœur et gagnez
Pascal Martin
Le Trésor du Magounia
Le Bonsaï de Brocéliande
Les Fantômes du mur païen
La Malédiction de Tévennec
Louis Muron
Le Chant des canuts
Henry Noullet
La Falourde
La Destalounade
Bonencontre
Le Destin de Bérengère Fayol
Le Mensonge d'Adeline
L'Evadé de Salvetat
Les Sortilèges d'Agnès d'Ayrac
Le Dernier Train de Salignac
Michel Peyramaure
Un château rose en Corrèze
Les Grandes Falaises
Frédéric Pons
Les Troupeaux du diable
Les Soleils de l'Adour
Passeurs de nuit
Jean Siccardi
Le Bois des Malines
Les Roses rouges de décembre
Le Bâtisseur de chapelles
Le Moulin de Siagne
Un parfum de rose
La Symphonie des loups
La Cour de récré
Bernard Simonay
La Fille de la pierre
La Louve de Cornouaille
Jean-Michel Thibaux
La Bastide blanche
La Fille de la garrigue
La Colère du mistral
L'Homme qui habillait les mariées
La Gasparine
L'Or des collines
Le Chanteur de sérénades
La Pénitente
L'Enfant du mistral
Jean-Max Tixier
Le Crime des Hautes Terres
La Fiancée du santonnier
Le Maître des roseaux
Marion des salins
Le Mas des terres rouges
Brigitte Varel
Un village pourtant si tranquille
Les Yeux de Manon
Emma
L'Enfant traqué
Le Chemin de Jean
L'Enfant du Trièves
Le Déshonneur d'un père
Blessure d'enfance
Louis-Olivier Vitté
La Rivière engloutie
L'Enfant des terres sauvages
Colette Vlérick
La Fille du goémonier
Le Brodeur de Pont-l'Abbé
La Marée du soir
Le Blé noir

Récit « Terres de France »

Albine Novarino
George Sand ou l'Amour du Berry

Collection « Sud Lointain »

Sylvie Anne
L'Appel de la pampa
Jean-Jacques Antier
Marie-Galante, La Liberté ou la Mort
La Dame du Grand-Mât
Le Sixième Condamné de l'Espérance
Erwan Bergot
Les Marches vers la gloire
Sud lointain
tome I *Le Courrier de Saïgon*
tome II *La Rivière des parfums*
tome III *Le Maître de Bao-Tan*
Rendez-vous à Vera-Cruz
Mourir au Laos
Jean Bertolino
Chaman
Fura-Tena
Anne Courtillé
Le Mosaïste de Constantinople
Paul Couturiau
Le Paravent de soie rouge
Le Paravent déchiré
L'Inconnue de Saigon
Les Amants du fleuve Rouge
Le Pianiste de La Nouvelle-Orléans
Les Brumes de San Francisco
Paradis perdu
Annie Degroote
L'Etrangère de Saint-Pétersbourg
Alain Dubos
Acadie, terre promise
Retour en Acadie
La Plantation de Bois-Joli
La Baie des maudits
Elise Fischer
L'Enfant perdu des Philippines
Hubert Huertas
L'Orque de Magellan
Hervé Jaouen
L'Adieu au Connemara
Le Testament des McGovern
Diane Lacombe
L'Hermine de Mallaig
Eric Le Nabour
Orages sur Calcutta
Les Démons de Shanghai
Les Jardins d'Istanbul
Sonia Marmen
La Vallée des larmes
La Saison des corbeaux
La Terre des conquêtes
La Rivière des promesses
Dominique Marny
Du côté de Pondichéry
Les Nuits du Caire
Cap Malabata
Juliette Morillot
Les Orchidées rouges de Shanghai
Michel Peyramaure
Le Pays du Bel Espoir
Les Fleuves de Babylone
Les Tambours sauvages
Le Temps des moussons
Les Roses noires de Saint-Domingue
Bernard Simonay
Les Tigres de Tasmanie
La Dame d'Australie
Princesse maorie
Jean-Michel Thibaux
La Fille de Panamá
Tempête sur Panamá
La Pyramide perdue
Colette Vlérick
Le Domaine du belvédère

Romans

Hubert Huertas
Nous jouerons quand même ensemble
La Passagère de la « Struma »
Terminus Pondichéry
Denis Humbert
Un été d'illusions

Dominique Marny
Mes nuits ne sont pas les vôtres
Michel Peyramaure
Le Roman de Catherine de Médicis
Jean-Michel Thibaux
Le Roman de Cléopâtre

Biographie

Michel Caffier
Le Découvreur du Mississipi

Composé par Nord Compo
à Villeneuve-d'Ascq

Achevé d'imprimer sur les presses de

BUSSIÈRE

GROUPE CPI

à Saint-Amand-Montrond (Cher)
en août 2007

N° d'édition : 6744. — N° d'impression : 072802/1.
Dépôt légal : août 2007.

Imprimé en France